Jean-Claude Izzo

Aldebaran

Jean-Claude Izzo

Aldebaran

Aus dem Französischen von
Katarina Grän und Ronald Voullié

Unionsverlag

Die Originalausgabe erschien 1997
unter dem Titel *Les marins perdus*
bei Flammarion, Paris.
Deutsche Erstausgabe

Die Übersetzung aus dem Französischen
wurde unterstützt durch das Centre national du livre
des Französischen Kulturministeriums.

Auf Internet
Aktuelle Informationen,
Dokumente, Materialien
www.unionsverlag.ch

Rieterstrasse 18, CH-8027 Zürich
Telefon 0041-1-281 14 00, Fax 0041-1-281 14 40
mail@unionsverlag.ch

Umschlaggestaltung: Heinz Unternährer, Zürich
Druck und Bindung: Ebner Ulm
ISBN 3-293-00294-3

Für Laurence

Der ewige Wanderer hat kein Recht auf Heimkehr.
Michel Saunier

I Ein grauer Morgen, *Bésame mucho* pfeifend

Marseille trug an diesem Morgen die Farben der Nordsee. Diamantis stürzte in der verlassenen Messe einen hastig gebrühten Nescafé hinunter, dann stieg er aufs Deck hinab, Bésame mucho pfeifend, die Melodie, die ihm am häufigsten in den Kopf kam. Genau genommen die einzige, die er pfeifen konnte. Er zog eine Camel aus einer zerknitterten Schachtel, steckte sie an und lehnte sich an die Reling. Diamantis störte dieses Wetter nicht. Heute jedenfalls nicht. Seine Stimmung war schon seit dem Aufstehen trübe.

Er ließ seinen Blick über das Meer schweifen, weit hinaus, als ob er so den Moment hinausschieben könnte, in dem er wie jeder von der Besatzung der *Aldebaran* eine Entscheidung treffen musste. Entscheiden war nicht seine Stärke. Seit fünfundzwanzig Jahren ließ er sich vom Leben treiben. Von einem Frachter zum nächsten. Von einem Hafen in den anderen.

Ein Gewitter zog auf, und die Frioul-Inseln in der Ferne waren nur noch ein dunkler Fleck. Man konnte kaum den Horizont erkennen. Ein wahrhaft aussichtsloser Tag, dachte Diamantis. Ohne sich einzugestehen, dass die letzten Tage nicht anders gewesen waren. Fünf Monate lagen sie nun schon an der Kette, die Seeleute von der *Aldebaran,* ans äußerste Ende des sechs Kilometer langen Digue du Large verbannt. Weit weg von allem. Nichts zu tun. Und ohne Geld. In Erwartung eines Käufers für diesen elenden Frachter – aber niemand wusste, ob je ein Käufer auftauchen würde.

Die *Aldebaran* war am 22. Januar in Marseille eingelaufen. Aus La Spezia in Italien, um zweitausend Tonnen Mehl für Mauretanien aufzunehmen. Alles hatte geklappt, doch drei Stunden später legte das Handelsgericht das Schiff an die

Kette. Als Sicherheit für Schulden ihres Reeders. Constantin Takis, ein Zypriote. Seitdem war er wie vom Erdboden verschluckt. »Verdammter Hurensohn«, hatte Abdul Aziz, Kapitän der *Aldebaran*, nur gesagt und den Gerichtsbescheid angewidert an seinen Ersten Offizier Diamantis weitergereicht.

In den ersten Wochen hatten sie noch geglaubt, dass die Sache sich schnell aufklären würde. Seeleuten fehlt es nicht an Hoffnung. Im Gegenteil, die Hoffnung hält sie am Leben. Wer auch nur einmal in seinem Leben zur See gefahren ist, weiß das nur zu gut. Um den Tatsachen nicht ins Gesicht sehen zu müssen, taten Abdul Aziz, Diamantis und die sieben Männer der Besatzung jeden Tag so, als würden sie am nächsten Morgen auslaufen. Maschinen warten, Deck schrubben, elektrische Anlagen überprüfen, Kommandobrücke kontrollieren.

Das Leben an Bord musste weitergehen. Das war die Hauptsache.

Abdul Aziz bewies seinen Männern, dass er bei den Plackereien an Land ein ebenso guter Kapitän war wie auf hoher See. Um die *Aldebaran* bildete sich – ohne Zweifel dank seines Organisationstalents – schnell eine Welle der Solidarität. Armenküchen lieferten Nahrung und Getränke. Löschboote versorgten sie mit Trinkwasser. Die Hafenverwaltung sorgte für die Müllabfuhr und die Reinigung der Wäsche. Und – welche Erleichterung – seit dem dritten Monat schickte die Seemannsmission den Not leidenden Familien Geld.

»Ein Glück, dass wir hier festsitzen«, hatte Abdul gesagt. »Woanders hätten wir krepieren können. Du siehst, Diamantis, ich mag diese Stadt.«

Auch Diamantis liebte Marseille. Schon bei seinem ersten Landgang hatte er sich in die Stadt verliebt. Er war knapp zwanzig gewesen. Schiffsjunge an Bord des Trampschiffes *Ecuador*, eines alten, verrosteten Frachters, der nie über Gibraltar hinausgekommen war. Diamantis konnte sich gut an jenen Tag erinnern. Die *Ecuador* war um die Riou-Inselgruppe herumgefahren und dann, hinter den Frioul-Inseln, hatte sich die Reede vor seinen Augen aufgetan. Wie ein Streifen aus weiß-rosa Licht, der das Blau des Himmels vom Blau des Meeres trennte. Wie eine Erleuchtung. Marseille, hatte er damals gedacht, ist eine Frau, die sich denen anbietet, die vom Meer kommen. Er hatte das sogar in seinem Bordbuch notiert. Ohne zu wissen, dass er damit den Gründungsmythos der Stadt ausdrückte. Die Geschichte von Gyptis, jener ligurischen Prinzessin, die sich Protis, dem phokäischen Seemann, in der Nacht hingab, in der er in den Hafen einlief. Seitdem hatte Diamantis seine Landgänge nicht mehr gezählt.

Aber jetzt war alles anders. Sie waren in Marseille gestrandet – verlorene Seeleute. Diamantis hatte das am Ende des ersten Monats begriffen. Als man sie aufforderte, Mole D zu verlassen und an Liegeplatz 111 festzumachen, am Ende des Quai Wilson, am Digue du Large. Der Hafen wimmelte von solchen Geschichten. Die Partner hing in Rouen schon seit drei Jahren fest. Niemand wusste mehr, wem das Schiff gehörte; es wurde verkauft, wieder verkauft, weiterverkauft, ohne jemals seinen Platz zu verlassen. Mehr in ihrer Nähe, in Port-de-Bouc, lag die *Africa,* ein Massengutfrachter, seit achtzehn Monaten am Kai. Die *Alcyon,* ein Roll-on-Roll-off-Frachter, und die *Fort-Desaix,* ein Trampschiff, in Sète. Das hatte man Diamantis erzählt. Und Abdul Aziz natürlich auch.

All dies war den beiden Männern nicht unbekannt, als sie auf der *Aldebaran* anheuerten. Immer mehr Frachter ereilte in den Häfen dieses Schicksal, wenn sie irgendwelchen Reedern gehörten, die mit der Fracht Roulette spielten. Nur Containerschiffe und Öltanker von internationalen Flotten blieben verschont. Aber darüber sprachen Abdul Aziz und Diamantis nie.

Aus Aberglauben. Die *Aldebaran* würde wieder auslaufen. Unter dem Kommando von Aziz. Da gab es keinen Zweifel. Mit fünfundfünfzig kam es für ihn nicht in Betracht, sein Schiff zu verlassen. Er hatte das Kommando auf der *Aldebaran* in La Spezia übernommen, und er würde sie ihrem Eigentümer zurückbringen. Ganz gleich, wer das war. Und egal, wohin. Das hatte er vorgestern Abend vor versammelter Mannschaft noch einmal bekräftigt.

In der Messe hatte er mit betont emotionsloser Stimme das Gerichtsurteil verlesen, das ihm am Nachmittag zugestellt worden war.

»Die *Aldebaran* wird beschlagnahmt als Sicherheit für die Schulden einer Gesellschaft, die sich nach Aussagen der Gläubiger im Besitz des Reeders befindet. Obgleich die Gesellschaft, zu der die *Aldebaran* gehört, rechtlich keine Verbindung zur verschuldeten Gesellschaft aufweist ...«

Die Mannschaft hörte schweigend zu, ohne ein Wort von diesem juristischen Kauderwelsch zu verstehen. Der Rechtsanwalt, der ihnen von Amts wegen zugeteilt worden war, erklärte es ihnen Wort für Wort. Aber das war überflüssig. Jeder hatte das Wesentliche begriffen. Selbst die beiden Birmanen in der Besatzung. Es wird noch ein gutes Weilchen dauern, bis das Schiff wieder ausläuft.

»Nur wenn der Frachter verkauft wird, und obendrein zu besten Konditionen, könnt ihr ausbezahlt werden«, fiel Abdul dem Anwalt ins Wort, der gerade zu einem kunstvollen juristischen Höhenflug ansetzte. »Das heißt es. Und das kann morgen oder in sechs Monaten sein. Oder vielleicht in einem Jahr. Ich will nicht, dass ihr euch Illusionen macht. In Sète«, führte er aus, »sollte die *Fort-Desaix,* ein Frachter wie unserer, letzte Woche versteigert werden. Nicht ein Käufer hat sich sehen lassen ... Das ist es, was ihr wissen müsst. Ich kenne eure familiären Probleme. Ich habe die gleichen. Also, ich halte niemanden zurück. Ich habe mich erkundigt. Für diejenigen, die gehen möchten, sind Abfindungen – wenn auch niedrige – möglich. Denkt darüber nach, und gebt mir morgen früh Bescheid. Ich bleibe. Mein Platz ist hier. Aber das wisst ihr ja alle.«

Er schaute jedem Einzelnen in die Augen, nur den Rechtsanwalt ließ er außen vor. Dann fügte er hinzu: »Es tut mir schrecklich Leid ... das Ganze. Ich hätte euch keine Hoffnung machen dürfen. Ich habe fest daran geglaubt, dass wir wieder auslaufen würden. Ich glaube immer noch daran, aber ...« Er stand auf. Er wirkte erschöpft.

»Guten Abend, Freunde.«

Er verließ den Raum, den Blick in der Ferne verloren, mit zusammengepressten Lippen. Steif. Mit dem Stolz eines Verzweifelten.

Diamantis sah ihm nach. Er wusste, dass Abdul Aziz sich in seine Kabine zurückziehen wollte. Mit geschlossenen Augen in seiner Koje ausgestreckt würde er sich mit der Musik von Duke Ellington trösten. Er hatte sämtliche Stücke von ihm auf Kassetten, die er über einen Walkman hörte. Ein Geburtstagsgeschenk seiner Frau Céphée. Er war nicht wieder rausgekommen, nicht mal zum Essen. Die Geschichte machte ihn fertig. Abdul Aziz mochte keine Niederlagen.

Diamantis warf seine Kippe ins Wasser. Das offene Meer fehlte ihm. Das Landleben hatte ihn nie gereizt, nicht einmal in einem Hafen. Nach fast zwanzig Jahren Seefahrt war das Meer zu seiner zweiten Haut geworden. Dort, und nur dort, fühlte er sich frei. Da fühlte er sich weder tot noch lebendig, nur anderswo. Ein Anderswo, in dem er ein paar Gründe fand, er selbst zu sein. Das genügte ihm.

Er hatte sich nichts aufgebaut und hatte keine Familie mehr, keine Frau, die auf ihn wartete. Da war nur Mikis, sein Sohn, achtzehn dieses Jahr. Die Hälfte von dem, was Diamantis verdiente, war für ihn, um das Studium in Athen zu bezahlen. Mikis mochte die Literatur, und Diamantis stellte sich manchmal vor, dass sein Sohn schreiben und Romane von seinen Reisen erzählen würde. Aber in Wirklichkeit hatte Diamantis nur eine Angst: dass Mikis auch zur See fahren würde. In seiner Familie vererbte sich das seit Generationen.

»Ich bin mein ganzes Leben hinter meinem Vater hergelaufen«, erzählte er Abdul eines Abends. »Bis zu seinem Tod. Was sollte ich dann anders tun, als zur See zu fahren. Ohne sie konnte ich nicht mehr leben. Mein einziger Versuch, an Land festzumachen und sesshaft zu werden, war die Heirat mit Melina. Wir haben uns in Agios Nikolaos auf der Insel Psará niedergelassen, wo mein Vater ein Haus gekauft hatte. Aber was willst du auf einer Insel machen, die den Ziegen gehört? Wir haben ein Kind gemacht! Abends habe ich ihm Homer vorgelesen, um es in den Schlaf zu wiegen. Vier Jahre später ging ich wieder auf See. Melina ist nach Athen zurückgekehrt, zu ihrer Familie. Mit Mikis im Arm. Als ich zwei Jahre später wieder kam, hat sie mit der Scheidung auf mich gewartet. Ich bin eine Woche geblieben, dann bin ich wieder gegangen und habe nie mehr vorbeigeschaut. Es ist das erste Mal seit Mikis Geburt, dass ich so lange an Land bleibe.«

»Und wie fühlst du dich dabei?«

»Mir ist, als wüsste ich nicht mehr, wer ich bin. Und du?«, hatte Diamantis gefragt.

»Heute geht es mir wie dir. Es ist alles so unklar. Mein Leben. Céphée, die Kinder. All das. Ich frage mich, was ich überhaupt will in meinem Leben.«

Diese Antwort hatte Diamantis überrascht, so offen und direkt, auch so ungewöhnlich intim. Eigentlich hatte er nur wissen wollen, wie Abdul Seemann geworden war. Das erste Mal ist für einen Seemann so wichtig, wenn nicht wichtiger, wie das erste Mädchen, das er in seinem Bett gehabt hat. Dieselbe Angst. Derselbe Taumel. Und dass man diese Liebe, einmal aus dem Hafen ausgelaufen, nie wieder los wird. Das dachte Diamantis jedenfalls.

Die beiden Männer waren schon einige Male zusammen gefahren. Auf anderen Frachtern, für andere Reeder, aber immer in diesen Rollen. Aziz der Kapitän. Diamantis sein Erster Offizier. An diese Rangordnung hatten sie sich immer gehalten. Mit Vertrauen. Mit Respekt. Nie hatten sie über ihr Leben gesprochen. Über dieses Leben an Land, wo sie sich, wären sie sich begegnet, gewiss nicht viel zu sagen gehabt hätten. Nicht einmal auf der langen Fahrt nach Saigon vor sechs Jahren hatten sie viele Worte gewechselt. Wir werden langsam alt, hatte Diamantis damals gedacht.

Abdul hatte über Diamantis' Erstaunen geschmunzelt. »Ich habe deine Frage nicht beantwortet, stimmts?«

»Doch, schon. Aber ... Denk mal nach, Abdul ... Nach all der Zeit. Was ist los mit uns? Werden wir verdammt noch mal sentimental, oder was?«

»Es kommt davon, dass wir so lange an Land sind ... So lange. Das verändert uns. Das Meer ist nicht mehr zwischen uns. Und wir entdecken die Leere. Und die Angst, unterzugehen.«

»Hast du Angst?«

»Angst davor, hier zu enden, ja. Nicht mehr aufs Meer hinauszufahren, meine ich. Kein Schiff mehr zu haben.« Abdul versank in Schweigen.

Sie waren zwischen Winde und Ankerkette entlanggegangen, vorbei an den Ankerklüsen bis zur äußersten Spitze des

Bugs. Abdul lehnte sich auf die Reling und betrachtete die Sterne. Schließlich zeigte er in den Himmel.

»Siehst du, der Stern dort, das ist Cepheus. Meine Frau, Céphée. Mein guter Stern. Hast du auch einen?«

»Ich bin ihnen allen gefolgt«, scherzte Diamantis. »Keiner hat es wirklich gut mit mir gemeint.«

»Ich bin durch Zufall Seemann geworden. In meiner Familie gibt es seit Generationen nur Händler. Eines Tages hat Walid, mein älterer Bruder – wir sind zwei Jungs und drei Mädchen –, Beirut verlassen, um in Dakar einen Laden aufzumachen. Es lief gut. Mein Vater hat mich hingeschickt, um zu helfen. Ich war dreiundzwanzig und fuhr zum ersten Mal über das Meer. Das war auf der *Espérance*. Ein Postschiff, das bis zum Krieg nach Neukaledonien gefahren war. Die *Espérance*, Hoffnung, du verstehst, was ich meine!

Ich hab die ganze Reise fast nur auf dem Deck verbracht. So irre war das. Liebe auf den ersten Blick, wenn du so willst! In Dakar, stell dir vor, hab ich mich gelangweilt wie eine tote Ratte. Sowie ich nur konnte, bin ich zum Hafen gelaufen, um die Schiffe anzuschauen. Und was für Schiffe ich da gesehen habe! Bald hab ich mich mit einem Typ in meinem Alter angefreundet, Mamoudi. Sein Vater arbeitete für eine amerikanische Reederei, die European Pacific and Co. Er hat mich ihm vorgestellt. Zehn Tage später heuerte ich nach Botany Bay an, dem Hafen von Sydney. Auf der *Columbia Star.*«

Sie hatten ihr Gespräch spät abends auf der Terrasse von *Chez Roger et Nénette* fortgeführt, einem winzigen Restaurant beim Alten Hafen. Dort wurden hervorragende Pizzas serviert, aber vor allem kleine Lasagne mit Tomatensauce nach Art der Region, dazu gab es in derselben Sauce zubereitete Lerchen. Eine Köstlichkeit. Sie waren mit dem Fahrrad bis zum Trockendock gefahren. Dort hatten sie den Bus ins Zentrum genommen. Die Fahrräder waren ein Geschenk der Gewerkschaft der Hafenarbeiter. Fünf Fahrräder. Heute war nur noch eins übrig. Die anderen waren ihnen an der Bushaltestelle geklaut worden!

»Als ich Mamoudi kennen gelernt habe«, fuhr Abdul fort, »hatte seine Frau gerade ein Kind gekriegt. Ein Mädchen. Wir haben zusammen gefeiert. Es war sein erstes Kind. Und du wirst mir nicht glauben, Diamantis, die Kleine, das ist Céphée!«

Diamantis sagte nichts. Er hörte zu. Dank dem Wein, einem Rosé aus Bandol – »Domaine de Cagueloup«, hatte der Wirt hervorgehoben und ihnen die Flasche gezeigt –, konnte er das Unbehagen überwinden, in Abduls Privatleben einzudringen. Er ahnte, dass ihre Beziehung nie mehr die gleiche sein würde. Sich gegenseitig zu öffnen – und Diamantis war ebenso bereit dazu –, hieß sich einzugestehen, dass man schlicht und einfach gestrandet war.

»Eines Morgens, achtzehn Jahre später, mache ich einen Zwischenstopp in Dakar. Ich fuhr auf der *Eridan,* dem ersten Schiff, das man mir anvertraute. Ich besuchte Mamoudi. Ich hatte regelmäßig von mir hören lassen. Eine Postkarte oder so. Von hier, von da ... Das war das Mindeste, was ich ihm schuldig war. Und wer macht mir die Tür auf?«

»Das Mädchen.«

»Verdammt, Diamantis, ich war wie festgenagelt! Diese Göre, die ich im Arm gehalten hatte, war eine Göttin geworden. Eine Schönheit. Ich habe viele Frauen gesehen, gekannt ... Wie du sicher auch. Aber sie ...«

Diamantis ertappte sich dabei, wie er auf einmal an Melina dachte. Er hatte sie geliebt, sicher. Aber aus Vernunft. Oder aus Trotz. Was aufs Gleiche hinauslief. Sein Vater war gerade gestorben, und er hatte sich gesagt oder versucht, sich davon zu überzeugen, dass er nun genug von der Welt gesehen hatte. Dass er aufhören könnte. Der Mann, der ihm in seiner Kindheit so sehr gefehlt hatte, dem er von Hafen zu Hafen nachgelaufen war, in der Hoffnung, eine Nacht, einen Tag, eine Woche mit ihm zusammen zu sein, dieser Mann war zurückgekehrt, um in seinen Armen zu sterben. Auf Psará. Melina war mit ihren Eltern zur Beerdigung gekommen. Er kannte sie seit seiner Kindheit. An jenem Abend hatten sie sich geliebt. Am Abend der Beerdigung. Nein, Diamantis, sagte er zu sich selbst, du spinnst. Melina war schön. Sie war für dich. Du hast sie wirklich geliebt.

»Woran denkst du?«, fragte Abdul.

»An Melina. Auch sie war schön.«

Abdul brach in Gelächter aus. »Die Frauen, die man liebt, sind immer schön. Sonst würden wir nicht mit ihnen schlafen! Es gibt Tausende, die schöner sind als Céphée, ich weiß. Ich bin ihnen in allen Häfen der Welt begegnet … Aber sie … Was in ihren Augen lag, war nur für mich. Das ist Liebe. Das hab ich begriffen, als sie an dem Tag die Tür aufmachte. Vielleicht hat sie sich daran erinnert, wie ich sie als Baby im Arm gehalten habe. Meine Hände unter ihrem kleinen Hintern …«

Abdul war ein wenig betrunken. Diamantis verlor sich in Gedanken. Die Erinnerungen wühlten die Vergangenheit auf, wie einen abgestandenen Tümpel. Er hätte sich das Ganze am liebsten aus dem Kopf geschlagen. Denn hinter Melina zeichnete sich das Gesicht einer anderen Frau ab. Ein junges Mädchen von achtzehn Jahren, das er wahnsinnig geliebt und grußlos verlassen hatte. Er hatte sie sitzen lassen.

Das war vor zwanzig Jahren gewesen, in Marseille. Er hatte nie versucht, sie während seiner kurzen Aufenthalte wieder zu sehen oder herauszufinden, was aus ihr geworden war. Nicht einmal, seit er hier festsaß. Aber in diesem Augenblick vermisste er sie schrecklich. Anima. Ihr Bild drängte sich ihm auf. Jetzt war es geschehen und unausweichlich. Nun wusste er, womit er seine Zeit verbringen würde. Sie wieder zu finden. Wie um endlich mit seinem Leben aufzuräumen.

»Nehmen wir noch einen?«, Abdul zeigte auf die leere Flasche.

Diamantis ließ sich nicht zweimal bitten. Der Wein ist zum Erinnern da, nicht zum Vergessen.

2 Nachts sind wir von aller Welt verlassen

Abduls Blick folgte Diamantis durch das Fenster seiner Kabine. Wo mag er so früh hingehen?, fragte er sich. Er hatte das letzte Fahrrad, das der Besatzung geblieben war, nicht genommen, und das erregte seine Neugier.

Zum ersten Mal seit sie in Marseille festsaßen, machte Abdul sich Gedanken über Diamantis' Ausflüge an Land. Er brach morgens auf, aber meist mit dem Fahrrad, und zwei oder drei Stunden später kam er wieder. Manchmal blieb er auch den ganzen Tag fort. In diesem Fall ging er zu Fuß. Wie heute. Aber er ging nur mit seinem Einverständnis. Und ohne sich je vor den Aufgaben zu drücken, die jeder auf dem Schiff zu erfüllen hatte. Eines Nachmittags hatte er sogar der Mannschaft geholfen, den Rost in Angriff zu nehmen, der sich auf dem Schiff breit machte. Am Abend hatte Abdul ihn ein wenig trocken darauf aufmerksam gemacht, dass ein Erster Offizier dort nicht hingehörte.

Diamantis hatte geantwortet, dass der Rost auch nicht auf das Schiff gehörte.

Abdul hatte gelächelt. »Ich weiß. Das mit dem Rost war nur, damit die Männer was zu tun haben. Damit es niemandem einfällt, an Deck herumzugammeln. Es kommt langsam zu Spannungen unter den Männern. Vor allem zwischen den beiden Birmanen und dem Rest der Mannschaft. Ich weiß nicht, ob dir klar ist, dass die *Aldebaran,* bevor ich sie übernommen habe, vierundzwanzig Monate eingemottet war. Deshalb können wir den Rost abkratzen, solange wir wollen, das wird nichts mehr nützen.«

»Ich bin wie sie, Abdul. Ich hab auch Lust, draufzuhauen. Und sei es auch nur auf diesen Schrotthaufen. Und ich will dir was sagen, es geht mir besser. Den Männern auch. Wir haben uns das in den Kopf gesetzt, und es erinnert zumindest an das Leben eines Seemanns.«

An diesem Abend begannen sie zu reden.

Danach war nichts mehr wie früher. Es wurde ihm bewusst, wie viel »Tiefgang« dieser wenig gesprächige Mann hatte. Geahnt hatte er es immer schon. Diamantis hätte schon lange sein Freund sein können. Er hätte sich ihm anvertrauen, ihn um Rat fragen können. Und vielleicht wäre manches ganz anders gekommen. Vielleicht wäre er immer noch der stolze Kapitän Abdul Aziz und nicht der jämmerliche Kommandant dieses verdammten Seelenverkäufers. Die entscheidenden Fragen, dachte er, stellt man sich immer zu spät. Wenn man im Leben gescheitert ist. Wenn es kein Zurück mehr gibt.

Er zog seinen Stuhl ans Kabinenfenster, um Diamantis weiter nachsehen zu können. Dieser schlenderte lässig über den Digue du Large. Mit dem Gang eines Mannes, der kein Ziel hat. Er schien zu humpeln, als ob seinem linken Bein ein paar Zentimeter fehlten. Aber das war nur ein Eindruck, als ob der Mann nicht auf festen Boden gehörte. Er selbst hatte immer auf seine Haltung, sein Äußeres großen Wert gelegt. Diese Vorliebe für eine stattliche Erscheinung hatte er von seinem Vater. »Halt dich gerade«, konnte der nicht oft genug wiederholen. »Ein gebeugter Mann ist ein gebeutelter Mann.« Und er fügte hinzu: »Sieh mir in die Augen. Wenn du etwas angestellt hast, ist das kein Grund, den Kopf hängen zu lassen!« So war er seinem Vater gegenübergetreten, als er aus Sydney zurückgekommen war. Aufrecht, Aug in Aug. Die beiden Männer hatten sich abgeschätzt. Schließlich sagte sein Vater nur: »Willkommen daheim, mein Sohn.« Eine Woche später war er als Offiziersanwärter bei der Handelsmarine eingeschrieben.

Abdul hatte sich gefreut, als Diamantis in Genua das Fallreep hinaufgeklettert kam. Ihm war nur gesagt worden: »Wir haben einen Ersten Offizier für Sie gefunden.« Er hatte nicht damit gerechnet, einen Ersten Offizier zu bekommen. Eigentlich hatte er mit niemandem gerechnet. Die *Aldebaran* hatte ausgedient. Abdul wusste das. Sie war nur ein alter Massengutfrachter. Für den konnte man arme Teufel anheuern, die es irgendwann auf die See verschlagen hatte wie andere in die Fabrik. Jeder musste eben seine drei Groschen verdienen, um zu überleben und die Familie zu ernähren. Heute war es einfacher, einen auslaufenden Kahn zu finden als einen guten Job. So war das in Europa. So war es überall.

Abdul sah Diamantis noch einige Augenblicke nach. Er blieb plötzlich stehen, steckte sich eine Zigarette an, knüllte das Päckchen zusammen, warf es in die Luft und trat dagegen, bevor es zu Boden fiel. Ein sauberer Treffer, der die Papierkugel weit ins Meer beförderte.

Komischer Kerl, dachte Abdul. Was der wohl auf der *Aldebaran* verloren hatte. Das verstand er immer noch nicht.

»Jeder hat seine eigenen Sorgen«, murmelte er. Die seinen machten ihm schon genug zu schaffen. Er setzte sich an den Schreibtisch. An der Wand hatte er ein Foto von Céphée und den Kindern befestigt und ein weiteres, auf dem er seinem Vater die Hand reichte. Darüber war eine Postkarte aus Deir el-Qamar gepinnt, seinem Geburtsort im Osten von Beirut, die Walid ihm vor der Abreise nach La Spezia geschickt hatte. »Man hat uns für Großvaters Haus entschädigt«, hatte er geschrieben. »Du siehst, der Libanon wird neu aufgebaut. Endlich ist Frieden zwischen unseren Volksgruppen. Dein Platz ist immer noch bei uns. Es gibt genug Arbeit für unsere beiden Familien.«

Abduls Blick glitt von einem Bild zum nächsten und ruhte schließlich auf den Formularen, die er der Mannschaft geben musste. Jeder Mann würde tausendfünfhundert Francs erhalten. Als pauschale Abfindung. Die Männer verpflichteten sich, keine weiteren Rechte geltend zu machen, selbst wenn das Schiff verkauft würde. Das war natürlich Betrug. So wurden die Übernahmekosten für den neuen Reeder gesenkt. Aber zumindest würden sie nicht alles verlieren. Abdul glaubte nicht mehr an einen Freikauf der *Aldebaran.* Eigentlich gab es nicht mehr viel, an das er glaubte. Doch, eines: Er war überzeugt, dass sein Leben zu einem Abschluss gekommen war. Das hatte er Céphée gerade geschrieben. »Ich glaube, nachts sind wir von aller Welt verlassen ...« Der erste Satz aus seinem Brief.

Bevor er seine Kabine verließ, notierte Abdul im Bordbuch: »k.b.V.«, keine besonderen Vorkommnisse. Wie jeden Tag. Nur, dass das heute nicht stimmte. Heute würde die gesamte Besatzung das Todesurteil der *Aldebaran* unterschreiben. Und seines mit.

Diamantis hatte einige Gewohnheiten angenommen. Etwa den Besuch in einem Bistro an der Place de Lenche, unterhalb vom Panier-Viertel, nur wenige Schritte vom Alten Hafen entfernt. Der ehemalige Hafenarbeiter Toinou Bertani hatte es vor mittlerweile fast drei Jahren übernommen. Mittags servierte er etwa zwanzig Mahlzeiten für einige Stammgäste. Provenzalische Küche, einfach, aber hervorragend. Diamantis kam morgens gern dorthin. Er setzte sich auf die Terrasse, unter die Platanen, trank zwei oder drei Kaffee und las die Zeitung.

Einmal hatte Toinou sich zu ihm an den Tisch gesetzt und gesagt: »Soll ich dir einen Pastis ausgeben?«

Bis dahin hatten sie nur die üblichen Gemeinplätze ausgetauscht. Gerade genug, um kein anonymer Kunde zu sein. Am Vorabend hatte ein Bericht über die *Aldebaran* in der Zeitung gestanden. Mit einem Foto von der Besatzung. Da hatte Toinou zu seiner Frau Rossana gesagt: »Verdammt, aber das ist doch der Typ, der jeden Morgen bei mir Kaffee trinkt.«

»Armer Kerl!«, meinte Rossana, nachdem sie den Artikel gelesen hatte. »Das ist bestimmt nicht lustig für die. Die haben wahrscheinlich nicht mal was Vernünftiges zu essen.«

Diamantis hatte den Aperitif nicht abgelehnt und auch nicht Toinous Einladung nach dem dritten Pastis, das Tagesgericht mit ihnen zu teilen. »Wenn es für zwanzig reicht ...« Diesen Mittag standen frische Nudeln mit Gemüseragout in Olivenöl auf der Speisekarte. Ein Hochgenuss. Die beiden hatten nur einen Traum: Ein »richtiges« Restaurant aufzumachen.

Aber Rossana betonte: »Nicht wie am Hafen. Günstig muss es sein. Wenn ein Arbeiter von der Terrasse auf die Tische guckt und sieht, dass die kleinen Teller in die großen gelegt sind, dann sagt er sich, so was ist nichts für mich.«

Diamantis wurde schnell klar, dass es noch dauern würde, bis sie ihr Restaurant eröffnen konnten. Hier gab man gern Kredit. Aus Prinzip. »Du wirst noch auf der Straße landen, wenn du so weitermachst.«

»Ich bin fast sechzig. Wenn ich Pleite mache, geh ich einfach in Rente. Nichts leichter als das. Und wenn ich nicht genug habe, helfen mir mein Sohn und meine Tochter!«

Bruno und Mariette. Diamantis war ihnen schon öfter begegnet. Bruno, das Ebenbild seines Vaters, hatte Hafenarbeiter werden wollen, und Toinou hatte ihn nicht davon abhalten können. Mariette leitete ein kleines Immobilienbüro in der Rue Saint-Ferréol. Fröhlich, rundum mit sich zufrieden und mit berückenden, haselnussbraunen Augen ausgestattet. Toinou und Rossana, Bruno und Mariette – Diamantis hatte eine Familie für sich gefunden. Er fühlte sich wohler in ihrer Gesellschaft als bei Venetsanou, einem entfernten Cousin, der in Marseille lebte.

Einmal hatte er Venetsanou besucht, nachdem er erfahren hatte, dass die *Aldebaran* nicht so bald wieder auslaufen würde. Diamantis hatte ihn seit zehn Jahren nicht mehr gesehen. Er hatte eine »Marseiller Griechin« geheiratet, ihr drei Kinder gemacht und mit seinem Schwager das kleine Bauunternehmen seines Onkels weitergeführt. Mit durchschlagendem Erfolg. Seitdem wohnten sie in einer kleinen Villa im Montebello-Tal, auf den Hügeln der Stadt, hinter Notre-Dame-de-la-Garde.

»Ihr habt es gut hier.«

»Ja, das ist ein gutes Viertel. Und das Gymnasium gleich nebenan ist eins der Besten für die Kinder. Ich will ja nichts sagen, aber Marseille hat sich verändert. Ich weiß nicht, ob es dir in der kurzen Zeit aufgefallen ist, aber es ist voller Ausländer.«

Diamantis glaubte, nicht richtig gehört zu haben.

»Das ganze Stadtzentrum ist verseucht. Gut, im Rathaus sind sie dabei, aufzuräumen, aber ... Wir gehen nicht mehr auf die Canebière, so einfach ist das. Wir gehen nicht über die Place Castellane hinaus. Wir holen alles hier, in unserer Nähe. Der Markt, die Läden, die Kinos ...«

Diamantis schaute immer noch verständnislos.

Venetsanou lächelte verschwörerisch. »Na, die Kameltreiber aus Nordafrika!«

Sie waren erst beim Aperitif. Die Mahlzeit fing ja gut an. Auf der *Aldebaran* waren zwei Birmanen, einer von der Elfenbeinküste, einer von den Komoren, ein Türke, ein Marokkaner und ein Ungar. Abdul Aziz war Libanese und er selber Grieche. Wer war wem fremd, wenn man einmal auf See war? In den fast dreißig Jahren, in denen er mit Menschen aller Rassen der Erde auf sämtlichen Weltmeeren gefahren war, hatte sich die Rassenfrage nie gestellt. Das gab er Dimitri zur Antwort.

»Menschliche Probleme habe ich erlebt, ja. Auch Machtprobleme. Fragen der Kompetenz und der Inkompetenz. Aber ich hab nie gesehen, dass ein Schwarzer weniger wert ist als ein Weißer.«

»Darum geht es doch nicht, Diamantis. Sie kommen nach Frankreich, und sie wollen alles.«

»Wie du. Mit sechzehn hast du eingesehen, dass du nicht dein ganzes Leben nach Schwämmen tauchen wolltest. Also hast du Symi verlassen und bist nach Marseille zu deinem Onkel Caginolas gekommen. Er hat dich mit ihm arbeiten lassen, und heute bist du dein eigener Herr ...«

»Und ich habe eine Familie gegründet, ja, und ich habe ihr ein Dach über dem Kopf geschaffen. Und mein Geld verprasse ich hier. Ein echter Franzose! Ich habe gedient!«

Der Ton war hitzig geworden. Diamantis hatte seinen Teller zurückgeschoben. Tintenfische in Wein und Tomaten, wie sie auf den Inseln zubereitet wurden. Nena hatte sich Mühe gegeben. Aber offenbar kannte sie sich mit Steak und Frites oder Würstchen mit Kartoffelbrei besser aus. Weder die Sauce noch der Fisch schmeckte.

Nun kamen alte Rechnungen aufs Tapet. Auch Melina stammte aus Symi, und Dimitri war verliebt in sie gewesen. Eines Sommers war er zurückgekommen und hatte um ihre Hand angehalten. »Ich liebe Diamantis. Er ist es, auf den ich warte«, hatte sie ihm geantwortet. Dimitri hatte sie verspottet. Sie würde alt werden wie Penelope. In der ewig vergeblichen Hoffnung auf seine Heimkehr.

»Was kann man von einem Seemann schon erwarten?«, hatte er gefragt.

»Nichts. Ich hatte nicht wenige Abenteuer auf der Universität. Ich habe immer noch welche. Aber ich liebe nur ihn. Begreifst du das? Wenn ich heirate, ein Kind habe, dann mit ihm.«

An dem Tag, als Melina Diamantis verkündete, dass sie die Scheidung wollte, gestand sie ihm: »Ich bereue nichts, bitte verstehe. Aber es ist besser so. Besser für die vielen glücklichen Momente, die wir zusammen gehabt haben.« Diamantis verstand, was er alles verlor. Melina hatte ihm ihre Jugend geschenkt, und er hatte sie auf See vergeudet. Keiner von beiden fand an jenem Abend Worte für ihren Schmerz. Sie liebten sich, langsam. Nur um ihren Tränen einen Sinn zu geben. Die folgenden Abende hatte Diamantis in den Bars von Athen verbracht. Und sich volllaufen lassen, während er auf ein Schiff zum Anheuern wartete.

»Weißt du was Neues von Melina?«, fragte Dimitri mit einer boshaften Spitze.

»Sie wird wieder heiraten«, log Diamantis. »Du siehst, hättest du gewartet ...«

Nena verließ den Tisch, Tränen in den Augen.

»Du bist ein Arschloch!«, schrie Dimitri. »Du hattest kein Recht, das zu sagen. Wir sprechen nicht mehr darüber, Nena und ich. Das Thema ist vergangen und vergessen.«

Diamantis trank schweigend aus und stand auf. Am liebsten hätte er Dimitri eine geknallt. Aber das hätte die Vergangenheit nicht ausgelöscht und nichts an der Gegenwart geändert.

In der Tageszeitung breitete Hass sich auf allen Seiten aus. Bosnien, Ruanda, Tschetschenien, Irland. Diamantis wäre am liebsten wieder ausgelaufen. Sich in einer Sternennacht mitten auf dem Ozean verlieren. Sich auflösen zwischen Himmel und Meer. Doch die Chancen, dass dies bald geschehen würde, waren gering. Er hatte sich bei der Seemannsmission erkundigt. In Marseille gab es nur wenige Schiffe, auf denen man anheuern konnte. Er musste zu seinem Ausgangspunkt zurück. Nach La Spezia. Oder woandershin.

»Na«, fragte Toinou. »Wie hast du dich entschieden?«

»Ich bleibe. Ich warte mit Abdul. Obwohl ich glaube, wir sind bescheuert, alle beide. Er hat das Kommando für den Frachter übernommen, verstehst du, und er lässt sich nicht so leicht davon abbringen. Er will ihn irgendwo hinbringen. Ich bin als Erster Offizier mit ihm an Bord gegangen. Und ich gehe dahin, wo er hingeht. Ich weiß sowieso nicht, wo ich hingehen soll.«

»Nach Hause. In der Zwischenzeit.«

Das konnte Toinou nicht verstehen. Es war Diamantis unmöglich, sich zu sagen: »Ich geh nach Hause und warte.« Das war die Krux im Leben der Seefahrer. Warten gab es nicht. Nur aufzubrechen hatte einen Sinn. Fortgehen und wiederkommen. Sogar die mit Familie dachten so. Die meisten zumindest. Denn Diamantis wusste wohl, dass heute viele zur See fuhren, weil sie an Land nichts Besseres fanden. Nedim, der Funker auf der *Aldebaran*, war so einer. Mit achtzehn hatte er zum ersten Mal das Meer gesehen, als er zum Militärdienst einberufen wurde. Bei der Armee hatte er Funker gelernt. Als er an Land keine Arbeit fand, hatte er sich auf See umgeschaut.

»Ich wurde nicht einmal seekrank«, hatte er eines Abends erzählt. »Der Koch aber meckerte ständig, weil ich selbst bei schlechtem Wetter für vier aß. Da hat er eines Abends gefragt: ›Nedim, was meinst du, ist es das Meer, was sich bewegt, oder sind es die Berge?‹ Ich hab fünf Sekunden gebraucht, um zu verstehen, und weniger als eine Minute, um aufs Deck zu kotzen! Jetzt wird mir bei der kleinsten Bö hundeelend.«

»Das funktioniert immer bei den Bauern!«, hatte Gregory, der Maschinist, gegrinst.

»Wer wird nicht seekrank?«, hatte Diamantis gefragt.

»Ich«, hatte Ousbène posaunt.

»Aha. Und wie schläfst du bei Sturm?«

»Auf dem Rücken«, hatte er gelacht.

»Ich auch«, hatte Diamantis geantwortet. »Sobald du auf der Seite schläfst, bist du reif fürs Klo! Das ist mir in dreißig Jahren nicht passiert!«

»Ich lege mich auch auf den Rücken«, fuhr Nedim fort. »Das ändert nichts. Ich merke, wie es rauf und runter geht.«

»Wegen dem Idiot, der dir was von Bergen erzählt hat«, sagte Ousbène.

»Das war ein Grieche. Die sind die größten Dummköpfe.«

Alle waren in Gelächter ausgebrochen. Und Nedim merkte erst jetzt seinen Schnitzer. »Oh! Verdammt! Tut mir Leid. Hat nichts mit dir zu tun. War nur ganz allgemein.«

So fühlte Diamantis sich wohl. Mit Männern, die so redeten, ohne Hintergedanken.

Toinou sah ihn aus seinen großen, vorstehenden, leicht blutunterlaufenen, aber vor Freundlichkeit strahlenden Augen an. Er verstand nicht, was in Diamantis' Kopf vorging, aber das war nicht so wichtig.

»Hör zu«, sagte er sehr ernst. »Du kannst kommen, wann du willst. Du bist hier zu Haus. Und du kannst deinen Freund mitbringen, den Kapitän. Ihr braucht euch nicht zu genieren. Ich glaub, wenn du bleibst, ist es ein bisschen wegen ihm. Wegen dem Respekt, den du für ihn empfindest. Aus Freundschaft ...«

»Nein, Toinou«, hätte Diamantis antworten können. »Ich bleibe, weil ich allein bin.« Aber er sagte nichts dergleichen. Er sagte nur: »Danke, Toinou.«

3 Wir schwimmen nicht im Überfluss, aber am Hungertuch nagen wir auch nicht

Als Abdul spät abends auf die *Aldebaran* zurückkehrte, saß Diamantis in der Messe. Er hatte eine Landkarte vor sich auf dem Tisch ausgebreitet. Eine alte, römische Karte. Daneben ein Block, auf dem er sich Notizen machte. Er trug Shorts, und sein Oberkörper war nackt. Stickige Gewitterluft drang durch die offene Tür. Als Abdul eintrat, sah er auf.

»Nun? Sind nur noch wir zwei übrig?«

Abdul antwortete nicht. Er zog sein Hemd aus, angelte sich einen Stuhl und setzte sich an den Tisch. »Ich wusste nicht, dass du dich für Kartografie begeisterst?«

»Du weißt nichts von mir, Abdul. Und andersrum ist es genauso. Wie lange kennen wir uns? Zehn Jahre? Über unsere Mannschaft weiß ich mehr.«

»Du bist auch nicht gerade gesprächig.«

»Wenn es mir schlecht geht, wenn ich Zweifel habe, vertiefe ich mich in die Kartografie.«

Diamantis zeigte auf die Karte. »Mir wird deutlich, dass das, was einmal Wahrheit war, heute Lüge ist. Dass die Wahrheit immer relativ ist.«

»Das musst du mir erklären.« Abdul holte eine Schachtel Zigarillos aus der Tasche und steckte sich eine an, ohne Diamantis davon anzubieten.

»Es ist ganz einfach, Abdul. Was machen wir hier, wir beide, auf diesem verdammten Frachter? Du und ich, wir hätten abhauen können. Du hast bestimmt deine Erklärung dafür. Ich hab auch eine. Aber in Wirklichkeit wissen wir sehr wohl, du so gut wie ich, dass wir uns was vormachen. Das sind alles nur Lügen. Die Wahrheit ist, dass wir nicht heimkehren wollen.«

»Oder nicht können«, gab Abdul zurück.

Diamantis sah auf. Ihre Blicke begegneten sich. Abdul sagte sich, dass er mit dieser Bemerkung ins Schwarze getroffen hatte. Irgendetwas hielt Diamantis davon ab, zurückzukehren. So erklärte er sich, dass er nicht mit den anderen abgehauen war.

»Das läuft aufs Gleiche hinaus. Ich glaube, dass das, was wir Wahrheit nennen, einfach die Ehrlichkeit ist, mit der wir unsere Situation akzeptieren. Und es ist immer eine Lüge, sobald wir Leben, Liebe oder Geschichte groß schreiben. Oder nicht?«

Abdul beugte sich über die Karte. Er hatte jetzt keine Lust zu antworten. Das hätte zwangsläufig bedeutet, über sich zu sprechen, über Céphée, über ihr gemeinsames Leben, das zerfiel. Abdul hatte Diamantis zwingen wollen, die Maske fallen zu lassen, aber Diamantis hatte den Spieß umgedreht.

Ihre Blicke trafen sich wieder, und sie beschlossen, es für den Moment dabei zu belassen. An dem Punkt, an dem sie angekommen waren, würden sie ohnehin noch lange bleiben.

»Diese Karte«, erklärte Diamantis, »ist die *Tabula Peutingeriana,* eine römische Landkarte aus dem 3. Jahrhundert, hier ist Rom, in der Mitte.«

»Sie ist großartig.«

»Mein Vater hat sie mir geschenkt, einige Monate vor seinem Tod. Er hat sie in einer Opiumhöhle in Shantou von einem italienischen Seemann gekauft, der dringend Geld brauchte. Das war 1954, glaube ich. Aber ich erinnere mich an seine Heimkehr. Er hatte die Karte auf dem Tisch ausgebreitet wie einen Schatz, dann hat er mich auf den Schoß genommen und mir eine fabelhafte Geschichte erzählt. Ich war vier Jahre alt, ich verstand kein Wort von seiner Geschichte, aber sie klang wunderschön. Jedes Mal, wenn er nach Hause kam, begann er erneut. Mit mir auf seinem Schoß. So hatte ich mit zwölf verstanden, dass nur die Kartografie Meer und Land bis ins Kleinste hinterfragt. Das heißt, die Welt und unsere Sicht der Welt. Verstehst du?«

»Ja, ja. Voll und ganz.«

»Ich glaube, ich wäre gern Kartograf geworden. Oder Geograf. Aber ... Seemann ist im Grunde das Gleiche. Auf jeder Reise zeichnet man die Welt neu. So sehe ich das.«

Abdul war begeistert, und während er Diamantis zuhörte, hatte er das Bild vor sich: der Junge und sein Vater. »Dein Vater war 1954 in China?«

»Ja, an Bord eines verrotteten Frachters. Noch schlimmer als unserer. Uralt, völlig aus den Fugen, nicht mal mit Funk. Ich habe nie erfahren, wie er hieß. Mein Vater nannte ihn *Cafard,* Küchenschabe. Einer von diesen Kähnen, die auf dem Schrottplatz verkauft werden. Griechische Reeder hatten ihn in Rotterdam für nichts erstanden. Sie ließen solche Schiffe noch jahrelang fahren. Das Risiko und die Gefahren gingen natürlich zulasten der Mannschaft. Die *Cafard* transportierte Kriegsmaterial. Als sie in Shantou ankamen, hatten die Kommunisten gerade die Macht übernommen. Von dem bombardierten Hafen war nichts übrig geblieben. Nur ein paar Opiumhöhlen.«

»Was haben sie mit dem Material gemacht? Haben sie es den Kommunisten ausgeliefert?«

»Keine Ahnung. Ich glaube, das hätte wohl auch nichts mehr geändert. Warum?«

»Nur so. Reine Neugier.«

»Weiter nichts?«

»Nein. Aber ... Ich hab mich oft gefragt, ob es nicht gerade diese kleinen Nichtigkeiten waren, die den Lauf der Geschichte geändert haben.«

»Die Geschichte vielleicht. Nicht ihren Lauf.«

Die Dunkelheit war hereingebrochen und hüllte den Frachter ein. Die beiden Männer machten eine Bestandsaufnahme der Vorräte. Zehn Kilo Spaghetti, ebenso viel Reis. Acht Kilo rote Bohnen. Sechs Dosen Kichererbsen à fünfhundert Gramm. Acht Dosen Makrelen, zwölf Büchsen Ölsardinen. Drei Gläser Nescafé à fünfhundert Gramm, eine Dose schwarzen Tee, eine Schachtel Kekse, Zwieback in einer großen Aluminiumbüchse. Ein Kanister Öl, drei Viertel voll. Salz, Pfeffer. Ein Schlauch Wein im Karton. Vier Rutschen Bier und ein Rest Whisky. Die Trinkwasserreserve zeigte zwölf Liter an.

»Wir schwimmen nicht gerade im Überfluss«, scherzte Abdul, »aber am Hungertuch nagen wir auch nicht.«

In stillem Einverständnis machten sie Spaghetti und verbrauchten die letzte Dose Tomatenmark. Sie aßen schweigend. Wie auf See. Sie hatten dieselben Gesten, dieselben Haltungen wieder angenommen. Jeder hatte sich auf den Platz gesetzt, auf dem er seit ihrer Abfahrt aus La Spezia gesessen hatte. Auch ihr Blick ging in die Ferne, in jene Weite, wo es keine Gedanken mehr gibt, nur noch Bilder, die aufeinander folgen, sich verketten, manchmal ohne ersichtlichen Grund.

Abdul brach das Schweigen. Weil es ihm nicht gelingen wollte, Céphées Gesicht in seiner Vorstellung zu rekonstruieren. Er konnte ihren Blick spüren, aber nicht die Konturen nachzeichnen. Die runden Wangen, das feine Kinn, die sanfte Stirn. Er hätte sie gern lächeln sehen und dieses Lächeln mit seinen Fingerspitzen liebkost. Er hätte gern ihre Augenlider geküsst und gesehen, wie sie danach ihre schwarzen, glänzenden Augen öffnete ...

»Ob wir wohl ein Gewitter kriegen, was meinst du?«

Diamantis sah auf und zuckte mit den Schultern.

»Ach ja«, fuhr Abdul fort, »die Männer lassen dich grüßen. Sie wollten Abschied nehmen, aber ... Du warst früh fort, heute Morgen.«

»Ist es gut gelaufen?«

»Ja, ja. Nur mit Ousbène gab es ein Problem. Der Idiot hatte seine Papiere nicht in Ordnung. Er musste zur Präfektur, um sich eine Aufenthaltsgenehmigung zu besorgen.«

»Was machen sie alle?«

»Keine Ahnung. Außer Ousbène, er wollte nach La Spezia zurück. Er hat einen Cousin da unten. Er will auf ein Schiff warten, hat er gesagt. Und Nedim hat einen Fernfahrer gefunden, der ihn nach Istanbul mitnimmt. Für fünfhundert Francs, glaube ich.«

»Hast du geglaubt, ich würde abhauen?«

»Das wäre dein gutes Recht.«

»Weil es nur deine Pflicht ist zu bleiben?«

Die Frage war so unverblümt, dass Abdul nicht wusste, was er antworten sollte. »Nein«, stammelte er. »Nein.«

»Das ist also völlig freiwillig. Für uns beide. Wir sind hier. Und wir werden schon sehen, oder nicht? Vielleicht prügeln wir uns in zwei oder drei Tagen.«

»Warum sollten wir uns prügeln?«

»Weil wir ums Verrecken gern wüssten, warum wir hier sind, du und ich, einander gegenübersitzen, Spaghetti mit einer scheußlichen Sauce runterwürgen und Wein trinken, der nach Essig schmeckt.« Er stand auf, steckte sich eine Zigarette an und zog den Rauch in der Erregung tief ein:

»Und weil weder du noch ich darüber reden wollen. Ich glaub, ich leg mich hin. Ziehen wir das Fallreep ein?«

»Wir haben es nie eingezogen. Warum fragst du?«

»Weil du der Kapitän bist, Abdul. Verdammt!«

Sie mussten lachen.

»Wie wärs, wollen wir den Whisky noch austrinken?«, schlug Abdul vor.

»In Anbetracht der Lage hast du Recht. Na los, nimm die Flasche. Ich erklär dir dann die Karte, wenn du möchtest.«

Diamantis fing an. »Im Altertum nannte man die Karten die *Erdzeitalter.* Tatsächlich – zwischen dieser Karte und denen, die wir heute in der Seefahrt benutzen, hat die Erde ihr Gesicht verändert. Häfen haben ihre Namen gewechselt wie die Meere, die sie umspülten. Manche sind ganz verschwunden. Wenn ihre Geschichte nicht jetzt geschrieben wird, wird sie nie mehr geschrieben.«

Diamantis zeigte mit dem Finger auf zahlreiche Orte und ließ sich die Namen von traumumwobenen Häfen auf der Zunge zergehen. Salonae, Aquileia und Atria an der Adria. Sybaris, Lilybaion, Phokaia. Die beiden Caesarea an den Küsten Afrikas und Kleinasiens. Die beiden Ptolemaïs, eines in Libyen, das andere in Phönizien. Kaloi Limenes, die Guten Häfen in der Nähe von Lasäa im Süden Kretas, vom heiligen Lukas in der Apostelgeschichte erwähnt. Tarsos in Kilikien, bekannt von den Toren der Kleopatra. Und Tarsis, berühmt für seine Flotte, dessen genaue Lage nicht bekannt ist. Dora, am Fuße des Karmelgebirges. Apollonia und Berenike, zu beiden Seiten der kyrenäischen Halbinsel. Herakleia und Theodosia, auf der Krim, die nur über Land zu erreichen sind. Gorgippia und Germanossa, in der Nähe der Meeresstraße, die ins Asowsche Meer führt, das alte Himera an der Küste Siziliens. Und Kythera, die südlichste der Ionischen Inseln. Kythera …«

Diamantis holte Luft. Er leerte den Rest Whisky in einem Zug und schnalzte mit der Zunge. »Ein bisschen knapp, die Vorräte!«

»Gönnen wir uns morgen einen, einverstanden. Die Abende werden noch lang.«

»Schon. Aber wir haben trotz allem keinen Treueschwur geleistet!«

»Erzähl keinen Blödsinn, mach weiter.«

»Aber mit dem Whisky bin ich einverstanden. Ich kümmer mich drum. Ich müsste welchen zum Einkaufspreis bekommen.«

»Das Meer«, fuhr Diamantis fort, »entdeckt man nie allein, und man sieht es nicht nur mit eigenen Augen.« Das hatte sein Vater ihm beigebracht. »Man betrachtet es so, wie die anderen es gesehen haben, mit den Bildern und Geschichten im Kopf, die sie uns überliefert haben. So habe ich das Meer erfahren. Auf seinem Schoß. So hab ich auch Geschichte und Geografie gelernt. Und so hat die Literatur einen Sinn für mich bekommen. Jedenfalls solche, die von Meeren zu berichten weiß, in denen wir niemals baden können, und von Häfen, deren Mädchen wir niemals küssen werden. Und von Ländern, die den menschlichen Wahnsinn überleben werden.«

»Du bist ein echter Philosoph, Diamantis.«

»Ich liebe das Meer, das ist alles. Man sieht das Land anders, und die Menschen auch.«

»Ich wette, du kannst Gedichte auswendig.«

»Gewonnen«, lachte Diamantis. »Auf die Art hab ich sogar meine Frau verführt.« Er dachte einen Moment nach, dann begann er zu rezitieren:

Sei gegrüßt, Kapitän!
Seid gegrüßt ihr Alten – was macht ihr da?
Zählt ihr die Sterne und Schiffe, die vorüberziehen?
Schwatzt ihr hellseherisch mit dem Mond?

Nein, weder Sterne noch Schiffe – sie sind unter-
gegangen;
noch der Mond – er ist verdunkelt;
wir verabschieden uns nur von der Welt, Kapitän.

»Jannis Ritsos. Ein Dichter aus meiner Heimat. Heute kennt keiner mehr seinen Namen. Oder fast keiner. Die Obristen hatten ihn auf die Insel Leros verbannt. Weil er Kommunist war, glaub ich. Dieser Abschaum hat die Inseln in Konzentrationslager verwandelt. Ritsos zu rezitieren, war gleichbedeutend mit Widerstand gegen die Diktatur.«

»Warst du im Widerstand?«

»Ich habe Melina Gedichte rezitiert!«

Eine Art, nicht zu antworten, natürlich. Die Zeit lag weit zurück. Er hatte beschlossen, sie zu vergessen. Wie alle, die unter der Diktatur gelitten hatten und gedemütigt worden waren. Aber jene Jahre blieben wie eine schlecht verheilte Narbe. Sie blutete immer noch gelegentlich.

Warum hatte er Ritsos zitieren müssen? Was war in ihn gefahren? Erinnerungen schlummern einfach vor sich hin. Bereit, eine günstige Gelegenheit zu ergreifen und aufzuflammen. Um uns in verlorene Welten zu ziehen. Erinnerungen, die schönsten und unbedeutendsten, sind die versäumten Augenblicke des Lebens. Zeugen unserer nicht zu Ende gebrachten Taten. Sie tauchen wieder auf, um eine Vollendung zu finden. Oder eine Erklärung. Diamantis war eine leichte Beute für sie.

Melina hatte geweint.

Die Armee hatte ihren Literaturlehrer Costa Staikos festgenommen. Dieser Mann hatte ihnen im vorigen Sommer Patmos offenbart. Die Insel, auf der eine der prachtvollsten Bibliotheken des Orients Zuflucht gefunden hat. Die Bibliothek im Sankt-Johannes-Kloster. Dort war das älteste Manuskript von Platons Dialogen verwahrt worden, bis der englische Reisende Daniel Clarke es 1801 mitgehen ließ. Es war zweifellos dieser Besuch, der Melina auf das Studium byzantinischer Schriftstücke gebracht hatte.

Staikos war ein Freund von Ritsos, er teilte seine Gedanken und zitierte ihn häufig in seinen Unterrichtsstunden. Er wurde denunziert. Fünf Männer kamen mitten im Unterricht hereingestürmt und ließen Schläge auf Staikos herabsausen. Vor den Augen der Schüler. Dann zerrten sie ihn aus der Klasse, wie einen Schwerverbrecher. Ein Militär, ein alter Offizier, hielt ihnen anschließend eine Moralpredigt. Über die Mission, die sie in Griechenland zu erfüllen hatten. Einige Schüler klatschten Beifall. Melina brach in diesem Augenblick in Tränen aus.

Der Offizier ging auf sie zu. Und ohrfeigte sie. Mit voller Kraft.

Diamantis brachte Melina nach Hause. Sie sprachen auf dem ganzen Weg kein Wort.

»Wo hebt dein Vater seine Munition auf?« Melina und ihre Mutter sahen ihn verständnislos an.

»Oben auf dem Schrank«, antwortete Melina. »Warum fragst du?«

»Weil ich den Kerl umbringe! Ich bring ihn um!«

»Wir haben schon genug Unglück!«, rief ihre Mutter. »Geh nach Haus.«

Am nächsten Tag trat er mit Melina der Sozialistischen Jugend bei. Sie kämpften leidenschaftlich, Diamantis sogar mit Gewalt. Aber er hatte die Ohrfeige, die Melina empfangen hatte, niemals auslöschen können. Er wusste, was er hätte tun müssen: den Typ umbringen. Dieser Meinung war er heute noch.

»Und du, Abdul, wer bist du?«, fragte er, um das Schweigen zu brechen.

»Ich …«

Abdul war aufgeschreckt. Er war in Gedanken verloren gewesen. Das passierte ihm immer öfter. Er wollte Diamantis mit einem Scherz antworten, fand aber keine Worte. Er war erschöpft. Er wollte schlafen. Nicht mehr an Céphée denken. In einem Groschenroman hatte er kürzlich gelesen: »Es sind immer die Frauen, die ihren Mann verlassen. Das Problem ist nur, dass sie ihren Körper nicht mitnehmen.« Das war seine Frage: Seit wann hatte Céphée ihn verlassen?

»Du brauchst nicht zu antworten.«

Abdul stand auf. Er wirkte immer größer, wenn er aufstand. Auch dünner, stellte Diamantis fest. »Ich, weißt du …« Er suchte Diamantis' Blick. »Ich bin jemand, der in der Versenkung verschwindet. Einfach so. Von Schuld zermürbt.«

Diamantis lachte. »Mir ist noch kein Seemann begegnet, der sich nicht schuldig fühlt.«

»Das ist etwas anderes, Diamantis. Irgendwann erzähle ichs dir. Aber – ich glaub, ich leg mich hin. Sei mir nicht böse wegen all der Fragen. Ich bin neugierig, klar. Aber deine Antworten ersparen es mir, auf meine Fragen zu antworten.«

Diamantis pfiff durch die Zähne. »Zum Teufel, ich bin also nicht der einzige Philosoph auf diesem verfluchten Kahn.«

4 Die Mädchen vom *Blauen Papagei*

Mit Ausnahme der beiden Birmanen, die sich gleich nach der Auszahlung ihrer Abfindung in Luft auflösten, beschlossen die anderen Besatzungsmitglieder, sich ein ordentliches Essen zu gönnen. Tausendfünfhundert Francs in der Tasche – das hatten sie schon lange nicht mehr gehabt. Eine richtige Mahlzeit auch nicht.

Sie aßen am Hafen. Auf der Seite Rive-Neuve. Wie echte Touristen. Fischsuppe mit »Rouille und Croutons«, wie es sich gehörte, Goldbrasse mit gedünsteten Kartoffeln, Käse und Dessert nach Wahl, Flan »nach Art des Hauses« oder zwei Kugeln Eis. Das Essen hätte kaum einen Eintrag im GaultMillau verdient, aber sie kamen glücklich mit fünfundsiebzig Francs pro Person davon. Ohne den Wein.

Nach dem Kaffee fanden Ousbène und Nedim sich allein wieder. Die drei anderen hatten den Nachtzug nach Paris genommen. Der Ungar fuhr anschließend nach Hause weiter. Der Komorer zog nach Antwerpen. Dort sollte es laut seinem Onkel, der dort lebte, Anheuermöglichkeiten nach Chile geben. Der Marokkaner hatte beschlossen, sich ihm anzuschließen. Wenn sich für einen eine Gelegenheit ergab, dann vielleicht auch für zwei.

Ousbènes Zug nach Italien fuhr erst gegen Mitternacht. Nedim seinerseits hatte es nicht eilig. Der Lastwagenfahrer hatte ihn auf fünf Uhr morgens zum Parkplatz beim Schuppen J4 bestellt. Das war hinter dem Fort Saint-Jean auf dem Hafengelände. Ein unbenutzter Lagerschuppen am Hafenbecken La Grande Joliette. Ein Symbol für den Untergang des Marseiller Hafens. Während er auf seinen Abriss wartete, diente er gelegentlich als Konzerthalle.

Nedim kannte die Gegend gut. In den ersten Tagen, als er

noch etwas Geld hatte, war er auf Rat eines Hafenarbeiters dorthin gegangen, um ein wenig Gras zu kaufen. Ganze Familien aus Nordafrika schliefen dort in ihren Wagen, um eine Fähre zu ergattern. Das war der Ort für allerlei kleine Geschäfte. Man konnte alles Mögliche kaufen und verkaufen. Einige Mädchen boten sich zu einem Spottpreis auf dem Strich an. Meistens an Fernfahrer, die auf dem Hafengelände verluden. Die Flics veranstalteten zwar ab und zu eine Razzia, doch mehr aus Prinzip und um Angst zu verbreiten, als in der Erwartung, einen dicken Fang zu machen.

Ousbène schlug Nedim vor, im *Blauen Papagei* an der Rue des Dames einen zu trinken, um die Zeit totzuschlagen. Eine afrikanische Kneipe, die er eines Abends entdeckt hatte.

»Eine Bar mit Nutten?«, fragte Nedim.

»Nein, eine ganz normale Disco. Mit guter Musik. Salsa, Beguine, Merengue. Da gehts heiß her, das hast du noch nicht gesehen, Mann! Außerdem ist es zwischen Bahnhof und Hafen ...«

»Salsa! Teufel, den liebe ich! Das hab ich in Panama gelernt. In den Armen einer Kubanerin. Sie hatte einen von diesen Hintern! Eine ganze Nacht an sie gepresst wie ein Verrückter. Dafür gibts keinen Ausdruck! Die war echt scharf auf mich!«

So oder so, Nedim wäre Ousbène ohnehin überallhin gefolgt. Er wusste eh nicht, was er bis fünf Uhr anfangen sollte. Außer, sich mit einer Nutte die Stunden zu versüßen. Aber dafür hätte er mehr als tausendfünfhundert Francs gebraucht. Für etwas Rassiges, Richtung jugoslawisch oder russisch – hübsch blass und blond, wie er sie auf der Place de l'Opéra begafft hatte –, musste er fünf Riesen hinlegen. Für ein einziges Mal. Das wusste er, er hatte sich schon erkundigt.

Der *Blaue Papagei* war brechend voll. Mit reichlich hübschen, kleinen Hintern, die sich in den Hüften wiegten, zu *Para los rumberos,* von Tito Puente, dem Obermeister. »Uuahuu!«, johlte Nedim und stieß mit Ousbène an. Die erste Runde Gin Tonic. Nedim ließ die Tanzfläche nicht aus den Augen. Er hielt nach einem Mädchen Ausschau, an das er sich ranmachen konnte. Davon träumte er, sich an eine Frau zu schmiegen. Ihre Brüste, ihren Bauch und ihre Schenkel zu spüren.

»Salsa ist die beste Vorspeise zum Ficken, Alter! Vergiss das nicht. Hör auf Nedim!«

»Schon, aber pass trotzdem auf. Wir sind hier nicht in Panama. Scheint mir nicht so, als würden die Tussis nur auf dich warten.«

»Keine Sorge, Ousbène! Ich bin doch nicht blöd, ich will keinen Ärger. Ich will nur eine an mich drücken.«

In den nächsten Stunden fand er keine Gelegenheit dazu. Die meisten Mädchen waren in Begleitung, und die wenigen, die allein dort waren – Stammgäste, wie sich unschwer erraten ließ –, gaben ihm höflich einen Korb.

Ousbène amüsierte sich jedes Mal, wenn Nedim an den Tisch zurückkehrte.

»Verdammt, was für Schlampen! Wovor haben sie denn Angst? Dass ich sie auf der Stelle vergewaltige?«

»Zuzutrauen wärs dir, Mann.«

Nedim bestellte noch eine Runde Gin Tonic, die vierte. Ousbène sah auf die Uhr. »Danach hau ich ab, Alter.«

»Ich warte hier. Ich weiß zwar nicht, ob es was bringt, aber die Musik, da hattest du Recht, die ist echt geil.«

Es war kurz nach Mitternacht. Nedim fand sich beim Tanz mit einem Mädchen wieder, ohne zu wissen, wie es dazu gekommen war. Er hatte sie nicht aufgefordert. Nicht wirklich. Er hatte ganz allein angefangen zu tanzen. Vom Alkohol getrieben. Und um diese Energie freizulassen, die ihm in den Adern brannte.

Juan Louis Guerra sang *Woman del Callao*. Nedim tanzte mit geschlossenen Augen. Die rechte Hand dicht über dem Bauch, den linken Arm auf Kopfhöhe erhoben. Verloren in dem Jenseits, in das die Musik ihn getragen hatte. Er spürte, wie ihm der Schweiß auf den Schultern klebte, den Rücken runterlief. Dem Lächeln auf seinen Lippen nach zu urteilen, fühlte er sich wohl dort, wo er war. Glücklich.

Er schlug die Augen auf, und da war sie. Als hätte er dieses Mädchen herbeigeträumt. »Sie tanzen gut«, sagte sie.

Er öffnete seine Arme, ohne zu antworten. Ohne sie auch nur richtig anzusehen. Er drückte sie an sich. Hemmungslos. Er fühlte ihren Bauch an seinem glühen. Sie passte sich seinem Rhythmus an. Sie war leicht. Eine hervorragende Tänzerin. Nedim übte einen leichten Druck auf die Taille des Mädchens aus. Er spürte, dass sie sich ihm mit ihrem ganzen Körper hingab. Sie klebten regelrecht aneinander. Ihr Geruch war betörend. Eine Mischung aus Schweiß und Vanille. Er kämpfte nicht gegen seine Erektion. Er liebte das Gefühl. Wenn sein Glied steif wurde. Sich aufrichtete. Anschwoll. An der Unterhose und dem Stoff seiner Jeans zerrte. So hart, dass es fast wehtat.

Das Mädchen bog sich leicht, schob ihr Bein an Nedims Glied. Er öffnete die Augen. Sie lächelte. Sie ließ ihre Wange an die seine gleiten. Die Musik hörte auf. Langsam machten sie sich voneinander los.

»Wir haben uns ein Glas verdient, oder?«, fragte er.

Sie nickte. Sie musste arabisch sein, oder etwas in der Art. Genau konnte er es nicht sagen, wegen des schummrigen Lichtes auf der Tanzfläche. Aber ihr Gesicht war perfekt. Mit riesengroßen, schwarzen Augen. Eine Flut welliger, glänzender Haare fiel ihr über die Schultern. Sie hatte ihre Hand nicht aus seiner zurückgezogen.

»Bist du allein?«

»Nein.«

Sie zeigte auf eine Frau, die am anderen Ende der Theke auf einem Hocker saß. Araberin wie sie, aber älter, schien ihm. Das Mädchen drückte Nedims Hand und zog ihn mit sich. »Komm.« Ihre Stimme war rau, sinnlich.

»Wie heißt du?«

»Lalla.«

»Ich bin Nedim.«

Die andere Frau nannte sich Gaby.

»Gaby?«, wiederholte Nedim überrascht.

»So nennen wir sie. Ihr richtiger Name ist Amina. Aber sie mag ihn nicht.«

Was kümmerte Nedim ihr Vorname. Er hatte nur Augen für Lalla.

»Wo kommst du her?«

»Von hier«, lachte Lalla.

»Ursprünglich, meine ich?«

»Aus Marokko. Ich könnte einen Schluck vertragen.«

»Ich auch«, sagte Gaby, ohne sie auch nur eines Blickes zu würdigen.

Lalla und Gaby bestellten eine Cola. Nedim blieb bei Gin Tonic. Der DJ legte *Oyé como* auf. In der Version von Santana. Vier Minuten und sechzehn Sekunden Glückseligkeit, die sich keiner der anwesenden Tänzer entgehen lassen wollte.

»Gehen wir?« Nedim hatte nur einen Wunsch: Lallas Körper wieder an seinem eigenen zu spüren. Sein Glied an ihren Bauch zu pressen und sich von ihren Ausdünstungen berauschen zu lassen. Er sah verstohlen auf die Uhr. Vor ihm lagen noch gut drei Stunden. Er fragte sich, ob es ihm gelingen würde, Lalla an irgendein stilles Plätzchen zu führen und eine Nummer mit ihr zu schieben. Ein Auto wäre super, dachte er.

Wenn sie doch nur ein Auto hätten. Gaby konnte da warten. Er würde ihr einen Drink ausgeben. Nur bis …

»Wir gehen lieber noch woanders hin«, sagte Gaby. »Was meinst du, Lalla?«

Nedim verfluchte Gaby für den Vorschlag. Weiterziehen zerstörte die Atmosphäre. Wie eine Unterbrechung des physischen Kontakts, der sich zwischen seinem und Lallas Körper gebildet hatte. Er mochte diese Gaby nicht.

»Ist das deine große Schwester?«, fragte er Lalla.

»Gaby?« Lalla musste lachen. »Warum, sehen wir uns ähnlich?«

»Ein bisschen.« Er neigte sich zu ihr und flüsterte ihr ins Ohr: »Nur älter. Wir könnten doch hier bleiben, wir zwei. Hier ist es doch schön, oder?«

»Komm mit uns«, antwortete sie, als hätte sie nicht gehört, und ließ dabei ihre Hand über Nedims Hintern gleiten. Sie zwinkerte ihm zu. »Willst du nicht?« Lallas Hand streichelte immer noch seinen Hintern.

»Es ist nur …«

»Hast du es eilig?«

»Nein. Ich muss nur meinen Seesack mit rumschleppen.«

»Verreist du?«

»Ich bin Seemann.«

Nedim glaubte, Gabys Blick auf sich zu spüren. Er sah zu ihr hinüber. Ihre Blicke kreuzten sich. Es gefiel ihm nicht besonders, wie sie ihn musterte. Sie schien ihn abzuschätzen. »Lass ihn«, sagte sie zu Lalla. »Wenn er nicht mitkommen will.«

»Musst du ein Schiff kriegen?«, fragte Lalla.

»Nein. Ich …« Er fühlte sich zu dem Mädchen hingezogen. Er wollte mit ihr schlafen, aber nicht nur das. Er war ihrem Zauber erlegen. Wie verhext. Er konnte nicht sagen, wie ihm geschah. Doch, konnte er. Lalla hatte ihre Hand langsam von seinem Hintern hinabgleiten lassen und zog sie nun am rechten Oberschenkel wieder hoch. Ja. Aber da war noch etwas anderes.

»Du gefällst mir«, sagte sie ganz leise und biss ihn ins Ohr.

Er konnte nicht mehr klar denken. Außer dass es dumm wäre, einen solchen Glückstreffer sausen zu lassen. Ein Mädchen wie sie hatte er in seinem ganzen Leben noch nicht getroffen. Sogar *seine* Kubanerin aus Panama, die er ganz oben auf der Liste seiner Erinnerungen und Wunschträume platziert hatte, konnte ihr nicht das Wasser reichen.

»Wo wollt ihr denn hin?«

»Ins *Habana*«, antwortete Lalla. »Kennst du das? An der Place de l'Opéra.«

»Ich weiß, wo das ist. Was ist das für ne Kneipe?«

»Kubanisch. Aber intimer.«

Gaby glitt von ihrem Hocker. In der Bewegung straffte sich ihr Rock über den Schenkeln und rutschte leicht hoch. Nedim konnte nicht anders, als sie anzuschauen. Sie war eine schöne Frau. Schöner, als er im ersten Moment gedacht hatte. Ihr Körper war aufgeblühter als Lallas. Wollüstig. Eine arabische Prinzessin, dachte Nedim. So benahm sie sich auch.

Lalla verschwand auf die Toilette. Nedim ging vorsichtig auf Gaby zu. Als hätte er es mit einer Wildkatze zu tun. Ein eigenwilliges Lächeln umspielte ihre Mundwinkel, und die Augen waren von ungewöhnlichem Glanz erfüllt. Sie musterte ihn verächtlich. Da bemerkte er die feine Narbe unter dem linken Auge. Vom linken Augenwinkel bis in die Mitte der Wange. Nedim dachte an einen Messer- oder Rasierklingenschnitt. Er hätte sie gern danach gefragt. Aber er sagte nur: »Du bist nicht gesprächig, was, Gaby?«

»Männergespräche sind selten besonders anregend, das sag ich dir.«

»Ziehst du Frauen vor?«, konterte er trocken und war plötzlich überzeugt, die Beziehung zwischen den beiden Frauen verstanden zu haben.

Gaby lachte auf. Ein tiefes Lachen. Rau und warm. Ein ehrliches Lachen. Nedim lachte mit. Über sich selbst und die Dummheit, die er soeben gesagt hatte, wie ihm jetzt klar wurde.

»Du fummelst zu viel an dir selber rum, auf deinem Kahn!« Sie nahm seinen Arm und zog ihn zum Ausgang. »Holen wir deinen Seesack und gehen?«

»Habt ihr einen Wagen?«

»Taxi.«

»Taxi! Die werden um diese Zeit nicht gerade in rauen Mengen hier rumkurven.«

»Lalla ist eins rufen gegangen.«

Nedim sagte sich, dass er sich noch rechtzeitig von diesem Arm befreien konnte, der ihn Richtung Ausgang zog. Eine Entschuldigung finden. Aber er hatte nicht die Kraft. Außer über den Daumen zu peilen, wie viel Geld er noch in der Tasche hatte. Er gestand sich zu, weitere fünfhundert Francs auszugeben. Maximal. Nach Abzug der Bezahlung für Pedrag, den Fernfahrer, würden ihm noch etwa hundert Francs bleiben. Das war nicht viel. Aber einmal zu Hause, würde er sich schon durchschlagen.

Lalla gesellte sich in der Garderobe wieder zu ihnen, wo Nedim seine Sachen abgestellt hatte. Ein dreckiger Seesack von der U.S. Navy, voll gestopft mit alten Lumpen und einigen Erinnerungsstücken, die er in den vier Jahren, die er jetzt zur See fuhr, mit sich herumschleppte.

»Na bitte, ihr seid ja schon gute Freunde«, bemerkte Lalla leichthin.

Gaby lächelte, und Nedim hatte das Gefühl, in eine Falle gegangen zu sein. Ein Schrank von Mann hielt ihnen die Tür auf und wünschte gute Nacht. Nedim sah das Augenzwinkern nicht, das er mit Gaby tauschte. Draußen war die Luft feucht. Es hatte noch immer nicht geregnet.

Das Taxi wartete.

5 Erinnerungen, die den Schiffbruch ankündigen

Erst entlud es sich auf dem Meer. Dann über der Stadt. Ein gewaltiges Unwetter, wie sie nur zwei oder drei Mal im Jahr losbrechen. Jedes Mal, wenn blaue und grüne Blitze den Horizont entflammten, tauchten das Château d'If und die Frioul-Inseln aus der Dunkelheit auf. Der Donner folgte wenige Minuten danach. Kein Grollen wie gewohnt, sondern ein alles zerreißendes Krachen. Trocken, kalt, metallisch.

Die *Aldebaran* begann zu stampfen. Der Rumpf schien zu bersten. Dann kam der Regen. Riesige, harte Tropfen, fast Hagel. Man hätte meinen können, dass der Frachter in einen Schusswechsel geraten war. Beim ersten Donnerschlag war Diamantis von seiner Koje aufgesprungen. Wegen der Hitze hatte er schlecht einschlafen können. Seine Kabine – wenn man das Kabuff so nennen konnte – war der reinste Backofen. Er hatte sich nackt ausgestreckt, aber selbst so triefte er vor Schweiß. Und wenn er nicht schlief, dachte er nach. Oder besser gesagt, die versprengten Gedanken prasselten auf ihn nieder und erzeugten einen Wirbelsturm in seinem Kopf. Formten sich zu düsteren Vorstellungen. Seit sie hier festsaßen, wachte er nachts immer öfter auf. Heute hatte das Gewitter dafür gesorgt.

Jetzt verfolgte er das Schauspiel durch sein Bullauge. Seine Kabine an Backbord ging zum offenen Meer hinaus. Er stellte sich vor, auf hoher See zu sein. Nicht auf der *Aldebaran,* sondern auf der *Stella Maris,* einem großen Küstenschiff. Sie befuhr die klassische Schifffahrtsroute im Mittelmeer. Man be- und entlud in jedem Hafen. Diamantis war überraschend für Michaelis eingesprungen, einen alten Freund, dessen Frau kurz vor der Niederkunft stand. »Ich kann dich nicht davon abhalten, zur See zu fahren«, hatte sie vor ihrer Heirat gesagt. »Aber wenn du ein Kind von mir willst, hör auf, so lange wegzufahren.« Michaelis hatte nicht gezögert. Er war gerade fünfzig geworden. Angela war zwanzig Jahre jünger als er, und sie war wirklich sehr hübsch. Mit der *Stella Maris* konnte Michaelis alle zwei Wochen zu Hause sein.

In jener Nacht, Ende Januar, war die *Stella Maris* aus Limassol auf Zypern ausgelaufen und nahm Kurs auf Beirut. Sie waren auf einen kräftigen Schauer vorbereitet. Es kam schlimmer. Ein Unwetter, wie das Mittelmeer es manchmal hervorbringt. Denn dieses Meer ist keineswegs ein ruhiges Meer. Es ist ein Musterbeispiel für die stürmischen Launen der See.

Bug und Heck der *Stella Maris* hatten fünfunddreißig Jahre auf dem Buckel, das Mittelschiff sechs Jahre weniger. Es war ausgebaut worden, um größere Ladungen stauen zu können. Gegen elf blies der Wind in Böen von hundertzehn Stundenkilometern, und der Wellenkamm wuchs auf acht Meter Höhe an. Das Schiff arbeitete sich durch die Fluten, so gut es ging. Aber das Wasser fing an durch die Vorderluken zu dringen wie durch ein Sieb. Eine Stunde später begann das Meer das schwere Heck zu überspülen, und das Schiff bekam Schlagseite.

Kapitän Koumi – der künftige Pate von Michaelis' und Angelas Kind – fragte Diamantis: »Weißt du ein gutes Gebet?« Er schüttelte den Kopf. »Gebete, weißt du ...«

»Dann sag dem Funker, er soll die Küstenwache rufen. Wir verlassen die *Stella Maris.*«

Das war ein Befehl. Da gab es keine Widerrede. Koumi kannte sein Schiff, das Mittelmeer und seine Unwetter genau. Und er liebte das Leben. Sie kamen nicht mehr dazu, das Rettungsboot runterzulassen. Das Schiff kenterte und zog sie mit in die eisigen Fluten.

Bei Tagesanbruch lag die *Stella Maris* fünfundzwanzig Meter tief auf dem Meeresboden. Dahingerafft von den »dynamischen Folgewirkungen eines aufgewühlten Meeres«, wie die Küstenwache sich ausdrückte. Es half nichts, die Suche bis zum erneuten Einbruch der Dunkelheit fortzusetzen, Diamantis blieb der einzige Überlebende.

Seitdem war Diamantis der Pate von Anastasia, einem süßen kleinen Mädchen von fünf Jahren. Und er hatte eine Heidenangst vor Unwettern.

Er zog eine Unterhose über, steckte eine Kippe an und ging in die Messe, um ein Bier zu trinken.

Abdul kam dazu. »Unmöglich, zu schlafen«, brummte er.

»Bier?«, fragte Diamantis und reichte ihm eine Dose. Dann erzählte er ihm das Drama der *Stella Maris*.

»Ich kannte mal einen Typ«, knüpfte Abdul an, »als ich über die Azoren den Atlantik kreuzte, Colm Toibin, einen Iren, der liebte es, im dicksten Sturm draußen auf der Brücke zu stehen. Er sagte: ›Ihr habt ja keine Ahnung, Leute, wie beeindruckend das ist. Was für ein Schauspiel! Teufel! Dieses gewaltige Meer! ... Es kommt immer ein Moment, in dem die Angst zu Schrecken wird.‹ Er liebte das. Und er hatte Glück! Denn wir haben eine ganze Reihe von kritischen Situationen zusammen durchgemacht. Jedes Mal, wenn wieder Ruhe eingekehrt war, meinte er grinsend: ›Jepp, das war ja gar nicht so schlimm, da können wir noch ganz andere Stürme vertragen, was!‹ Wir haben entgegnet: ›Könnte gut sein, dass du deine Meinung bald änderst.‹«

»Und, hat es ihn schließlich erwischt?«

»Er hat an Bord der *Sea Land Performance* Schiffbruch erlitten. Ein Frachter, der die Nordeuroparoute fuhr, am nördlichen Polarkreis. Der Frachter ist in das schwerste Unwetter geraten, das in den letzten zweihundert Jahren registriert wurde.«

»Du übertreibst.«

»Ich hab es von Colm selbst. Und ich glaub nicht, dass er übertrieben hat. Wir haben uns im *Spray* in Gibraltar wieder getroffen. Reiner Zufall. Bei zwölf Bieren hat er mir von seinem Unwetter berichtet.«

»So viel haben wir nicht da. Aber wir können die beiden letzten aufmachen.«

Es spielte keine Rolle, ob die Geschichte wahr war oder nicht. Beide wussten, dass Geschichten von der See vom Erzählen leben. Nicht dass sie erfunden wurden, nein, aber derjenige, der sie erlebt hat, sperrt sich beim Erzählen gegen seine eigenen Ängste. Durch die Erzählung verleiht er den Ereignissen eine Logik. Und damit seinem täglichen Leben als Seemann einen Sinn.

Abdul Aziz und Diamantis waren da nicht viel anders. Jede Geschichte vom Leben an Bord und insbesondere von Unwettern war absolut ernst zu nehmen. Auch wenn sie nicht ganz wahrheitsgetreu war. Zweifellos war Colm Toibins Schiffbruch so schrecklich auch wieder nicht gewesen. Aber jetzt waren sie davon überzeugt.

»Der Kapitän, hat er mir erzählt, ist zweiundfünfzig Stunden auf der Brücke geblieben, um zu versuchen, das Schiff zu retten. Er beschleunigte in den Wellentälern und bremste vor den Kämmen, um den Rumpf nicht zu sehr zu belasten. Ein wirklich guter Kapitän eben. Als es geschah, hatte er Wache auf der Brücke, als Ausguck. Dort wollte er sein, darauf bestand er, und niemand hat ihm den Platz streitig gemacht.«

»Verdammt, das glaub ich gern.«

»Schon, aber ... Da hat er angefangen, sich in die Hose zu machen. Weil die Brücke von einer dreißig Meter hohen Welle überschwemmt wurde. Die Brecher haben den Mast umgerissen, und ein fünfundvierzig Tonnen schwerer Kran lag auf dem Deck. Er knallte auf dem völlig zerstörten zweiten Deck wie ein Rammbock gegen das Ruderhaus.«

»Da hat ihn Panik ergriffen ...«

»Anzunehmen. Sicher ist, dass er plötzlich auf dem Hintern saß. Dann ist er auf dem Rücken den Laufgang runtergerutscht und gegen die Reling geknallt. Dort hat er sich mit aller Kraft festgekrallt. Stell dir vor, was für Sturzbäche von Wasser! Meer über dir, Meer unter dir. Zu den Ohren raus. ›Ich hab gebetet‹, hat er mir gestanden. Der Kapitän hat ihn schließlich gerettet.«

»Das muss ihm endlich einen Dämpfer verpasst haben.«

»Denkst du! Immer freiwillig, egal, bei welchem Wetter.«

»Wirklich ein Verrückter.«

»Nicht verrückt, nein. Ich glaube, das Meer hat ihn in Angst und Schrecken versetzt. Dass er vom ersten Tag an Bord an schreckliche Angst hatte. Also hat er sich hineingestürzt, um sie zu überwinden.«

Abdul nahm nachdenklich einen Schluck Bier. Dann fuhr er fort: »So geht es uns im Leben. Da ist etwas, wovor wir fürchterliche Angst haben, und wir stürzen uns hinein. In die Angst, meine ich. Blindlings und mit aller Macht. Glaubst du nicht?«

Diamantis antwortete nicht.

»Hast du ihn mal wieder gesehen?«

»Fünf oder sechs Jahre später. Ich bin ihm in Dakar zufällig wieder begegnet. Er gab seine Geschichte in einer Hafenspelunke zum Besten. Er spielte seine Erlebnisse herunter. ›Klar, Leute, so wie ich gesagt habe. Ich war zwölf Meter unter

Wasser. Die Welle hat sich auf dem Deck gebrochen. Zu meinen Füßen. Den Mast vom Radargerät hat sie weggefegt. Aber, das könnt ihr mir glauben, es war eigentlich gar nicht so schlimm, da können wir noch ganz andere Stürme vertragen!‹«

»Fährt er immer noch zur See?«

»Er ist jetzt auf Rente, in der Nähe von Galway. Er bebaut sein kleines Stück Land, und, lach nicht, er hat nie mehr einen Fuß auf ein Schiff gesetzt. Nicht mal auf einen Kutter!«

Sie schwiegen und tranken eine lange Weile wortlos. Der Regen hämmerte weiter aufs Deck. Ab und zu knallte der Donner, immer noch mit der gleichen Wucht. Das Gewitter vereinte sie. Wie ein Sturm auf See die Besatzung zusammenschweißt. Kein Seemann erzählt seiner Familie jemals von diesen Momenten. Weder im Brief noch beim Landgang zu Hause. Um nicht zu beunruhigen. Und wie könnte er das alles in Worte fassen. Unwetter existieren nicht. Genauso wenig wie die Seeleute, wenn sie erst mal auf See sind. Die einzige Realität der Menschen ist die Erde. Außerdem kennen und treffen wir Seeleute nur an Land. Wenn wir nicht eines Tages auf einem Frachter anheuern.

Diamantis erinnerte sich, dass ihn einige Monate nach dem Untergang der *Stella Maris* ein Kommentar in den Fernsehnachrichten aufhorchen ließ. Man sah Bilder von Schäden, die ein Unwetter in England angerichtet hatte. Es hatte sechs Tote gegeben. »Aber«, hatte der Journalist versichert, »alle Gefahr ist abgewendet. Der Sturm hat die Küstengebiete verlassen und verliert sich über dem Meer.«

Über dem Meer, fern aller Küsten – tausende von Menschen sind dort, aber sie existieren nicht. Nicht einmal für die Frauen der Seeleute. Erst bei seiner Rückkehr nimmt der Ehemann wieder Gestalt an. In ihrem Bett. Diamantis sah auf. »Und du, hast du auch schon mal Schiss gehabt?«

Ja, natürlich hatte Abdul Aziz Unwetter erlebt. Aber was ihm dazu einfiel, hatte mit Schiss nichts zu tun. Eher mit Scham. Die Erinnerung an einen Schiffbruch, für den nicht die Natur verantwortlich war. Allein die Habgier der Menschen. Eine zwanzig Jahre alte Erinnerung.

Er war damals noch Erster Offizier. Auf der *Cygnus,* einem Tanker, der unter liberianischer Flagge fuhr. Zu einer Zeit, in der Südafrika unter internationalem Embargo stand und schwer unter Benzinmangel litt. Die *Cygnus,* randvoll mit iranischem Rohöl, hatte über Nacht in Port Elisabeth entladen. Dann war sie wieder ausgelaufen. Am Kap der Guten Hoffnung hatten sie mit starken Winden, Seegang oder sogar einem leichten Sturm gerechnet, nicht ohne vorher die Trinkwassertanks aufzufüllen.

Am sechsten Tag bekamen sie, was der Kapitän gesucht hatte. Ein Schlingern von zwanzig Grad. Ein schwaches Schlingern für ein solches Schiff. Die *Cygnus* war für die Hochseeschifffahrt und ungünstige Witterungsverhältnisse gebaut worden. Der Kapitän ordnete an, mit offenen Luken zu fahren und später, bei Tagesanbruch, die Ventile zu öffnen. Die Mannschaft wurde aufgefordert, die Koffer zu packen. Die Rettungsboote wurden herabgelassen, und die Besatzung stieg ein, nachdem sie einige Notsignale gefunkt hatte.

Die *Cygnus* sank majestätisch. Sie weigerte sich fast. »Schade«. Das war der einzige Kommentar, den der Kapitän sich gönnte. Sie trieben nicht lange herum. Drei Schiffe nahmen Kurs auf sie. Sie hatten nicht mal ihr SOS abgewartet. Die genaue Position der *Cygnus* war ihnen stündlich durchgegeben worden. Alle drei fuhren ebenfalls unter liberianischer Flagge. Im Auftrag der Flotte der *Tex Oil,* wie Abdul später erfuhr. Sie wurden wie Helden empfangen. Mit Ausnahme eines zwanzigjährigen Schiffsjungen, Lucio. Es war seine erste Fahrt. Er war in Panik geraten und ins Wasser gefallen. Die Winde hatten die Rettungsboote in die entgegengesetzte Richtung getrieben, und niemand hatte ihn wieder rausfischen können.

Es war die Versicherungsgesellschaft selbst, die Abdul Aziz die Pistole auf die Brust gesetzt hatte. Er brauchte nur die Aussage des Kapitäns über den Schiffbruch der *Cygnus* zu bestätigen. Dafür bekam er eine ordentliche Prämie und die Beförderung. Prämien gab es ebenfalls für die Besatzungsmitglieder. Einige – das fand er später heraus – erlitten bereits ihren dritten Schiffbruch.

»Eine Weigerung wäre dem Ausschluss aus der internationalen Handelsmarine gleichgekommen. Diese Praktiken schienen allgemein bekannt zu sein.«

»Aber«, unterbrach Diamantis, »wie lässt sich erklären, dass es keinen Ölteppich gab, nichts?«

»Die Versicherungsgesellschaft steckte doch mittendrin in der Mauschelei. Und ich will dir was sagen, Diamantis, in der Sache mit der *Cygnus* hat die Versicherung nicht nur für das Schiff bezahlt, sondern ist auch vollständig für die Ladung von iranischem Rohöl aufgekommen!«

»Und du hast unterschrieben?«, fragte Diamantis ohne jegliche Bosheit.

»Ich habe gekotzt, dann habe ich unterschrieben, dann habe ich weitergekotzt. Über einen Monat lang habe ich täglich gekotzt. Jeden Abend kam es mir wieder hoch.« Er sah Diamantis verzweifelt an. Wenn er daran dachte, wurde ihm heute immer noch schlecht. »Die Prämie hat Céphée und mir geholfen, uns in Dakar niederzulassen. Ziemlich komfortabel, verstehst du. Ich hätte vielleicht zehn Jahre gebraucht, um es so weit zu bringen. Und selbst dann, du weißt, wie das ist … Schwierig zu sparen.«

»Und du bist Kapitän geworden.«

»Und ich bin Kapitän geworden, ja. Unter derselben Flagge, für dieselbe Flotte. Doch sobald ich konnte, habe ich *Tex Oil* verlassen.«

Diamantis erinnerte sich, dass einer der Männer – der Erste Maschinist – ihm gesagt hatte, als er das erste Mal unter Abdul fuhr: »Er ist ein guter Kapitän. Er manövriert und kommandiert mit viel Erfahrung. Er setzt der Mannschaft nicht zu und macht sich vor dem Reeder nicht in die Hose.« Aus diesem vorgetäuschten Schiffbruch hatte Abdul gelernt, sich zu behaupten. Er gehörte zu jenem Schlag, der das Schiff nicht verließ. Er zog es sogar vor, darauf zu vergammeln, wie hier in Marseille.

»Ich will dir noch was sagen, Diamantis, alles, was ich danach tun konnte, hat diese Schweinerei nie ausgetilgt. Und unter Schweinerei verstehe ich auch das schmutzige Geld, das ich eingesteckt habe, meine Beförderung. Das Ganze eben. Es kommt immer ein Moment im Leben, wo man für die Fehler, die man gemacht hat, büßen muss.«

»Man bezahlt nur, wenn man bezahlen will, Abdul. Das ist es, was ich glaube. Die ganze Erde ist voll von Leuten, von denen einer verkommener als der andere ist. Je höher du in der Hierarchie stehst, desto mehr Flecken hast du auf deiner Weste. Sieh mal, unser Reeder, dieser Mistkerl ...«

»Du verstehst nichts, Diamantis«, sagte Abdul und stand auf. »Du verstehst gar nichts!« Er war den Tränen nahe. »Céphée ist dabei, mich zu verlassen. Mein Leben bricht zusammen. Alles bricht zusammen, verdammt noch mal! Das büße ich hier! Auf diesem verdammten Schrotthaufen!«

Er ging, ohne sein Bier auszutrinken. Mit hängenden Schultern, wie von einer zu schweren Last erdrückt. Das war nicht mehr derselbe Mann, der seiner Mannschaft gegenübergetreten war. Durch sein Arrangement für den Abgang der

Männer hatte er den Schaden für jeden Einzelnen begrenzt. Er war an die Grenzen seiner Auffassung von einem guten Kapitän gegangen. Jetzt konnte die *Aldebaran* untergehen. Und er mit ihr. Aber Diamantis war geblieben. Und weder der eine noch der andere wusste bislang, ob das gut war. Für den einen wie für den anderen.

Der Regen hatte aufgehört. Es war zehn nach fünf. Auf der Place de l'Opéra ging die Tür des *Habana* auf, und Nedim wurde von einem riesigen, muskelbepackten Schwarzen auf die Straße geworfen. Die Tür ging wieder zu.

Nedim hatte nicht die Kraft, umzukehren und die Herausgabe seines Seesacks zu fordern. Geschweige denn den Mut.

6 Wie ein Glas Rum, in einem Zug hinuntergestürzt

Kaum hatten sie das *Habana* betreten, wusste Nedim, dass er verarscht worden war. Das Lokal war winzig. Eine Theke auf der Linken. Zwei Mädchen auf hohen Barhockern tuschelten mit dem Barmann, einem dicken Schnauzbärtigen mit rasiertem Schädel. Vor ihnen eine kleine Tanzfläche, auf der drei Paare die Hüften schwangen. Darum herum etwa ein Dutzend abgeteilte Nischen. Er machte ein ineinander verschlungenes Paar aus. »Intimer«, hatte Lalla gesagt, und intimer gings wohl nicht mehr. Aber, das musste er zugeben, die Musik war alles andere als mickrig. Er meinte die warme Stimme von Ruben Blades zu erkennen. Was Rhythmus anging, hatte Marseille ein musikalisches Gehör.

Nedim ließ sich von Lalla und Gaby in eine der Nischen führen. Er fragte sich, wie er da wieder rauskommen sollte. Das heißt, er wusste es. Er musste konsumieren. Er hatte solche Bars, Nachtclubs, schon öfter besucht. Nie allein, immer zu zweit oder dritt. Am Ende einer durchzechten Nacht an Land. Das letzte Glas, bevor es wieder auf See ging. Die Mädchen waren ihnen nie auf den Wecker gegangen.

»Gibst du uns einen aus?«, fragte Lalla.

»Gin Tonic für mich.«

Den hatte er jetzt nötig. Um sich wieder zu fangen. »Einen trinkst du mit, und dann verziehst du dich«, sagte er sich. Lalla verschwand Richtung Theke. Er konnte nicht anders, als ihr nachzusehen. Dieses Mädchen bewegte sich unglaublich graziös. Ihre Umarmung vorhin im *Blauen Papagei* fiel ihm wieder ein. Sein Körper wollte mehr davon.

»Sie ist süß, nicht?«

Gaby saß ihm gegenüber, ein Lächeln auf den Lippen.

»Ihr seid Nutten, stimmts?«

»Nutten?«, entgegnete Gaby. »Sag mal, wer hat uns denn angequatscht, Nedim? Glaubst du wirklich, du brauchst nur mit ein paar Scheinen wedeln, und schon machen wir die Beine breit?« Sie war mit dem Gesicht hautnah an ihn herangekommen. Er nahm ihren strengen Moschusgeruch wahr. Der Geruch ging ihm durch und durch. Bis ins Blut. Wie ein Glas Rum, in einem Zug hinuntergestürzt. Ihm wurde ganz warm unter der Haut. Sie ist bestimmt gut im Bett, dachte er. Aber er sah sie nicht an, aus Angst, sie könnte ihm seine Gedanken von den Augen ablesen. Und er stellte sich vor, wie sie sich ihm anbot.

»Nun, was seid ihr dann?«

Er zündete sich eine Zigarette an, und während er den Rauch ausblies, sah er zu ihr auf. Sein Blick streifte Gabys Narbe. Dicht am Auge hatte sie die Form eines Sterns. Er hätte wirklich gern gewusst, wie sie sich die eingefangen hatte. Warum? Er konnte seine Augen nicht davon abwenden. Weit davon entfernt, ihr Aussehen zu entstellen, unterstrich die Narbe die Schönheit ihres Gesichts. Und das faszinierte ihn.

Sie ließ es sich gefallen, dass er sie so musterte. So dreist. Dann fasste sie sich ins Haar, das sie sehr kurz trug, und lächelte.

»Freundinnen, Nedim, wir sind gute Freundinnen«, murmelte sie und berührte ihn dabei fast mit den Lippen. »Weiter nichts. Glaub ja nichts anderes, klar? Wir amüsieren uns, das ist alles. Gehen einen Abend aus. Und du bezahlst, Süßer.« Sie streifte seine Wange mit dem Rücken ihrer Finger. Sie waren kalt. Erneut lächelte sie ihn an, ebenso kalt. Er hatte überhaupt keine Lust mehr, mit ihr im Bett zu landen. Oder sonst wo.

Lalla glitt an seine Seite und legte einen Arm um seine Schultern. Sie presste ihr Bein gegen seins, und Nedim spürte, wie seine Körpertemperatur um einige Grad anstieg. »Ist doch cool hier, oder? Gefällt es dir?«

Er wollte antworten, etwas Boshaftes. Aber das Auftauchen des Barmanns verschlug ihm die Sprache. Auf dem Tablett stand ein Gin Tonic, aber auch eine Flasche Champagner und zwei Gläser.

»Habt ihr das bestellt?«

»Wir hatten ein wenig Durst«, gab Lalla zurück und lehnte ihren Kopf an seinen.

Sie nippte kaum an dem Glas.

»Willst du tanzen?«

Nedims gute Vorsätze lösten sich in Luft auf, sowie er sie in den Armen hielt. Ihr Körper klebte an seinem, und sie streichelte seinen Nacken mit den Fingerspitzen. Er fühlte sich glücklich mit diesem Mädchen. Ein Gefühl, das er noch nie erlebt hatte. Dennoch sagte er sich immer wieder, dass sie nur ihren Job machte und ebenso gut ein anderer an seiner Stelle hätte sein können.

»Du kriegst ja gar keinen mehr hoch«, flüsterte sie ihm ins Ohr.

»Das liegt am Champagner. Der muss ganz schön teuer sein.«

»Wir dürfen nichts anderes bestellen, wenn wir Freunde mitbringen.«

»Schlachtopfer, meinst du.«

»Nun, zu dem Preis tätest du besser dran, das Beste draus zu machen.«

»Und was kriege ich dafür?«

Sie lachte mit leicht zurückgeworfenem Kopf. Er begehrte ihre Lippen. »Ach, nichts! Du darfst nur mit mir tanzen. Und deinen Schwanz an mir reiben. Das stört mich nicht.«

»Bedeutet es dir gar nichts?«

»Manche Mädchen lassen sich die ganze Nacht flachlegen, nur wenige Meter von hier. Ich habe einen cooleren Weg gefunden, verstehst du. Nur mit den Typen trinken und sie kommen lassen.«

»Du kennst doch bestimmt ein kleines Hotel in der Nähe. Wo wir noch ein bisschen Champagner trinken können.«

»Ich gehe nie ins Hotel. Das ist eine Regel.«

»Und wenn ich Geld hätte. Viel.«

»Typen mit Geld hängen hier nicht rum.«

»Dann entführe ich dich, und wir leben zusammen.«

»Du willst doch nur mit mir schlafen, Nedim.«

»Nein, ich ...«

»Und lügen tut er auch, der Typ! Ein echter Seemann!«

»Lalla, nein ...«

»Vergiss es, Nedim. Liebe auf den ersten Blick und so. Du hast Lust, mich zu vögeln, und ich verstehe das. Okay.«

Das Stück ging zu Ende. Sie machte sich von ihm los. »Du solltest Gaby auffordern.«

»Ich will mit dir zusammen sein. Darf ich?«

»Wie du willst. Es war nur ein Vorschlag.«

Sie blieben noch drei *latino slows* ineinander verschlungen. Fünfzehn glühende Minuten. Nedim hatte beschlossen, keine Fragen mehr zu stellen. Er ließ sich an Lallas Seite gehen, sein Glied hart an ihren Bauch gedrückt. Der langsame Rhythmus war fast so wohltuend, als würde sie ihm einen runter holen.

Als sie an ihren Tisch zurückkehrten, stand eine kleine, rundliche, bieder wirkende Frau in den Sechzigern mit einem vollen Glas in der Hand vor ihrer Nische. Sie nannte sich Gisèle. Die Chefin des *Habana.* Gaby sah Nedim belustigt an.

»Gefällt es Ihnen bei uns?«, erkundigte sich Gisèle.

»Ich kann nicht klagen.«

Lallas Glas, das sie kaum angerührt hatte, war leer. Sie griff nach der Flasche. Sie war ebenfalls leer.

»Wenn ich einsam bin, trinke ich«, sagte Gaby und starrte Nedim an. »Eine neue wäre nicht schlecht, oder?«

Sie reichte Gisèle die Flasche, ohne eine Antwort abzuwarten. »Oh, ja! ich habe fürchterlichen Durst«, warf Lalla ein.

Nedim ließ sich auf einen der Sessel fallen.

»Noch einen Gin Tonic?«, fragte Gisèle.

»Champagner reicht völlig.«

Er war verloren. Hoffnungslos. Und vor allem fühlte er sich vollkommen willenlos. Sein Blick kreuzte erneut Gabys. Sie hatte immer noch dieses eingefrorene Lächeln auf den Lippen. Er hätte ihr am liebsten eine gelangt. Nur um zu sehen, ob sie dann immer noch lächeln würde, die dumme Kuh.

»Tanzt du mit mir?«, fragte sie.

Nedim hörte nichts mehr. In seinem Kopf ging alles durcheinander. Alkohol und Begierde. Die Lust, mit Lalla zu schlafen und Gaby eine zu scheuern. Mit dem Abflauen der Erregung überkam ihn die Traurigkeit. Da war er wieder, wie nach jeder Liebesgeschichte. Allein. Und traurig. Und kein Schiff wartete auf ihn, damit er vergessen konnte, was für ein armes Schwein er war. Verloren im Leben. Er sah auf die Uhr.

»Verdammt!«, schrie er auf.

Zehn nach vier. Ihm blieben fünfzig Minuten, um zum Hafen zu kommen. Er erhob sich. Gaby stand schon vor ihm. Sie nahm ihn in die Arme.

Perla marina que en hondos mares
Vive escondida entre corales ...

Eines der schönsten Lieder von Francisco Repilado.

»Lass mich. Ich muss los.«

»Eine Minute hast du wohl noch, oder? Immerhin trinke ich Champagner auf deine Kosten, dann sollst du auch was davon haben.«

»Mach keine Zicken!« Er stieß sie grob beiseite.

»Oh! Schon gut!«, schrie sie.

»Was gibts?« Ein großer Typ war aufgetaucht. Ein Schwarzer. Er war locker zwei Kopf größer als Nedim. Und gut zehn Kilo schwerer, völlig mit Muskeln bepackt.

»Nichts«, sagte Nedim. »Ich glaub, ich geh jetzt besser.«

»Kein Problem, Alter. Kein Problem.«

Nedim war wieder nüchtern. Bloß schnell weg hier. Die Verabredung mit Pedrag nicht verpassen. Plötzlich hatte er Angst. Ihm wurde klar, dass er der letzte Gast in der Bar war. Nein, nicht ganz. Da war noch einer, mit den Ellenbogen auf die Theke gestützt. Lalla saß auf einem Barhocker mit dem Rücken zu Nedim und diskutierte mit ihm. Der Kellner brachte ihr ein Glas Wasser. »Ein Glas Wasser! Verdammte Schlampe!«

Er ging in die Nische zurück, um seine Zigaretten zu holen. Die zwei Flaschen Champagner und die vollen Gläser auf dem Tisch standen dort wie zum Hohn. Er drehte sich um. Gaby stand hinter ihm. Sie hielt ihm die Rechnung hin.

»Bar oder Kreditkarte?«

Celaje tierno de allá de Oriente
Tierna violeta del mes de abril.

Tausendachthundert Francs! Zwei Flaschen, tausendachthundert Francs. Er sah Gaby an.

»Der Gin Tonic geht aufs Haus«, sagte sie.

»So viel hab ich nicht.«

Er war sprachlos. In seinem Kopf drehte sich alles. Er war wie betäubt. Hatte nicht mal mehr die Kraft zu überlegen, wie er hier ohne zu großen Schaden rauskommen sollte. Und Pedrag, was sollte er mit Pedrag machen?

»Wir geben keinen Kredit.«

»So viel hab ich nicht«, wiederholte er.

Gaby ließ ihn nicht aus den Augen. Er geriet in Panik. Er hätte mit ihr tanzen sollen, dachte er. Sie besänftigen. Er hätte kapieren müssen, dass sie es war, die von den beiden die Entscheidungen traf. Lalla hatte versucht, ihn darauf aufmerksam zu machen, oder? Er wäre mit nur einer Flasche davon gekommen. Ohne Scham. Und ohne Schaden.

»Dug! Kannst du einen Moment kommen?«

Der Schwarze tauchte so schnell wieder auf, wie er gerade verschwunden war.

»Ja?«

»Dieser Dummkopf hat nicht genug.«

»Ich habe ... Vielleicht tausend Francs ...«

Nedim ließ sich auf den Stuhl fallen, zog seine Scheine hervor und begann zu zählen. Neunhundertfünfzig. Dug beugte sich über ihn, die großen Hände flach auf dem Tisch. Nedim wagte nicht hochzusehen. Halt dich zurück, sagte er sich. Spiel den Dummen, halt die Klappe. Er hörte die Mädchen hinter ihm an der Theke lachen. Lalla und Gaby. Auch der andere Gast lachte.

»Was jetzt?«, fragte Dug.

»Damit sind wir quitt«, wagte Nedim. »Mehr hab ich nicht.«

»Hast du deine Papiere?«

Nedim gab ihm seinen Pass.

»Türke. Er ist Türke, dieser Schwachkopf«, rief er in Richtung Theke.

»Alles Arschlöcher«, antwortete der Typ an der Theke. Und lachte sich halb tot.

Dug steckte den Pass in seine Hemdtasche. »Du bist Seemann?«

»Auf der *Aldebaran*«, bestätigte Nedim.

»Wann legt dein Schiff ab?«

»Wir sind gerade angekommen.«

»Wieso schleppst du dann den Seesack durch die Gegend?«

Darauf wusste er keine Antwort. Er stand auf. Es war höchste Zeit zu verschwinden. Noch hatte er eine Chance, Pedrag zu erwischen. Mit ihm würde er sich schon einigen. Wenn er erst mal im Laster säße. Jetzt zählte nur noch das Verlangen, nach Hause zu kommen. Nicht nach Istanbul, nein, nach Hause. In die Berge. Auf die endlosen Straßen Anatoliens. Das Gesicht seiner Mutter drängte sich zwischen ihn und Dug. Dieses Mal gehe ich, sagte er sich, zum Grab von Papa. Das versprach er jedes Mal, aber er ging nie. Er fand nie die Zeit, dorthin zu gehen, auf die Hochebene hinter den Schluchten von Bilecik.

Der Blick seines Vaters senkte sich auf ihn herab. Blaue Augen, wie seine eigenen. Salih, der Schmied. Meister Salih. Er kannte die fünf Säulen des Islam auswendig. Die Leute kamen, um ihn in seiner Schmiede anzuhören. Er bearbeitete das Eisen und rezitierte. Und wenn sie wieder gingen, lobte ein jeder Gott. *»Maliki yevmiddin iyyake nabüdü ve iyyake nestain, ihtinassirat elmüstakim …«* Diese bizarren, unverständlichen Worte, die er vergessen hatte, fielen ihm wieder ein. »Du bist es, den wir preisen, du, den wir um Hilfe bitten, führe uns auf den rechten Weg …«

Den rechten Weg.

Nedim schauderte. Das abschließende Amen war ihm entfallen. Man musste ein Gebet immer mit einem Amen beschließen. Sein Vater ließ ihn nicht aus den Augen. Er sah sich wieder vor ihm, als Kind. Stammelnd. Aus Angst, dass er ihn leugne, aus seiner Nachkommenschaft streiche, weil er den Wortlaut des Gebets vergessen hatte. Und ihn in die Hölle der Ungläubigen verstieß. »So muss die Hölle sein«, hatte der Schlachter Ali eines Abends gesagt und auf die Schmiede gezeigt. »Das Höllenfeuer ist nicht mit dem Feuer auf dieser niederen Welt zu vergleichen«, hatte sein Vater geantwortet. »Es brennt tausendmal mehr als unseres.«

Tausendmal mehr. Der rechte Weg. *»Bismillah irrahman irrahim …«* Lobpreisung Gottes … Die Worte kamen ihm wieder in den Sinn. Er musste das Grab seines Vaters besuchen.

»Ich muss gehen«, sagte er und stand auf.

Dug sah ihm in die Augen. Ohne erkennbare Feindseligkeit. Sein Gesicht war ausdruckslos. Als würde er nicht denken. Er schwieg.

Nedim blickte verstohlen zur Theke. Lalla und Gaby thronten noch immer auf ihren Barhockern und schwatzten unbefangen mit Gisèle, dem Barmann und dem letzten Gast. Nedim existierte für sie nicht mehr. Er gehörte ganz Dug.

Dug packte ihn mit seiner kräftigen Hand an der Kehle. Er fasste zu. Nedim spürte, wie er hochgehoben wurde. Er stand auf den Zehenspitzen. Seine Augen auf Dugs Höhe. Er bekam keine Luft mehr. Eine Hitzewelle durchlief ihn. Und das plötzliche Verlangen zu kotzen.

»Und was machen wir nun?«, fragte Dug, ohne die Stimme zu heben.

Dugs Finger an seinem Hals waren ebenso hart wie sein Blick. Nedim fühlte den Druck von Daumen und Zeigefinger unter seinem Kiefer. Dugs ganze Kraft und Brutalität schienen sich dort zu konzentrieren, einzig in dem Druck seiner Finger. Eine neue Hitzewelle trieb ihm den Schweiß auf den Rücken.

»Was machen wir denn nun, he?«

»Las mich los«, versuchte er auszustoßen.

»Lass ihn los!«

Das war ein Befehl. Dug sah Gisèle an und lockerte seinen Griff. Nedim fiel wieder auf die Füße. Er massierte sich den Hals, während er nach Luft rang.

»Was ist das noch mal für ein Kahn von dir?«, fragte Gisèle.

Nedim kreuzte Lallas Blick. Sie hatte sich leicht zu ihnen gedreht. Er schämte sich seiner selbst. Seiner erbärmlichen Figur.

»Ein Frachter. Die *Aldebaran.*«

»Dug wird deinen Pass einbehalten. Und deinen Seesack. Du kommst gleich wieder, oder morgen, wenn du willst. Aber mit dem Geld, das noch fehlt. Okay, du Schwachkopf? Na los, schmeiß ihn raus, diesen Scheißkerl.«

»Mein Seesack ...«

Alma sublime para las almas
Que te comprendan, fiel como yo ...

Die letzten Worte, die er hörte. Es gab schlimmere.

7 Auf Regen folgt schönes Wetter, aber die Tränen bleiben

Nedim schrak aus dem Schlaf hoch. Er hatte keine Ahnung, wie spät es war. Seine Uhr war beim Sturz zerbrochen. Er reckte sich schwerfällig. Mutlos blickte er um sich und empfand nichts als Ekel vor sich selbst. Ermattet schloss er wieder die Augen.

Er war zum Alten Hafen zurückgegangen, auf der Seite vom Rathaus. Zunächst sehr forsch, dann immer langsamer, die Hände in den Taschen. Weil ihn nichts mehr zur Eile antrieb. Die Turmuhr vom Clocher des Accoules zeigte schon fünf Uhr dreißig. Pedrag war bestimmt schon weit weg. Er hatte sich eine Kippe angesteckt und Pedrag als blöden Ochsen verflucht. Und Lalla und Gaby, diese dummen Ziegen. Gisèle, diese Puffmutter. Der doofe, dicke Neger im *Habana,* der Hurensohn. Die ganze Welt gehörte mit dazu. Er sprach laut, schrie fast. Arschlöcher! Arschlöcher! Arschlöcher! Alles Arschlöcher. Tränen stiegen ihm in die Augen.

Seit einigen Tagen hatte Nedim sich einen Grund dafür zurechtgelegt, warum er wieder an Land ging. Er hatte Ousbène das erklärt. Letztendlich war die Seefahrt nicht sein Ding. Er war Bauer, nicht Seemann. Sein Boden fehlte ihm. Sein Dorf. Die Zypressen entlang des Gartens. Die Hügel, die er von seinem Fenster aus sehen konnte. Der Bach, der hinter der Küchentür plätscherte. Und, oben im Dorf, Aysel, seine Verlobte. Die Braut, um die sein Vater für ihn geworben hatte, als er aus der Armee kam. »Mein Sohn«, hatte er gesagt, »du bist alt genug, eine Familie zu gründen. Hat dein Herz gewählt?«

Nicht sein Herz hatte gewählt, sondern sein Körper. Jede Faser seines Körpers. Aysel war das hübscheste Mädchen im Dorf. Auch aus den Nachbardörfern. Sie war sechzehn. Alle

Jungs hatten Aysel aufwachsen sehen. Aufblühen. Alle träumten von ihr. Sie war Osman, seinem Jugendfreund, versprochen. Aber Osman war tot, von einem Baum erschlagen, der Pechvogel. Und Nedim war der Älteste von den Jungen im Dorf, der noch nicht verheiratet war. Er hatte ein Recht auf Aysel.

Ihretwegen war alles ins Wanken geraten. Ihretwegen, und wegen ihrer Familie. Aysels Vater wollte seine Tochter nicht an einen Jungen ohne Arbeit geben.

»Ich kenne und achte dich, dich, deine Familie und deine Vorfahren«, hatte er seinem Vater geantwortet. »Ich weiß, Nedim ist ein guter Junge. Er wird ein guter Ehemann und Familienvater sein. Die Mitgift, die du vorschlägst, ist mir vollkommen recht, Salih. Aber Aysel ist noch jung, und Nedim hat keine Arbeit. Ich verspreche dir meine Tochter für deinen Sohn. Komm mich wieder besuchen, wenn er seinen Lebensunterhalt verdient.«

Er hatte hinzugefügt: »Eins noch, Salih. Ich möchte nicht, dass Nedim meine Tochter in die Fremde entführt. Wie es die meisten unserer Kinder tun. Woanders ist außer dem Tod nichts zu holen.«

Nedim war wütend geworden, wütend auf Aysels Vater, auf seinen eigenen Vater und auch auf seine Mutter. Woher nahmen sie das Recht, den Sohn des Schmiedes Salih, des Meisters Salih, so zu behandeln?

Seit seiner Rückkehr ins Dorf begehrte er Aysel. Sie war schön, gewiss, aber vor allem war sie rein. Ihr Körper, ihr Herz, ihr Geist. Das konnte man ihr von den Augen ablesen. Sie war nicht wie die Mädchen, denen er in Istanbul begegnet war. Europäisch gekleidet in Minirock oder Jeans und kettenrauchend. Mädchen, die nichts anderes im Kopf hatten, als sich ficken zu lassen. Nutten.

Nutten. Darauf reduzierte sich sein Leben, seit er vor vier Jahren fortgegangen war. Denn sein Vater hatte Aysels Vater zugestimmt. Gut, Nedim bereute es nicht, gegangen zu sein. So konnte er Mädchen in allen Hautfarben vernaschen. Eine so schön wie die andere. Schöner als Aysel zweifellos. Aber keine hatte so eine Flamme in den Augen wie Aysel. Sie schliefen mit ihm und er mit ihnen. Ohne Emotion. Leer.

Ihr Vater hatte ihm drei Jahre gegeben. In den ersten beiden Jahren hatte er nur an Aysel gedacht, an Aysel und sich selbst, an ihre Heirat, und an Aysels Körper, Aysel ganz für sich allein. Das beschäftigte ihn während sämtlicher Überfahrten. Die See bekam einen Sinn. Aysels Liebe. Bei jedem Landgang schickte er seiner Familie Geld. Fast alles. Er behielt nur gerade genug für einen Rausch und eine Frau für die Nacht. Außerhalb Europas kosteten Alkohol und Frauen nicht viel. In Saigon hatte er eine für eine Woche aufgetan. Für zehn Dollar. Das war sein schönstes Erlebnis gewesen. Huong hieß sie. Sie tat alles, was er von ihr verlangte. Für zehn Dollar. Bekam sogar einen Orgasmus. Und wusch seine Klamotten.

Eines Tages war er ins Dorf zurückgekehrt. In Istanbul hatte er von seinem Geld einen alten französischen Armeelaster gekauft. Er hatte gesagt: »Das werde ich tun, ich werde Spediteur.« Er erinnerte sich noch an seine Ankunft im Dorf. Die Pappeln am Straßenrand, die Brücke, die Steigung, die kleine Gasse. Ein Held. Auf dem Weg hatte er alle eingesammelt, die von ihrer Arbeit auf den Feldern heimkehrten. Dann war er zu Aysel gegangen, um ihr den Lastwagen vorzuführen. »Damit zeige ich dir das Meer. Das Schwarze Meer und das Marmarameer. Unsere beiden Meere, Aysel. Mit dem Bosporus dazwischen.« Sie hatte Tränen in den Augen. Und Nedim hatte sein Glück zum Greifen nah geglaubt.

Bevor er wieder fortging, hatte er den Lastwagen seinem großen Bruder Aymur anvertraut. Damit er bis zu seiner Rückkehr auf ihn aufpasste. Er musste noch sechs Monate zur See fahren. Einmal über den Atlantik. Und einen Abstecher nach Panama. Panama wollte er sich nicht entgehen lassen. Das Paradies der Seeleute, hatte er sich erzählen lassen. Das wollte er sich noch einmal gönnen, bevor er sein Junggesellenleben endgültig begrub. Eine Nacht mit den Frauen von Panama.

Aber Aymur musste unbedingt angeben. Eines Sonntagmorgens hatte er seine Frau, seine drei Kinder, seine Eltern, Aysels Eltern und Aysel in den Laster verfrachtet. Zu den Schluchten von Bilecik. Aymur war wie üblich betrunken. Er hatte eine Kurve verfehlt. Der Laster war auf der rechten Seite gegen einen Fels geprallt. Sein Vater war auf der Stelle tot, zerquetscht. Die Nachricht erreichte Nedim brieflich in Panama. Die anderen hatten nur leichte Verletzungen davongetragen. Gebrochene Arme oder Beine. Angeknackste Rippen. Aysel war glücklicherweise mit ein paar blauen Flecken davongekommen. Den Lastwagen hatten sie schrottreif auf der Straße liegen lassen. »Aysels Vater gibt dir noch ein Jahr«, schrieb seine Mutter in dem Brief, »aber er möchte, dass du von der Idee mit dem Lastwagen ablässt.«

Er konnte ihm den Buckel runterrutschen, so sah das aus. Und er verfluchte seinen Bruder samt seiner ganzen Sippschaft. Er hatte die Nacht mit Trank und Tanz verbracht. Nur so mit Hundertdollarscheinen um sich geschmissen. Das Geld für die Heimreise. Das Geld zu seinem Glück mit Aysel. Seitdem war er drei Mal in das Dorf zurückgekehrt. Das erste Mal hatte er sich mit Aymur geschlagen. Das zweite Mal hatte er sich mit Aysels Vater gestritten. Das letzte Mal, bevor er von La Spezia nach Marseille aufbrechen sollte, hatte er Aysel ans Flussufer geschleppt und sie gevögelt.

Sie hatte ihn angefleht. Sich gewehrt. Und geweint, als er schließlich in sie eingedrungen war. Jahre aufgestauten Verlangens. So hatte er sie geliebt, mit der Wut der verlorenen Jahre. Brutal. Die ganze Zeit, die er in seiner Begierde auf ihr gelegen hatte, hatte sie unaufhörlich Gebete gebrabbelt. »*Elhamdüllillah rabilalemin irrahman irrahim, maliki yevmiddin ...*« Nie war er so erregt gewesen. Aysels Körper, so schön, so rein. Ihr Weinen. Diese Litanei. »Gepriesen sei der Herr!«, hatte er nach seiner Befriedigung gemurmelt.

Aysel hatte ihr Gesicht in den Händen verborgen, sie weinte immer noch. Vorsichtig hatte er sie an den Handgelenken gefasst und sie gezwungen, ihn anzusehen.

»Jetzt gehörst du mir, weißt du das, Aysel? Mir. Du bist mein. Ich werde es deinem Vater sagen. Ich habe genommen, was mir zustand. Das muss dir nicht Leid tun, Aysel, denn ich liebe dich.«

Aysels Tränen verwandelten sich in einen Sturzbach, und Nedim hatte sie ein zweites Mal genommen. Ohne sich um Aysels Schmerzen oder das Blut auf ihrem Schenkel zu scheren. Weil sie ihm gehörte, weil sie jetzt seine Frau war.

Er war noch am selben Abend aufgebrochen. Zurück zur See. Ohne ein Wort zu irgendjemandem. Er hatte es Aysel überlassen, ihrem Vater die Schmach zu gestehen, die er ihr zugefügt hatte.

Vorgestern hatte er mit seiner Mutter telefoniert. Aus einer Telefonzelle.

»Du kommst für immer zurück?«

»Ja, für immer.«

Sie schwiegen eine lange Weile.

»Wir hatten einen harten Winter«, fuhr sie fort. »Die Bäume haben unter der Kälte gelitten.«

»Sogar unser Maulbeerbaum?«

»Nein. Aber es geht ihm wie mir – schlecht.«

»Hör auf, Mama, du wirst noch hundert.«

»Das ist es nicht, mein Sohn. Aysels Vater hat dir nicht verziehen.«

»Ich brauche sein Verzeihen nicht. Aysel gehört mir. Ich werde sie heiraten, ob er will oder nicht. Und wir werden leben, wie es uns passt.«

Pedrag hatte eine halbe Stunde auf ihn gewartet, wie er von einem spanischen Lastwagenfahrer erfuhr, als er vor J4 ankam.

»Ich nehme dich zum gleichen Preis nach Amsterdam mit«, bot der Spanier an. »Ich fahr in zwanzig Minuten ab. Wenn ich den Papierkram erledigt habe.«

»Scheiß auf Amsterdam!«

Der andere lachte. Die Sonne ging über der Stadt auf. Das Unwetter, erzählte er, war schrecklich gewesen. So etwas hatte er noch nie gesehen. Der ockerfarbene Turm von Fort Saint-Jean war in rosa Licht getaucht. Aber niemand auf dem Parkplatz achtete darauf. Die ganze Schönheit, das ganze Leben – vergeudet, dachte Nedim.

Eine Nutte stieg aus einem roten Ford Fiesta. »Stolz, Marseillerin zu sein«, konnte man auf der Heckscheibe lesen. Sie kam auf Nedim zu und schnorrte eine Kippe. Wegen des Unwetters hatte sie nicht einen Kunden gehabt. Sie bot ihm an, ihm für hundert Francs einen zu blasen. Nedim brach in Lachen aus.

»Wenn ich hundert Francs hätte, meine Süße, würde ich ein Taxi nehmen und auf mein Schiff zurückkehren.«

»Ich bring dich hin, wenn du willst.«

Sie fuhr ihn bis zum Trockendock an Tor 3A. Sie parkte neben einem Lagerhaus der Marseiller Schiffsreparaturbetriebe. »Spendierst du mir noch eine Zigarette?«

Sie sahen sich an. Sie war nicht mehr ganz jung. Dreißig. Oder fünfzig. Das Alter eines verbrauchten Lebens. Ein gezeichnetes Gesicht. Schlaffe Wangen. Fliehendes Kinn.

»Da«, sagte er und gab ihr drei Zigaretten. »Ein Teil meines Vermögens.«

»Wenn du willst, können wir eine Nummer schieben.«

Er stieg aus dem Wagen und setzte den Fuß in eine Pfütze. »Verdammte Scheiße!«

Darüber musste sie lachen. Ein Lachen, das nicht zu ihrem Gesicht passte. Ein jugendliches Lachen. Er neigte sich zu ihr. Sie schien um zehn Jahre verjüngt. Er küsste sie auf den Mund. »Danke«, sagte er.

»Ich stehe immer am J4. Komm mal vorbei.«

An Tor 3A gab es ein Riesentheater. Nedim hatte seinen Passierschein nicht mehr. Er berichtete, dass man ihm seinen Seesack geklaut hatte, sein Geld, seine Papiere, einfach alles. Der Wachmann verweigerte ihm den Zugang. Ein junger Schnösel, der kein Risiko eingehen wollte. Vorschrift. Auf den Kais wurde zu viel geklaut. Nedim konnte nicht mehr. Er hatte nur noch einen Wunsch: Schlafen. Vergessen. Diese ganze Nacht vergessen. Lallas Körper vergessen und Gabys eingefrorenes Lächeln. Pedrag und die Straße nach Istanbul vergessen. Sein Dorf und den Weg dorthin vergessen. Aysel vergessen. Aysel. Wut stieg wieder in ihm hoch. Hass.

»Die *Aldebaran*«, schrie Nedim ihn an. »Die *Aldebaran*, verdammt! Das elende Schiff, das da unten liegt. Dreh dich doch um, verdammt! Ich geh dir schon nicht an die Gurgel!«

Der Wachmann drehte seinen Kopf zur Mole. Aber das war gar nicht nötig. Natürlich kannte er die *Aldebaran*.

»Siehst du sie? Da hinten? Der große Schrotthaufen.«

»Ja.«

»Du hast davon gehört, verdammt!«

»Da ist keine Mannschaft mehr, hat man mir gesagt.«

»Klar. Sie sind alle abgehauen. Gestern Abend. Und ich … Ich wär schon weit weg, wenn ich keinen Ärger gehabt hätte. Verdammte Idiotenstadt! Ich muss zum Kapitän. Er ist noch da.«

Der Wachmann sah in seinem Register nach. »Wie ist sein Name?«

»Vom Kapitän?«

»Ja klar, nicht von seinem Hund.«

»Abdul Aziz.«

Schließlich gab der Wachmann nach. Er hatte die Schnauze voll von Nedim. Er wollte noch ein Stündchen schlafen, der faule Sack.

»Willst du mitkommen?«, fragte Nedim.

»Schon gut.« Er notierte Nedims Namen in seinem Register.

»Du musst mit dem Kapitän zurückkommen. Und wenn du an Bord bleibst, kriegst du einen neuen Schein. Ohne Passierschein kommst du nicht noch mal durch. Keine Chance.«

»Verpiss dich!«

Nedim marschierte mit großen Schritten auf dem Kai und zwischen den Hafenbecken hindurch, um zum Digue du Large zu gelangen. Er lief jetzt im Leerlauf. Das Karussell in seinem Kopf stand still. Er hatte keinen einzigen Blick für das Meer vor ihm. Himmelblau. Ein klarer Himmel. Makellos. Strahlend. Vom Unwetter rein gewaschen. Ein herrlicher Tag kündigte sich an. Der erste Sommertag.

Bevor er einschlief, dachte er an die Nutte, die er getroffen hatte. Da bot man ihm den Beischlaf einmal gratis an, und er musste ablehnen. Er war wirklich zu dämlich.

Ihr Gesicht verfolgte ihn im Schlaf. Ekel und Begierde durcheinander. Ihm war warm. Zu warm. Das Mädchen erstickte ihn. Er wollte nicht, dass sie sein Glied in den Mund nahm. Er wehrte sich. Die Sonne durchflutete seine Kabine.

Er schrak aus dem Schlaf hoch, schweißgebadet. Und er hatte einen Steifen. Das Erste, was ihm in den Sinn kam, bevor er auch nur auf die Uhr sah, war ein Gedicht, das sein Vater gern aufgesagt hatte. Mit seiner weichen und eindringlichen Stimme.

Die Straße des Exils hat uns neu zusammengeführt.
Wer kann schon sagen, wo der Tod uns finden wird.

Seine Uhr zeigte fünf Uhr. Fünf Uhr? Das Glas war zerbrochen. Mist, sie musste kaputt gegangen sein. Er steckte sich eine Zigarette an, die vorletzte, hustete. Wie spät mochte es wohl sein? Noch Morgen? Schon Nachmittag? Auf der *Aldebaran* war es totenstill. Wo mochte Abdul Aziz sein? Wie würde er reagieren, wenn er ihn hier vorfand? Was sollte er ihm sagen?

»Du kannst mich mal«, murmelte er.

Erschöpft ließ er sich in die Koje zurücksinken und dachte an Aysel. »*Elhamdüllillah rabbilalemin irrahman irrahim, maliki yevmiddin ...*« Sein Schwanz begann sich aufzurichten.

»Amen«, sagte er.

Und während er einschlief, spürte er, wie ihm die Tränen die Wangen hinunterrannen.

8 Einige nicht wieder gutzumachende Fehler

Was war los mit Céphée? Abdul Aziz bemühte sich, es zu verstehen, aber es wollte ihm nicht gelingen. »Sie hat den Verstand verloren« – das war die einzige Antwort, die er fand. Nicht ohne sich einzugestehen, dass sie als Erklärung ein wenig dürftig war. Genau genommen erklärte sie überhaupt nichts.

Es war der zweite Tag nach seiner Rückkehr aus Adelaide in Australien. Céphée hatte gerade die Kinder ins Bett gebracht. Sie hatten es sich auf der Terrasse gemütlich gemacht, um ein oder zwei Margaritas zu trinken. Céphée kannte das Geheimnis der Zubereitung mit genau der richtigen Menge Salz am Glasrand. Den Blick über den Dächern von Dakar verloren, begann er, von seiner Reise zu erzählen. Er brauchte das immer wieder. Die Welt vor ihr auszubreiten.

Die *Kananga* war den Golf von Saint-Vincent hinaufgefahren, um schließlich im Schutz des äußeren Hafenbeckens von North Haven festzumachen. »Dort, wo niemand freiwillig hinging oder -kam«, wie man unter Seeleuten sagte.

Port-Adelaide befand sich hinter einem flachen, vor Hitze glühenden Streifen Erde aus trockenem Gestrüpp, auf dem ein paar Wellblechhütten verstreut lagen. Adelaide lag noch weiter dahinter. Ein Tempel, eine Kirche, drei Bars, ein Hotel, ein Bordell, das Rathaus, eine Poststelle und etwa hundert Häuser drum herum. Eine Stadt für Seeleute. Noch weiter lag Beach Taperoo, wo, so behauptete ihr schwedischer Funker Reidar, »in der Abgeschiedenheit junge Mädchen aus guten Familien lebten, die man umsonst ficken konnte, wenn man es geschickt anstellte«.

»Mädchen aus guter Familie sind der Traum aller Seeleute. Jeder kann seine Geschichte über ein Mädchen aus guter

Familie in dem einen oder anderen Winkel der Erde erzählen.«

»Ah, ja …«, antwortete Céphée.

Er hörte einen Unterton von Langeweile in dieser Bemerkung. »Gehts dir nicht gut?«

»Ich bin müde.«

Sie war ins Bett gegangen, ohne auszutrinken, und hatte ihn mit seiner Margarita und seinem Reisebericht allein gelassen. Lustlos trank er einen Schluck. Es tat ihm weh, dass Céphée nicht da war. Er wollte ihre Nähe spüren, wenn er nach Hause kam. Ihre und die der Kinder. Um sich davon zu überzeugen, dass er ein Mann wie alle anderen war, ein Vater wie alle anderen. Dass er eine Familie hatte und dass diese Familie seine einzigen Wurzeln in dieser Welt waren.

Dieses Mal war die Reise für die *Hamburg-Süd* besonders lang gewesen. La Spezia, Fos-sur-Mer, Barcelona, Piräus, schließlich der Suez-Kanal und Jiddah, Port-Elizabeth, Sydney. Er hatte Céphée jeden Tag geschrieben. Seit sie geheiratet hatten, schrieben sie sich täglich, sobald er auf See war. Das war seine Art, sie in seinem Herzen zu bewahren. Meistens sprach er von seiner Liebe, seinem Begehren. Auch von seinen Wunschträumen. Frei, ohne Scham. Vom Leben auf See und von den Landgängen sprach er nie. Das hob er sich für die Heimkehr auf. Für die Abende auf der Terrasse bei einer Margarita.

Kurz darauf legte er sich zu ihr ins Bett. Weder die Ruhe auf der Terrasse noch der Blick auf die Stadt, nicht einmal der Alkohol entspannten ihn. Er brauchte ihre Nähe. Ihre körperliche Nähe. Die Berührung ihres Körpers beruhigte ihn. Ihre Schönheit brachte ihn jedes Mal wieder auf die Seite der Lebenden zurück.

Er zog sich schnell im Dunkeln aus und glitt neben sie. An ihrem Atem konnte er hören, dass sie nicht schlief. Sie tat nur so, mit dem Rücken zu ihm. Das war nicht ihre Art. Zaghaft streichelte er ihren Po und ließ seine Hand zwischen ihre Schenkel gleiten.

»Ich bin müde«, wiederholte sie und klemmte die Beine zusammen, um seine Hand an jeder weiteren Bewegung zu hindern.

»Céphée«, murmelte er und zog seine Hand zurück. Sein steifes Glied drückte mit aller Kraft gegen ihren Po auf der Suche nach dem Durchgang. Sie liebte diese Ungeduld, mit der er sie begehrte, hatte sie oft gesagt. Eine ganz andere Lust als bei der Nachmittagssiesta, wenn Céphées Mutter sich nebenan um die Kinder kümmerte. Dann gaben sie sich alle Mühe, das Bett nicht knacken zu lassen oder den Tisch, auf dem sie sich nackt vor ihm ausstreckte, mit gespreizten Beinen. Sie bissen sich in Hals oder Schulter, damit ihre Schreie nicht durchs ganze Haus hallten.

Er atmete heftig. Seine Hand nahm ihren Weg entlang Céphées Bein wieder auf, machte Pause auf ihrem Bauch, schob sich weiter. Er griff nach ihrer rechten Brust und begann sie zu streicheln und zärtlich zu kitzeln. Céphée liebte das, das wusste er.

Die Brust wurde hart in seiner Hand. Sie gab nach, und er war erleichtert. Er schmiegte sich noch enger an sie. Mit dem Knie spreizte er sanft ihre Beine. Sie wehrte sich nicht mehr. Er ließ ihre Brust los und wanderte mit der Hand wieder Richtung Schoß. Seine Finger glitten in die feuchte Öffnung. Céphée seufzte und bog sich leicht. Dieser Moment, das war das Glück, wenn ihre runden, festen Pobacken ihm entgegenkamen. Er drang heftig in sie ein.

Wie zusammengeschweißt glichen ihre Körper nur noch einer einzigen Wellenbewegung, zunächst langsam, dann immer schneller. Mit beiden Händen griff er Céphées Pobacken und drückte sie auseinander, damit er besser in sie eindringen konnte. Jedes Mal tiefer. Als sie begann, sich zu winden, beschleunigte er seine Bewegungen, während er ihren Po immer noch knetete. Er hörte sie stöhnen und glaubte an einen besonders heftigen Orgasmus. Er fand sehr schnell Befriedigung, in wenigen, harten Stößen, ohne sich um das quietschende Bett zu kümmern, die Kinder, die nebenan schliefen, die Nacht, die die Stadt einhüllte, die Frachter, die in dem einen oder anderen Hafen zum Auslaufen klarmachten, die Weite der Ozeane, die Einsamkeit der Seeleute und die Zerbrechlichkeit der Menschen unter dem Sternenzelt auf der ganzen Welt.

Céphée schluchzte.

»Céphée ... Was ist?«

Sie machte sich von ihm los und streckte sich auf dem Rücken aus.

»Céphée ... mein Liebling ...«

»Mir reichts.«

»Was?«

Ihre Tränen flossen noch stärker. Er knipste die Nachttischlampe an, und ihre Körper erschienen in einem weichen, ockerfarbenen Licht. Sie zog sich die Decke über und hielt sie über der Brust fest wie ein Kind.

»Was ist, Céphée?«, wiederholte er besorgt.

Sie flehte ihn mit den Augen an. »Hast du immer noch nicht genug von der Welt?«

Die Frage hatte ihn überrascht. Er hatte alles Mögliche erwartet, aber nicht das. Die Abschiede, die Schiffe, das Meer, das war sein Leben. Ihr Leben, seins und ihres. Ein stilles Einverständnis seit der ersten Nacht, in der sie miteinander geschlafen hatten.

»Das ist mein Leben, das weißt du doch.«

»Und wo stehe ich in deinem Leben?« Sie hatte sich aufgerichtet. Sie weinte nicht mehr, aber ihre Augen glänzten. Er hatte Céphée nur ein einziges Mal weinen sehen. Als er um ihre Hand angehalten hatte.

»Céphée.«

»Wo ist dein Leben? In Port-Adelaide? In Colombo? In Antwerpen? In Valparaiso? Wo denn, he? Und wo bin ich? Abdul, wo bleibe ich bei alledem?«

»Hier. Zu Hause.«

»Hier ...«

Die Antwort schien sie zu überraschen. »Hier«, wiederholte sie für sich selbst. »Klar ... Hier.«

Er wusste nicht, was er sagen sollte. Niemals hätte er sich vorstellen können, dass Céphée ihre Existenz infrage stellte. Für ihn war alles ganz einfach. Er ging, er kam wieder. Er verließ sie, er kehrte zu ihr zurück. Und sie liebten sich.

Sie liebten sich doch? Das war das Entscheidende. Er wollte es ihr sagen, aber er schwieg. Diese Diskussion hatte keinen Sinn.

»Hast du mir nichts zu sagen?«

»Was soll ich denn sagen, Céphée? Ich verstehe das nicht. Was ist los?«

»Ich bin es leid zu warten, das ist los. Auf dich zu warten. Ich und die Kinder, wir sind es leid. Das ist los, Abdul.« Ihre Stimme war leise, ohne Wut. Fast ein Murmeln. Eine matte Stimme.

»Darüber hast du nie mit mir gesprochen«, antwortete er sanft. »In deinen Briefen ...«

»Die Briefe, die Briefe ...« Sie explodierte. »Verdammt, Abdul!«

Céphée sprang aus dem Bett und marschierte entschlossen durch das Zimmer. In der Wand war ein Schrank. Sie öffnete ihn. Unten drin lagen stapelweise Umschläge. Hunderte von Umschlägen. Seine Briefe.

»Da sind deine Briefe, siehst du. Jahr für Jahr. Was soll ich deiner Meinung nach damit anfangen? Mit ihnen zusammen essen? Mit ihnen spazieren gehen? Mit ihnen ins Bett gehen? Mit ihnen schlafen? Na, kannst du mir das sagen?«

Schweigen trat ein.

»Willst du, dass mein Leben mit dir so aussieht?«

»Nein«, murmelte er.

Er war ratlos. Verloren. Aber er verstand immer noch nicht, warum das, was vor seiner Fahrt nach Adelaide wahr gewesen war, es jetzt nicht mehr war. Er stand auf und ging zu ihr. Er wollte sie in die Arme nehmen, sie trösten, ihr noch mal erklären, wie er es immer getan hatte, welche Bedeutung das Meer für ihn hatte.

»Nein«, wiederholte er.

»Ich auch nicht, Abdul. Denn eins will ich dir sagen, wenn du unsere Zukunft so siehst, dann ohne mich. Und mit deinen Briefen wisch ich mir den Arsch ab!«

Er gab ihr eine Ohrfeige.

Jetzt hatte er sie geschlagen, statt sie in die Arme zu nehmen, wie er es eigentlich wollte. Der Boden gab unter seinen Füßen nach. Er spürte, wie er schwankte. Versank. In dem Augenblick, als seine Hand Céphées Wange traf, hatte er die Augen geschlossen. Wie um die Kraft zu bremsen. Und er sagte sich, dass sich jeder Fehler wieder gutmachen ließ. Sein Vater behauptete das. Er hoffte, dass es stimmte.

Céphée rührte sich nicht. Sie blieb vor ihm stehen, aufrecht und stolz. Nackt. Ihm ging auf, wie schön sie war. Keine andere Frau konnte je ihren Platz in seinem Herzen einnehmen. Aber er fand kein Wort der Entschuldigung für seinen Fehler. Sie war es, die das Schweigen brach. In ihren Augen waren keine Tränen mehr. Nur Entschlossenheit. »Ich liebe dich«, sagte sie leise.

»Ich liebe dich auch.«

»Dann denk gut darüber nach, Abdul. Ich spreche dich nicht mehr darauf an.«

Sie ging wieder ins Bett. Als er das Schlafzimmer verließ, um sich einen Zigarillo zu holen, machte sie das Licht aus. In diesem Moment hatte er sie verloren.

»In dem Moment hatte ich sie verloren«, gab er schließlich zu und trank seinen Kaffee aus. Es gibt Dinge, die nicht wieder gutzumachen sind, aber wir wissen nicht, welche. Er konzentrierte seinen Blick auf die Segelboote, die auf der anderen Seite der Straße im Hafen festgemacht hatten. Das beruhigte ihn. Er bestellte einen zweiten Kaffee.

Abdul Aziz war früh aufgestanden und hatte die *Aldebaran* verlassen, ohne sich Zeit für ein Frühstück oder auch nur einen schnellen Nescafé zu nehmen. Er hatte absolut keine Lust, Diamantis zu begegnen. Keine Lust zu reden. Er war angespannt und nervös. Es gibt im Leben keinen schlimmeren Schiffbruch als den, den man in seinem Leben erleidet, hatte er gedacht, als er sich letzte Nacht in seine Kabine zurückgezogen hatte.

In seiner Koje ausgestreckt hatte er Duke Ellington gehört. *Money Jungle,* eins seiner liebsten Alben. Duke spielte darauf im Trio mit Charlie Mingus und Max Roach. Dort hatten sie die raffinierteste Version von *Solitude* gegeben. Aber auf dieser Kassette war *African Flower* sein bevorzugtes Stück. Er hatte es vier Mal hintereinander gespielt, bis er bei den ersten Takten von *Caravan* erschöpft eingeschlafen war.

Ganz früh hatte er sich zur Seemannsmission begeben. Um mit Céphée zu telefonieren. Seit drei Tagen hatte er es abends immer wieder versucht, aber umsonst. Frühmorgens hätte er vielleicht mehr Glück, hatte er sich gesagt. Aber kaum hatte Abdul Aziz die Räumlichkeiten betreten, als der Direktionsassistent Berthou sich beeilte, ihn über den neuen Ärger mit seinem Reeder Constantin Takis zu informieren. Die *Aldebaran* war nicht mehr das einzige Schiff, das am Kai festsaß. Heute waren neununddreißig seiner Schiffe überall auf der Welt an die Kette gelegt worden. Außerdem, betonte Berthou, lief ein Strafverfahren gegen Constantin Takis. Die griechische Justiz hatte ihn zu drei Jahren Gefängnis und einer Geldstrafe von zwanzigtausend Dollar verurteilt, wegen eines Verstoßes gegen das Handelsrecht.

Abdul nahm diese Informationen schweigend zur Kenntnis. Er begnügte sich mit einem Kopfnicken, während er Berthou zuhörte. Die Zukunft des Frachters war ihm an diesem Morgen wirklich scheißegal. Er wollte mit Céphée sprechen. Ihre Stimme hören. Und sich beruhigen. Sich sagen können, dass sie, wenn er in zwei bis drei Tagen heimkäme, da wäre.

Seit letzter Nacht wurde er den Gedanken nicht mehr los. Im Bus, der ihn zur Place de la Joliette brachte, hatte er wieder darüber nachgegrübelt. Er konnte nach Dakar zurückkehren. Nichts hielt ihn davon ab. Sie würden sich aussprechen, Céphée und er. Sie liebten sich, also gab es eine Lösung. Während seiner Verhandlungen um die Abmusterung der Mannschaft hatte man ihm zu verstehen gegeben, dass die internationale Transportarbeitergewerkschaft sich um seine Rückführung kümmern könnte, sollte die Lage sich verschlechtern. Auch um die Rückführung von Diamantis.

»Dein Reeder hat Widerspruch eingelegt.«

»Das wundert mich nicht«, antwortete er ausweichend. »Der ist mit allen Wassern gewaschen.«

Constantin Takis war es gelungen, unter den griechischen Reedern in weniger als zehn Jahren den zwölften Platz in Bezug auf die Tonnage zu erreichen und den zweiten was die Anzahl der Schiffe betraf. Er hatte mit zwei kleinen Tankern begonnen, um dann immer weiter zu wachsen und bald neunzig Schiffe unter seiner Flagge zu haben: Tanker, Massengutfrachter, Roll-on-Roll-off-Schiffe und Kühlschiffe.

Abdul Aziz kannte Constantin Takis gut. Sie waren im selben Jahrgang auf der Schule der Handelsmarine gewesen. Ein Karrierist. Aber seit 1983 stand er in seiner Schuld. Eine Ehrensache. Nur deshalb hatte er das Kommando der *Aldebaran* übernommen. Um seine Schulden zu begleichen und endlich niemandem mehr verpflichtet zu sein. Aber davon wusste keiner etwas.

»Kann ich mal telefonieren?«, fragte er, ohne Berthou weiter zuzuhören.

Es war jetzt fast neun. Während er noch die Klingelzeichen zählte, erschrak Abdul Aziz bei dem Gedanken, dass das Telefon in einer leeren Wohnung klingelte, aus der Céphée all ihre Sachen herausgeschafft hatte. Wie viele Typen hatte er kennen gelernt, denen das passiert war? Dutzende. Sie nahmen ein Taxi nach Hause, eiliger als sonst, weil sie zweifellos ahnten, dass »zu Hause« seit fünf, sechs oder sieben Monaten nicht mehr ihr Zuhause war. In der Wohnung, vielleicht im Wohnzimmer, ein Brief ihrer Frau, in dem sie erklärt, dass sie einen anderen Mann kennen gelernt hat, der das ganze Jahr über sieben von sieben Tagen in der Woche zu Hause ist und dass sie sich nach reiflicher Überlegung für ein richtiges Leben entschieden hat.

»Nein, Céphée, du nicht, nicht du …« Beim zehnten Klingeln hatte er aufgelegt. Nein, unmöglich, das würde Céphée nicht tun. Sie war zu allem fähig, zu den heftigsten Wutausbrüchen, ja, aber dazu nicht. Sie war nicht wie die anderen. Céphée, die er in seinen Armen gehalten hatte. Gewiegt. Er beruhigte sich.

Sechs Monate nach seiner Rückkehr aus Adelaide ging das Leben wieder seinen normalen Gang. Morgens stand er früh auf und kümmerte sich um die Kinder. Er brachte sie zur französischen Schule, danach begleitete er Céphée ins Krankenhaus. Seit zwei Jahren war sie dort Chefärztin auf der Kinderstation. Abends machte er den gleichen Weg andersherum. Ein ruhiges Leben, glückliche Tage. Sie hatten nie wieder über jene Nacht gesprochen. Nicht einmal, als er ankündigte, dass er in einer Woche abreisen würde.

»Nur für etwa zwanzig Tage«, rechtfertigte er sich. »Nur um Constantin Takis einen Gefallen zu tun. Weißt du noch? Das bin ich ihm schuldig.«

Sie erinnerte sich an Constantin Takis. Im September 1983, als die israelischen Soldaten sich aus dem Libanon zurückzogen, hatten drusische Milizen, unterstützt von palästinensischen Freischärlern, den Libanon in Schutt und Asche gelegt. Massaker unter der Bevölkerung, geplünderte Häuser, zerstörte Dörfer. Abduls ganze Familie war geflohen, wie zwei Drittel der christlichen Bevölkerung aus dem Chouf. Sein Vater und seine Mutter, in Angst und Schrecken und ohne Geld, hatten Zuflucht in einem Appartement in Ost-Beirut fünfzig Meter von der Demarkationslinie entfernt gefunden, das von anderen Christen verlassen worden war. Sein Vater hatte ihn angerufen. Damit Abdul ihnen bei der Flucht helfen sollte.

Takis lenkte einen seiner Frachter nach Beirut um. Er nahm die ganze Familie an Bord. Richtung Limassol, wo er Abduls Eltern auf seine Kosten in einem Hotel unterbrachte, bis sie weitersehen würden.

Damals schlecht angesehen, hatte der Reeder es zweckdienlich gefunden, sich mit Kapitänen von vorbildlichem Leumund zu umgeben. Abdul Aziz war einer von ihnen. Er konnte diesen »kleinen Dienst« nicht ablehnen. Sein Name würde den Kunden Vertrauen einflößen. Den Mannschaften auch. Sogar Diamantis hatte sich täuschen lassen.

Erst als er in La Spezia ankam, ging Abdul auf, dass für Céphée nichts wie früher war. Ein Brief wartete auf ihn. »Als du das Schlafzimmer verlassen hast, dachte ich, du würdest wiederkommen und mit mir sprechen ...«

Er war auf der Terrasse geblieben. Trinkend und rauchend. Dort hatte er seinen Geist schweifen lassen. Weit fort von diesem Haus. Von den Kindern. Von Céphée. Auf Wiederentdeckung vergangener Reisen. Auf Wiederbelebung vergänglicher Lieben. Ein anderes Leben. Sein Leben. Sein wahres Leben, hatte er bis dahin gedacht. »Da du unfähig bist, ein anderes Leben in Betracht zu ziehen, werde ich es tun«, fuhr sie in ihrem Brief fort. »Abdul, ich liebe dich, aber ich glaube, ich werde dich verlassen. Weil unsere Liebe das Ganze nicht überleben wird. Eine Ohrfeige war schon zu viel. Eine zweite würde ich nicht ertragen ...«

Abdul stand auf und bezahlte seine beiden Kaffee. Er brauchte einen Spaziergang. Um sich in der Stadt zu zerstreuen. Marseille, das wusste er, war die einzige Stadt in der Welt, in der man sich nicht als Fremder fühlte. Niemand war dort ein Fremder. Wo er auch herkam, egal welcher Hautfarbe. In Marseille war man immer einheimisch. Das sagte der Blick der Leute. Ein einmaliges Gefühl von Weltoffenheit.

Abdul ging ein Stück die Canebière hinauf, nahm dann hinter dem Cours Saint-Louis die Rue des Feuillants und gelangte schließlich in die schmale Rue Longue-des-Capucins. Dort tauchte er in die bunte, dichte Menge ein, die ihre Einkäufe erledigte. Die Marktstände verströmten die Wohlgerüche der ganzen Welt. Da waren Barcelona und Schanghai, Rom und Bombay, Algier und Valparaiso.

Endlich war er so weit, die Zukunft ins Auge zu fassen.

»In der Zukunft«, hatte der Wahrsager Diouf, ein alter Onkel von Céphée, gesagt, »existiert alles, weil alles möglich ist.« Vielleicht war ja wirklich noch alles möglich.

9 Gegen Zynismus ist keiner gefeit

Aus dieser Zeit war Diamantis nur eines im Gedächtnis geblieben. Er war über beide Ohren verliebt. Als er Amina kennen lernte, schien sie direkt den Märchen von Tausendundeiner Nacht entstiegen zu sein. Sicher hatte sie in seiner Seemannsfantasie schon lange sein Bett gemacht. Tatsache ist, dass er sie wieder erkannte, als kenne er sie bereits. Sie aß mit einigen Bekannten im *Cintra* zu Mittag, einer Brasserie am Alten Hafen, die es heute nicht mehr gibt. Ihre Blicke begegneten sich, als Diamantis eintrat, um sich sogleich wieder zu verlieren.

Die *Stainless Glory,* auf der er damals fuhr, hatte in Marseille Station gemacht. Für ihn war es immer ein atemberaubendes Erlebnis, in den Marseiller Hafen einzulaufen. Er konnte nicht sagen, warum, aber jedes Mal, wenn er in Marseille an Land ging, hatte er das Gefühl, nach Hause zu kommen. Er liebte den Geruch von Marseille. Diese Stadt roch. Vielleicht nicht nach Piment, wie Blaise Cendrars es beschrieben hatte, aber so ähnlich, nach etwas zwischen Basilikum und Koriander. Mit einer Prise Pfeffer und Zimt.

Kaum am Kai, erwartete ihn ein besonderer Glücksfall. Die *D'Artagnan,* das Schiff unter dem Kommando seines Vaters, hatte neben dem seinen an Mole E im Bassin de la Pinède festgemacht. Seit drei Jahren hatten sie sich nicht mehr gesehen. Wenn er in Athen war, war sein Vater auf See, und umgekehrt, und wenn sie beide unterwegs waren, lagen mehrere Wochen zwischen ihren jeweiligen Landgängen.

Am Kontrollposten erhielt er eine Nachricht von seinem Vater. Er bat ihn, ins *Cintra* zu kommen. Dort bestellte er eine Mauresque und blieb an der Theke stehen, bis ein Tisch frei wurde. Er versuchte, Aminas Blick wieder einzufangen. Sie wirkte zurückhaltender als die anderen in der Gruppe. Aber vielleicht kam das daher, dass sie sich beobachtet fühlte. Plötzlich blickte sie offen zu ihm auf, betrachtete ihn und lächelte. In dem Moment hatte sein Vater einen Arm um seine Schulter gelegt. Er drehte sich zu ihm um, ohne Aminas Lächeln zu erwidern.

Die Mahlzeit mit seinem Vater verlief nicht so, wie er gehofft hatte. Aber was hatte er erwartet? Er wusste es nicht. Ein Wunder zweifellos. Dieser Mann, von dem er so viel gelernt hatte, der ihm das Meer und das Reisen schmackhaft gemacht hatte, dieser Mann, an dessen Kleidern er geschnüffelt hatte in der Hoffnung, dort den Geruch Afrikas oder Asiens zu entdecken – Kontinente, von denen er träumte –, dieser Mann existierte nicht. Er war nicht mehr sein Vater, sondern ein Mythos. Eine Art Odysseus, der Homer für ihn in die Sprache der Frachter übersetzte. Sie hatten zu viel gemeinsam, um sich noch etwas zu sagen zu haben. So sprachen sie wenig. Vor dem Rathaus trennten sie sich, nachdem sie mit der Fähre einmal quer durch den Alten Hafen gefahren waren. Die *D'Artagnan* lief noch am selben Abend aus.

»Das mache ich jedes Mal, wenn ich nach Marseille komme, diese Überfahrt. Ein Ritual. So was habe ich noch nirgendwo gesehen ... So eine riesige Stadt, die sich in wenigen Minuten Überfahrt total offenbart ... Schau, wie schön das ist.«

Diamantis hatte gelächelt. Auch er nahm die Fähre gern.

Heute Morgen, nach einem Kaffee mit Toinou, hatte er seinen Tag so begonnen. Auf der Fähre. Eine Zigarette im Mundwinkel, den Blick auf die Hafeneinfahrt gerichtet, hatte er sich von der Erinnerung an jenen Tag durchfluten lassen. Aminas Lächeln hatte in all der Zeit, bei all dem Durchlebten, nicht eine Falte bekommen.

Die Tür öffnete sich vor einem Mann in den Sechzigern. Masetto. Der Archetyp des Süditalieners. Klein, etwas dünn, aber nervös, lockige Haare und ein dunkler Teint. Diamantis hatte ihn nie kennen gelernt, war ihm nur einmal auf der Straße begegnet. Das war in der Rue d'Aubagne. Ein Zufall. Amina und Diamantis kamen aus einer Pizzeria. Masetto hatte die Straßenseite gewechselt, um nicht mit ihnen sprechen zu müssen. Er war kein mutiger Mann. Und bestimmt nicht der Beste aller Väter, dem Wenigen nach zu urteilen, das Amina ihm anvertraut hatte.

Diamantis stellte sich nicht vor. Er sagte nur: »Ich suche Amina. Ich wüsste gern, wo ich sie finden kann.«

»Wer sind Sie?«, fragte er.

Das Gesicht von Diamantis sagte ihm gar nichts.

»Ein Freund.«

»Ich kenne ihre Freunde nicht. Und ich habe nichts mit ihnen zu tun.«

Masetto wollte die Tür wieder schließen, aber Diamantis schob einen Fuß dazwischen. Wenn er nicht nachhakte, verlor er jede Hoffnung, Amina wieder zu finden. Ihr Vater war seine einzige Spur. Er hatte Glück, dass er in zwanzig Jahren nicht umgezogen war. »Bei uns wird nicht viel umgezogen«, meinte Toinou, als Diamantis sich daranmachte, das Telefonbuch durchzusehen. »Nur, wenn es unbedingt sein muss. Von daher, verstehst du, hast du gute Chancen, deinen Mann dort wieder anzutreffen, wo du ihn verlassen hast.«

Diamantis war zu Fuß vom Kai Rive-Neuve bis zur Place Saint-Eugène im alten Endoume-Viertel gegangen. Und dann zu einem Hügel oberhalb der Malmousque-Bucht. Das war ein mühseliger Aufstieg, aber es tat ihm ausgesprochen gut, sich die Beine zu vertreten. Wenn er eine Stadt liebte, musste er sie in alle Richtungen durchlaufen. Die wahren Städte, solche, die eine Geschichte zu erzählen haben, geben sich nur so preis. Kairo, Buenos Aires und Schanghai gehörten dazu. Neapel und Algier natürlich auch. Vielleicht Sankt-Petersburg und Prag. Und Rom, aber aus anderen Gründen. Dort fühlte man sich eher von innen inspiriert, als dass die Stadt inspirierte.

Marseille, fast ebenso alt wie Rom, war Diamantis am liebsten. Vielleicht, weil es mehr als alle anderen Städte zugleich einfach, verwirrend und unstimmig war und dabei von einem Ästhetizismus geprägt war, der manchen Architekten oder Stadtplanern vor Heulen oder Lachen die Tränen in die Augen trieb. Für Diamantis blieb sie die geheimnisvollste Stadt der Welt.

Das zweistöckige Haus an der Traverse Fouque war seit seiner Errichtung offenbar nie verändert worden. An der Haustür befand sich keine Klingel, und die Tür selbst war nicht verschlossen. Aminas Vater wohnte im zweiten Stock links. So stand es auf dem Briefkasten.

»Ich will ihre Adresse«, forderte Diamantis.

Masetto überkam die Angst. Er war allein in der Wohnung und hatte begriffen, dass er seinen Besucher nicht so einfach abweisen konnte. Er gehörte zu jenen Leuten, die nur in der Gruppe oder bewaffnet und mit mehreren Bieren im Bauch Mut zeigten. Als kleiner Beamter in der französischen Verwaltung in Marokko hatte er Aminas Mutter eher gekauft als geheiratet. Wegen ihrer Schönheit und als Bettgenossin. Das war billiger, als jeden Abend die Nutten aufzusuchen.

Als er nach Frankreich zurückbeordert wurde, schämte er sich, mit einer Araberin am Arm herumzuziehen. Seine Nachbarn und die Händler im Viertel würden ihn auch für einen Araber halten. Was in den Sechzigerjahren noch keine Beleidigung war. Er begann seine Frau jeden Abend zu schlagen, wenn er von der Arbeit kam.

»Vielleicht hat er sie wirklich geliebt«, hatte Diamantis Amina damals geantwortet, als sie ihm das alles erzählt hatte.

»Aber klar«, hatte sie eingewandt. »Sicher ... Und mich, glaubst du, mich hat er auch geliebt, wenn er mir mit seinen widerlichen Pranken den Hintern getätschelt hat? Für den Kerl sind alle Frauen Nutten. Er denkt nicht weiter, als sein Schwanz reicht. Mit genug Geld hätte er mehrere Frauen gekauft, wenn du es genau wissen willst! Ich hab gehört, wie er das eines Abends zu Bekannten gesagt hat, die er zum Couscous eingeladen hatte. ›Je mehr Frauen du im Haus hast, desto stärker bist du als Mann.‹ Ja, das hat mein Vater gesagt.«

»Ein echter Fundamentalist!«, hatte Diamantis gescherzt.

»Du hast gut reden! An dem Abend war er sogar bereit, mich an einen seiner Kumpel zu verkaufen. Für eine Nacht, meine ich. Der Typ, ein zum Bootsverkäufer umgesattelter verdammter Fallschirmspringer, hatte fünfhundert Francs auf den Tisch gelegt. Es ist nichts daraus geworden, weil meine Mutter damit gedroht hat, aus dem Fenster zu springen. Sie schrie, und sie hatten Angst, die Nachbarn würden die Flics rufen.«

Je länger Diamantis den Kerl ansah, desto größer wurde seine Lust, ihm eins in die Fresse zu schlagen. Aber das hatte er keineswegs vor. Jahre waren vergangen, und er hatte kein Recht, Aminas Vater zu verurteilen. Hatte er nicht selber wie ein Schweinehund gehandelt, als er sich damals so aus der Affäre gezogen hatte?

»Ich weiß nicht, wo sie wohnt.«

»Sie wissen es nicht!«

»Ich schwörs Ihnen.«

Masetto schien die Wahrheit zu sagen.

»Ist sie verheiratet? Hat sie Arbeit?«

Ein verächtliches Lächeln huschte über sein Gesicht. Er zuckte die Schultern.

»Haben Sie sie vielleicht an Ihren Kumpel, den ehemaligen Fallschirmspringer, verkauft?«

Vor Überraschung ließ Masetto die Tür los. Diamantis nutzte die Gelegenheit. Er stieß ihn ins Innere der Wohnung und schloss die Tür hinter sich. Masetto sah sich um, auf der Suche nach einem Fluchtweg.

»Wer sind Sie?«

Die Wohnung war nicht sehr groß, bäuerlich eingerichtet. Es roch muffig, nach schmutziger Wäsche. Dabei stand das Fenster offen.

»Das habe ich bereits gesagt«, antwortete Diamantis, »ein Freund.«

»Ich kenne Sie aber nicht«, sagte er weinerlich. »Sie dringen hier ein, Sie beleidigen mich, Sie schubsen mich ...«

»Schnauze, Masetto!« Er machte einen Schritt auf ihn zu. »Sie sagen mir, wo ich sie finden kann, und ich lasse Sie in Ruhe. Klar? Ich hab nämlich keine Lust, die Wahrheit aus Ihnen rauszuprügeln.«

Masetto zuckte die Schultern. »Ich hab keine Ahnung, wirklich nicht. Bekannte haben mir gesagt, dass sie sie manchmal im *Mas* gesehen haben.«

»Im *Mas?* Was ist das?«

»Ein Restaurant. Rue Lulli. Hinter der Oper. Es hat spät geöffnet. Sie sind nicht von hier?«

»Und was noch?«

»Sie ist eine Nutte, oder etwas in der Art. Irgendwas Unanständiges, deshalb will ich sie nicht mehr sehen. Sie ist nicht mehr meine Tochter.«

Diamantis packte Masetto am Hemdkragen.

»Was? Du Schweinehund!«

Aber er ließ Masetto los. Er schämte sich. Für Amina und sich selbst. Masetto begriff, dass Diamantis schlapp machte und nichts mehr riskieren würde. So sind Schakale, nicht mutig, aber gehässig.

»Ja, das ändert nichts daran, dass sie von allein auf die Straße gegangen ist. Der Schweinehund bin nicht ich. Das ist der, der sie zum ersten Mal verführt hat, ihr das Blaue vom Himmel versprochen und dann, einmal befriedigt, in Windeseile die Koffer gepackt hat.«

Er sah Diamantis an, ziemlich stolz auf seinen Vortrag. »Vielleicht sind Sie das ja gewesen?«

Diamantis verpasste ihm eine kräftige Ohrfeige. Masetto verlor das Gleichgewicht. Im Sturz stieß seine Nase gegen den Tisch. Blut begann in Strömen zu fließen. »Scheiße«, fluchte er.

Draußen schloss Diamantis vor der blendenden Sonne die Augen. Er strauchelte sogar unter dem brutalen Licht. Ratlos blieb er ein paar Minuten vor Masettos Haus stehen.

Am nächsten Tag war er um die gleiche Zeit wieder ins *Cintra* gegangen. Amina war dort mit denselben Leuten. Neben ihnen war ein Tisch frei. Dort schlängelte er sich hin. Er begann eine möglichst einfache Unterhaltung, wie es auf der ganzen Welt üblich war. Er bat um Salz und Pfeffer. Man erkundigte sich nach seinem Akzent. Was er danach erzählt hatte, wusste er nicht mehr. Er erinnerte sich, dass Amina ihren aufbrechenden Freunden »Ich komm gleich« zugerufen hatte, während er einen zweiten Kaffee bestellte.

Plötzlich saßen sie sich gegenüber. Sie hatten kein Wort mehr herausbekommen. Wie festgenagelt sahen sie sich an. Schließlich war Amina aufgestanden und hatte gesagt: »Treffen wir uns hier wieder, um halb acht?«

»Um halb acht«, hatte er wiederholt.

Als sie wiedergekommen war, hatte sie ihn vorgefunden, als hätte er sich nicht von der Stelle gerührt. »Hast du dich nicht vom Fleck bewegt?«

»Doch«, hatte er lachend gesagt. »Ich war im Kino.«

»Was hast du gesehen?«

»*Stromboli.* Einen alten italienischen Film.«

Er hatte ein bisschen über den Film von Rossellini erzählt, den schönsten Film über den Zynismus. »Gegen den Zynismus ist keiner gefeit«, hatte er ihr ein wenig hochtrabend anvertraut.

Amina hatte gelächelt.

»Wie wärs, wenn wir woandershin gingen?«, hatte sie gefragt.

Sie trafen sich jeden Abend. Amina war seit sechs Monaten Verkäuferin im Dames de France, einem großen Geschäft in der Rue Saint-Ferréol. Sie war von zu Hause abgehauen, weil es dort, wie sie ihm am ersten Abend erzählt hatte, nicht mehr auszuhalten war. Mehr hatte sie nicht gesagt, und Diamantis hatte nicht nachgehakt. Durch diesen Job konnte sie leben und die Miete zahlen, ohne jemandem etwas schuldig zu sein. Sie hatte sich Besseres erträumt, aber sie klagte nicht. Die ganze Zukunft lag noch vor ihr.

Abends schlenderten sie von Bar zu Bar, allein oder mit Bekannten von Amina, dann begleitete er sie nach Hause. Rue Barbaroux, oberhalb der Canebière. Ihre Lippen berührten sich kaum, wenn sie sich trennten. Ihr Begehren war so groß, dass es ihnen Angst machte. Sie lächelten sich an, liebkosten sich mit Blicken, streiften sich flüchtig.

»Ich fahre morgen Abend«, sagte er.

Sechs Tage war er jetzt dort. Die *Stainless Glory* setzte ihren Weg fort.

Er spürte, wie sie erschauerte.

»Und … Wirst du wiederkommen?«

»In vierzehn Tagen«, antwortete er glücklich.

Sie musterte ihn aus merkwürdigen Augen. So intensiv, dass er nicht mehr wusste, was er sagen sollte.

»Was?«, stammelte er.

»Kommst du mit hoch?«, fragte sie nur. Sie nahm ihn bei der Hand.

»Komm.«

Diamantis hatte keinerlei Erinnerungen an die Nacht. An den Morgen erinnerte er sich. An den Sonnenstrahl, der ins Schlafzimmer schien. Aminas braune Haut glänzte. Sie war schön wie eine verführerische Wogenlandschaft über einer Untiefe. Er hatte sie im Schlaf beobachtet und sich gesagt, dass er diesen Körper niemals vergessen könnte, der dort nackt neben ihm ausgestreckt lag. Ein seltsames Gefühl von Einsamkeit hatte ihn überkommen. Aminas Abwesenheit war ihm jetzt schon unerträglich. Dann hatte sie »Guten Morgen« gesagt, und sie hatten sich wieder ihrem Liebesspiel hingegeben, das sie beide letzte Nacht erfunden hatten. Nur für sich.

»Wie sagt man ›mein Liebster‹ auf Griechisch?«

»Agapi mou.«

»Agapi mou«, hatte sie langsam wiederholt, wie, um sich die Wörter auf der Zunge zergehen zu lassen. »Agapi mou.«

Amina.

Glück.

Die Hitze erweckte Diamantis zum Leben. Schweiß rann ihm den Hals herunter. Das Hemd klebte ihm auf der Haut. Das Licht brannte erbarmungslos, dachte er.

Er zündete sich eine Zigarette an und ging die Rue d'Endoume hinunter, Richtung Meer. Entschlossen, aber zögernden Schrittes. Er war verunsichert.

Im ersten Bistro an der Straße kehrte er ein und ließ sich einen Pastis bringen. Er hatte nicht damit gerechnet, dass die Dinge so laufen würden. Wie sie hätten laufen können, war ihm schleierhaft. Aber nicht so. In seiner Vorstellung war Amina verheiratet gewesen, Familienmutter vielleicht. Glücklich. Es war nicht seine Absicht gewesen, ihr Leben durcheinander zu bringen. Er wollte einfach nur, dass sie ihm verzieh, dass er sie durch sein Verschwinden verletzt hatte. Jetzt war alles anders. Er musste unbedingt den Fehler wieder gutmachen, den er begangen hatte.

10 Das einfache Glück, das vom Himmel auf das Meer hinabsteigt

Das Licht lähmte die Stadt. Ein grelles Licht, fast grausam. Es drang in die dunklen, kühlen Straßen und Avenuen ein, in die schattigen Plätze und Kaffeeterrassen. Zu dieser Stunde wurden die Fensterläden zugezogen, um etwas Kühle zu bewahren. Abdul Aziz war bis zu diesem Moment herumgelaufen.

Stundenlang. Als ob das ziellose Laufen ihm helfen könnte, seinen Kopf von all den wirren, widersprüchlichen Gedanken zu befreien, die dort miteinander stritten. Die Bewegung tat ihm gut. Das war ihm seit langem nicht mehr passiert. Es zog in den Waden und im Bauch bis hin zu den Schultern. Er hätte glücklich sein können wie jeder andere, als er sich so durch Marseille treiben ließ, wäre da nicht in seinem Innern so viel Trauer gewesen, so viel Groll, Sorge und Wut. Er war vor dem Eingang zum Garten des Pharo gelandet. Er lächelte. Man konnte diese Stadt in allen Richtungen durchqueren, nie verlief man sich.

Er stieg eine der Alleen hinauf. Oben auf der Anhöhe umrundete er den ehemaligen Palast der Kaiserin Josephine. Er wusste nicht, wozu das Gebäude heute diente. Ehrlich gesagt war es ihm völlig egal. Er war wegen der Aussicht auf den Hafen und die Stadt hergekommen.

Er stieg wieder ein paar Meter hinunter, dann setzte er sich im Schatten eines massiven Lorbeerbaums ins Gras und ließ sich von der duftgeschwängerten Hitze der Luft durchfluten.

Vor ihm lag das Fort Saint-Jean, die ehemalige Komturei des Ritterordens vom heiligen Johannes zu Jerusalem. Das Licht schien sich das Rosa seiner Steine schmecken zu lassen, es leckte an den kleinsten Unebenheiten mit der gleichen Lust und Leidenschaft wie an einem Himbeereis.

Unter ihm lag die damals strategische, schmale Hafeneinfahrt, durch die man in den Alten Hafen gelangt. Kaum hindurch, nahmen die Segelschiffe volle Fahrt auf die Reede. Mit den Augen folgte er einer der Fähren, die leer von den Frioul-Inseln und dem Château d'If zurückkehrten. Sie würde am Kai anlegen, vor der Canebière, die er kaum erkennen konnte.

Sein Blick schweifte vom Fort Saint-Jean leicht nach links zur Cathédrale de la Major, fälschlich als byzantinisch bezeichnet, bombastisch, grau und schwer, umgeben von so unwirklichen wie hässlichen Verkehrsadern. Dahinter erstreckte sich der Hafen vom Bassin de la Joliette bis nach L'Estaque. Seine Kräne und Gerüste schienen sich am Himmel festzuklammern. Es tat sich nicht viel. Als wenn die Hitze jede Bewegung im Keim erstickt hätte.

Weit, ganz hinten, außerhalb seines Blickfeldes und vergessen am Ende der Kais, war die *Aldebaran* Opfer dieser Starre. Aber das war nicht mehr wichtig. Von hier erschien ihm plötzlich alles belanglos. Er gab sich träge seinen Gedanken hin, ohne auch nur zu versuchen, sie in seinem Geiste in Worte zu fassen.

Er holte ein mitgebrachtes Sandwich mit Tomaten, Tunfisch und Oliven hervor und begann zu essen, wobei er darauf achtete, dass ihm das Öl nicht über die Finger lief. Kauend ließ er sich von dem einfachen, unbegreiflichen Glück durchfluten, das vom Himmel auf das Meer hinabsteigt. Céphée reicht ihm die Hand. Sie haben gerade geheiratet. Sie spazieren schweigend über die Ruinen von Byblos.

»Wenn ich eine Geschichte habe, verstehst du, dann beginnt sie da. In diesen Ruinen. Als Byblos wieder zu Jbeil wurde.« Er erzählt ihr die Geschichte von Jbeil. Dem kleinen Mittelmeerhafen phönizischen Ursprungs. Eine der ältesten Städte der Welt.

»Einer alten Legende zufolge starb Adonis in den Armen von Astarte an den Quellen des Flusses Nahr Ibrahim. Sein Blut gebar Anemonen und färbte den Fluss rot. Astartes Tränen erweckten ihn wieder zum Leben, bewässerten die Erde und machten sie fruchtbar ... Meine Erde.«

Céphée schmiegt sich an ihn. Sie sieht zu ihm auf, lächelt, schließlich küsst sie ihn auf die Wange. »Dein Land ist schön.«

Dasselbe Glück ergoss sich vom Himmel über das Meer. Er hatte damals gedacht, dass dies das einzige große Glück auf Erden sei. Das Recht, maßlos zu lieben. Er verspürte das Bedürfnis, Céphées Körper fest zu umarmen, wie er es an jenem Tag getan hatte. Sie zwischen Jasmin- und Feigendüften zu lieben.

Erinnerungen und Überlegungen schoben sich wieder darüber. Warum sollten sie nicht dorthin zurückkehren, nach Byblos? Um dort zu leben. Sie und er mit den Kindern. Der Libanon befand sich im Wiederaufbau, wie sein Bruder Walid nicht oft genug betonen konnte. Die Touristen würden zurückkommen, und die Geschäfte würden aus der Asche des Krieges neu aufblühen. Walid hatte etwas zu investieren. Er würde mit oder ohne ihn investieren. Das hatte er von seinem Vater, eine gute Hand für Geschäfte.

Er öffnete eine Dose Bier und trank gierig. Warum eigentlich nicht? Was hatte er auf dem Meer verloren, weit von denen, die er liebte? Welcher Fluch hatte ihn eines Tages getroffen, ihn und so viele andere, die nur fern von allen Ufern einen Sinn im Leben fanden?

Im Hafenbecken La Grande Joliette begann die *Citerna 38* ihr Manöver. Langsam glitt sie am Digue Sainte-Marie entlang. Sie änderte den Kurs und richtete ihren Bug aufs offene Meer. Eine majestätische Bewegung, die dem Hafen und der ganzen wimmelnden Stadt ihre Gebärden und Farben verlieh.

Ihr Durcheinander. Ihre Daseinsberechtigung. Sämtliche Fragen von Abdul Aziz lösten sich auf. Er stand auf.

Einige Meter weiter oben begegnete er einem eng umschlungenen Liebespaar auf einer Steinbank. Den Blick auf den Frachter geheftet. Hinter ihnen ragte die gewaltige Skulptur zu Ehren der auf See Gebliebenen auf. Zwei Männer. Einer vom anderen gestützt, der den Arm aufs Meer richtete. Abdul Aziz dachte flüchtig an Diamantis und sich selbst, dann lächelte er den beiden Liebenden im Vorübergehen zu. Sie schenkten ihm keinerlei Aufmerksamkeit. Ihr Blick war auf den Horizont gerichtet. Dorthin, wo Träume sterben und Tränen geboren werden.

Diamantis und Abdul Aziz trafen sich im selben Bus wieder. Zufällig. Kaum hatte Diamantis Abdul Aziz entdeckt, schwenkte er eine in Zeitungspapier gewickelte Flasche über dem Kopf. »Cutty Sark«, sagte er und setzte sich neben ihn. »Nicht schlecht, oder?« Er hatte ihn bei Toinou erstanden. Zum Einkaufspreis.

»Hast du einen schönen Tag gehabt?«

»Ja, ja«, brummte Abdul.

Er hatte keine Lust zu reden. Dabei wusste er, dass er sich Diamantis anvertrauen konnte. Er sollte es tun. Aber sein Stolz hinderte ihn daran. Wie konnte er ihm sagen: »Diamantis, nach reiflicher Überlegung werde ich die *Aldebaran* verlassen. Ich mach Schluss.« Er hätte ihm die ganze Geschichte erzählen müssen. Was würde er von ihm denken? Alles für eine Frau im Stich lassen. Hatte Diamantis sich nicht ein für alle Mal entschieden? Für die See. Nichts als die See.

Er sah ihn verstohlen an.

»Ich denke«, sagte er hart, »das sollte nicht wieder vorkommen. Dass das Schiff unbewacht ist.«

»Wovor hast du Angst? Dass sie davonsegelt?«, entgegnete Diamantis.

»Was weiß ich. Aber es sollte jemand auf der *Aldebaran* sein.«

»Du bist der Kapitän, Abdul. Wenn du gehst, sag mir Bescheid. Einverstanden? Ich habe dich zum Kaffee erwartet.«

Den Rest der Fahrt sprachen sie nicht mehr.

Diamantis hatte in der Rue d'Endoume mehrere Pastis getrunken, in der *Zanzi Bar.* Das Radio war auf einen italienischen Sender eingestellt. Die Hitze lastete bleischwer auf der Straße. Er hatte nicht den Mut, hinauszutreten. Die Wirtin, eine kleine, blonde Frau mit gebleichten Haaren, empfahl ihm an Stelle des Sandwichs das Tagesgericht. Er hatte zunächst ein Sandwich mit Butter und Schinken bestellt. Sie hatte ihn angestarrt, als ob er ein Marsmensch wäre.

»Ich habe heute Nudeln mit Basilikumsauce gemacht. Das ist besser als dieses Pappzeug. Ein Mann wie Sie muss ordentlich essen«, hatte sie gesagt und ihm tief in die Augen geschaut.

Sie wandte sich lauthals an den einzigen Gast, der zu Tisch saß. »He! Renato, sind meine Nudeln etwa nicht gut?«

»Das will ich meinen. Besser als zu Hause. Das stimmt!«, fügte er an Diamantis gerichtet hinzu.

»Sehen Sie, er sagt es auch! Hier, setzen Sie sich.« Sie setzte Diamantis an einen Tisch neben Renato. Der Letzte, der noch gedeckt war. Sie verschwand in den hinteren Räumen. »Diese Lieder sind schön«, sagte Renato. »Sie erinnern mich an meine Heimat.«

Die Wirtin kam mit einer Karaffe Rosé und einem Eiskübel zurück und stellte beides vor Diamantis hin. »Acht Minuten. Sie müssen erst gar werden. Geht das?«

»Ich habe reichlich Zeit.« Er nahm sich Zeit. Die Nudeln waren köstlich.

Auf dem Rückweg hatte er bei Toinou vorbeigeschaut, um den Whisky zu holen. Seine Tochter Mariette stand hinter der Theke.

»Er ist zur Untersuchung«, sagte sie. »Wegen seinem Herz. Das schiebt er seit Monaten raus. Na ja, heute Morgen hat meine Mutter ihm keine Ruhe gelassen.«

»Hätte er es mir doch gesagt, ich hätte ihn vertreten.«

»Das ist lieb, Diamantis. Aber es geht schon ... Ich hatte heute Nachmittag keinen Termin. Die Arbeit läuft eher ruhig im Moment. Es ist Sommer ... Und dann will keiner mehr kaufen. Das heißt, jedenfalls nicht in der Stadt. Sie wollen alle aufs Land oder ans Meer.«

»Ans Meer? Aber das ist doch hier, oder?«

Mariette lächelte. Zwei Grübchen blitzten in ihrem Gesicht auf, wenn sie lächelte. Ein fast rundes Gesicht umrahmt von einer Masse hellbrauner, lockiger Haare. Ein hübsches Gesicht.

»Ja, schon ... Aber das Meer, das liegt in Richtung Cassis. La Ciotat. Oder Lecques. Oder auf der anderen Seite. Ein gutes Stück hinter L'Estaque. Hier ist der Hafen, verstehen Sie, nicht das Meer ... Und die Strände sind fürs einfache Volk, aus den Vierteln im Norden kommen sie hierher. Die Leute gehen da nicht besonders gern hin ...« Sie lächelte wieder. »Oh! Ich weiß nicht, wie ich das erklären soll!«

»Ich verstehe schon.«

»Möchten Sie ein kleines Bier?«

Sie schenkte sich auch eins ein. Diamantis bot ihr eine Zigarette an. Sie schwiegen ein paar Minuten. Tranken und rauchten. Manchmal begegneten sich ihre Blicke, um dann zu ihrem Glas zurückzukehren oder auf den Platz, wo einige Leute aus der Nachbarschaft saßen. Ein Rentnerpaar ließ sich auf der Terrasse nieder.

»Ich komme gleich wieder«, sagte sie zu Diamantis.

Er sah ihr nach. Sie war gut gebaut, etwas füllig vielleicht, aber dennoch ein Augenschmaus. Sie hatte etwas von den Frauen, die Botticelli malte. Voller Rundungen.

Dabei fiel ihm auf, dass er immer nur eine Schwäche für schmale, hoch gewachsene Frauen gehabt hatte. Sogar unter den Nutten wählte er die schlanken, egal, in welchem Land.

Nachdem sie das Paar bedient hatte – ein frisches Alster und eine Erdbeerlimonade –, setzte Mariette sich wieder auf ihren Barhocker hinter der Theke. Sie steckte sich noch eine Zigarette an. Mit leicht gesenkten Augen fragte sie: »Sagen Sie, hätten Sie Lust, mich morgen zu begleiten, wenn ich Kunden ein Haus zeige? Es ist in Ceyreste, nicht weit von La Ciotat.«

Sie hielt inne, eingeschüchtert von dem Vorschlag, den sie Diamantis soeben gemacht hatte. Ihr Herz begann zu schlagen. »Das heißt, ich meine, wenn Sie nichts Besseres zu tun haben. Wenn es Ihnen passt, eben.«

Ihre Blicke begegneten sich, und Mariette errötete.

»Morgen? Warum nicht. Ich kenne die Umgebung überhaupt noch nicht.«

»Wirklich?« Sie beruhigte sich wieder. Aber sie konnte Diamantis nicht mehr aus den Augen lassen. Der Typ gefiel ihr.

»Nicht mal Cassis?«

»Nicht mal das.«

»Wenn Sie wollen, halten wir dort an. Das heißt, natürlich nur, wenn wir die Zeit haben.«

»Einverstanden.«

»Klasse!«, rief sie begeistert.

Diamantis hatte eigentlich ablehnen wollen. Aber er hatte nicht gewusst, wie. Sie hatte so lieb gefragt. Außerdem verwirrte Mariette ihn. So was hatte er ganz vergessen. Die Verwirrung, die der Blick von Frauen stiftet. Er wusste nicht, wie Toinou es auffassen würde, wenn er mit seiner Tochter spazieren fuhr. Mein Gott!, dachte er, was heckst du schon wieder aus! Sie hat dich nicht gebeten, mit ihr zu schlafen. Nur sie zu begleiten. Weil du nichts Besseres zu tun hast …

»Einverstanden«, wiederholte er.

»Wir treffen uns gegen zehn. Ja, zehn Uhr ist gut. Ich habe meinen Kunden einen Termin für elf Uhr gegeben. Da bleibt uns genug Zeit.«

Diamantis drehte sich zu Abdul Aziz um. Sie gingen Seite an Seite am Kai entlang. Die noch heiße Sonne hob die trockenen Kämme der Hügelkette von L'Estaque hervor.

»Morgen früh muss ich in die Stadt.«

Abdul sah ihn an und zuckte mit den Schultern. Ein Stück weiter fragte er:

»Hast du eine Frau an Land?«

»Was ich an Land mache, ist, wie du selbst sagst, meine Sache.«

»Klar.«

»Und du, hast du Ärger, Abdul?«

»Sorgen. Das weißt du doch.«

»Nein, ich hab keine Ahnung.«

»Ich habe keine Nachrichten von Céphée. Das ist es. Jedem seine Geschichten.«

»Na gut. Wie du willst.«

In der Messe fanden sie Nedim mit einem Becher Nescafé sitzen, eine Zigarette im Mundwinkel. Er war nur in Unterhose. Ungekämmt, unrasiert. Völlig erledigt. Als sie herein kamen, sah er auf.

»Verdammt! Du bist ja auch noch da«, sagte er zu Diamantis.

Wie kam es, dass er noch da war? fragte Nedim sich. Er hatte gedacht, dass Diamantis wie die anderen abgehauen war. Vielleicht sind sie schwul, amüsierte er sich im Stillen, obgleich er wusste, dass die Vermutung blödsinnig war.

»Na, das freut mich aber.« Nedim meinte es ernst. Er mochte Diamantis. Und es war gut, dass er da war. Es würde einfacher sein als mit Abdul Aziz. Diamantis würde seine Probleme verstehen. Er würde ihm helfen.

»Seid nur ihr beide da? Oder sind die anderen auch alle wiedergekommen?«, scherzte er.

»Nein, mit dir sind wir drei«, antwortete Diamantis.

Abdul Aziz hatte sich hingesetzt und Nedim grimmig angestarrt. Er war nicht gerade begeistert, ihn hier vorzufinden. »Was ist passiert?«

»Der Fernfahrer, dieser Idiot, hat nicht auf mich gewartet. Ach ja, Kapitän, Sie werden wegen dem Passierschein mitkommen müssen. Dieser Trottel von Wachmann wollte mich nicht durchlassen. Um ein Haar hätte er die Polizei gerufen.«

»Und du gedenkst, an Bord zu bleiben.«

»Nun ja. Aber nicht lange. Ich muss einen anderen Weg finden. Nur ein paar Tage.«

»Ich weiß nicht, Nedim. Offiziell hast du das Schiff verlassen.«

»Vier oder fünf Tage«, mischte Diamantis sich ein. »Wir kommen schon klar, oder?«

»Genau, nur vier oder fünf Tage, nicht mal. Nur genug Zeit, bis ich alles organisiert habe.«

»Es ist gegen die Vorschrift.« Er stand auf. »Wir reden nachher noch mal darüber.« Er ging hinaus.

Diamantis stellte die Flasche auf den Tisch und zog sein Hemd aus.

»Verdammt, hat er seine Tage, oder was?«, fragte Nedim.

»Sorgen. Wie wir alle.«

»Na dann … Hör mal, ich muss dir was erklären.«

»Was?«, fragte Diamantis und setzte sich.

Nedim wickelte die Flasche aus. »Teufel auch! Whisky! Das wird ein Fest!«

Diamantis nahm ihm die Flasche aus der Hand. »Privateigentum.«

»Nur ein Glas. Damit ich wieder auf die Beine komme.«

»Nach dem Essen.«

»Scheiße! Das ist ja die Hölle hier!«, murmelte er niedergeschmettert.

»Wusstest du das nicht?«, lachte Diamantis.

»Ja, nun, ich kann darüber nicht lachen. Jetzt um diese Zeit hätte ich schon meine Braut küssen können, verstehst du?«

»In zwei oder drei Tagen, hast du gesagt? Bis dahin wirst du nicht sterben.«

»Das ist leicht gesagt. Ich habe keinen Pfennig mehr. Nichts! Pleite!«

»Ist es das, was du mir sagen wolltest?«

»Ja.«

»Nun, ich höre.«

»Heben wir einen Kleinen?«

»Heute Abend.«

»Ach Scheiße!«

Mit geschlossenen Augen in seiner Koje ausgestreckt, entwarf Abdul im Geist mehrere Briefe an Céphée. Er versuchte, dieses Glücksgefühl wieder einzufangen, das er am Nachmittag empfunden hatte. Als das Licht vom Himmel fiel. Wie in Byblos. Céphée war da, nicht weit. Aber jedes Mal, wenn er den rechten Satz gefunden hatte, kam ihm die *Citerna 38* in den Sinn.

Klar zum Auslaufen. Und Céphée glitt in den Hintergrund. Ihm war, als sähe er sie am Kai. In dem blauen Kleid, das er ihr bei seiner Rückkehr aus Adelaide geschenkt hatte. Sie winkte.

»Es ist keine Schande, glücklich zu sein«, sagte er, während er wieder aufstand. Aber ohne zu wissen, ob er sich selbst oder Céphée meinte. Oder die Menschheit im Allgemeinen.

11 Es ist nicht einfach, das Wahrscheinliche mit dem Unwahrscheinlichen in Einklang zu bringen

Diamantis klopfte an die Tür von Abduls Kabine. »Abdul! Kommst du essen?«

»Komm rein!«, rief er.

Es war das erste Mal, dass Abdul Diamantis in seine Kabine bat. Abdul veränderte sich. Diamantis konnte es sich nicht verkneifen, einen verstohlenen Blick auf die Inneneinrichtung zu werfen. Alles war perfekt aufgeräumt. Es überraschte ihn, einen Stapel Bücher auf dem Schreibtisch zu finden. Abdul hatte nie ein Buch erwähnt, das er las oder gelesen hatte.

Abdul stand vor ihm, die Hände in den Taschen. Er trug blaue Shorts und ein großes, schwarzes T-Shirt.

»Na, was hat er für Dummheiten gemacht?«

»Was meinst du?«

»Tu nicht so, Diamantis. Nedim ist zweifellos ein prima Kerl, aber er baut verdammt viel Mist.«

»Jedem seine Geschichten, nicht wahr? Wenn ihm danach ist, wird er mit dir darüber reden. Du hältst es so, ich auch. Ich hab keinen Grund, schlechter von ihm zu denken als von uns.«

»Meine Geschichten oder deine, das sind persönliche Angelegenheiten. Aber auf diesem verfluchten Frachter bin ich Kapitän und habe gewisse Verantwortungen zu tragen. Ich übernehme sie, solange ich an Bord bin. Nedim wird uns Ärger machen, dafür lege ich meine Hand ins Feuer.«

Sie beobachteten sich schweigend. Diese Diskussion klang falsch. Das war ihnen beiden klar. Sie stritten sich über einen Seemann, als sollte die *Aldebaran* heute Abend in See stechen.

Und das Erstaunliche war, dass sie früher nie so aneinander geraten waren. Wegen einem Seemann.

Diamantis ging gereizt auf Abdul zu. Als wollte er ihn schlagen. Abdul regte sich nicht, und Diamantis baute sich vor ihm auf.

»Hör zu, Abdul, ich will dir was sagen: Wir sind da, du, er und ich mit unseren Geschichten. Und was es auch ist, es hat mit diesem Schrotthaufen zu tun. Verdammt und zugenäht!«

Als Diamantis die Kabine verlassen wollte, hielt Abdul ihn am Arm zurück. Sie sahen sich an. In ihrem Blick lag Freundschaft.

»Was ist, kommst du jetzt essen?«, grinste Diamantis.

Sie hatten Reis gekocht, den sie mit Öl beträufelten. Dann teilten sie sich zwei Dosen Makrelen. Nedim brach das Schweigen. Immer musste er reden. Er konnte nicht anders.

»Gibts was Neues, wegen dem Schiff?«

»Warum? Willst du den Dienst wieder aufnehmen?«, witzelte Diamantis.

»Red keinen Quatsch! Das ist alles vorbei. Ich für meinen Teil kehre heim, heirate, baue ein kleines Geschäft auf und genieße das Leben. Ich habe lange darüber nachgedacht, man sieht was von der Welt, man amüsiert sich, man vernascht Frauen aller Farben, und mit fünfzig steht man plötzlich da, allein oder betrogen. Wie denken Sie darüber, Kapitän? Hab ich nicht Recht?«

»In Rouen«, sagte Abdul, ohne auf Nedims Frage einzugehen, »ist die *Legacy* verkauft worden. Das hab ich heute Morgen gehört. Das erste Gebot lag bei siebenhundertfünfzigtausend Dollar. Sie sind bis auf eine Million fünfunddreißigtausend Dollar raufgegangen.«

Diamantis pfiff durch die Zähne.

»Weißt du, wer den Kahn abgeschleppt hat?«

»Eine Gesellschaft aus Panama, wie üblich. Die Talgray Shipping Inc. …«

»Sagt dir das was?«

»Hmhm«, grinste Abdul. »Man munkelt, das ist ein Deckname für den alten Eigner.«

»Ah! Und wer ist das?«

»Derselbe wie unserer.«

»Arschloch!«, entfuhr es Nedim. »Gottverdammtes Arschloch! Wir verhungern, und der kauft sich ein neues Schiff.«

»Ja«, stimmte Abdul zu, »aber die *Legacy* ist ein verdammt gutes Schiff. Hundertsechzehn Meter. Knapp zwanzig Jahre alt. Eine feine Sache.«

»Wie viele waren an Bord?«

»Zwei.«

Abdul sah Diamantis an. »Der Kapitän und sein Erster Offizier. Die acht Besatzungsmitglieder waren vor einigen Monaten gegangen. Wie ihr«, bemerkte er und schaute Nedim an.

»Na, na! Ich bin noch hier. Wenn wir morgen verkauft werden, will ich schon noch was abhaben, nicht wahr?«

»Du hast dein Geld bereits bekommen. Und offiziell bist du gar nicht mehr da. Schon vergessen?«

»Kennst du den Kapitän?«, erkundigte sich Diamantis.

»Ein junger Kerl. Antonio Ramirez, ein Chilene. Neununddreißig. Vierzig Mal um die Welt gefahren. Ich hatte ihn einmal als Ersten Offizier, auf einer Fahrt nach Madagaskar. Vor zehn Jahren.«

Die *Legacy* hatte vor einem Jahr in Honfleur angelegt, um Dünger anzuliefern. Doch im Hafen hatte Ramirez sich geweigert, die Schläuche anzuschließen, um die Fracht zu löschen, solange die Löhne nicht ausgezahlt würden. Seit sechs Wochen war niemand bezahlt worden. Der Reeder rückte daraufhin hundertzweiundfünfzigtausend Francs raus, aber den Männern war das nicht genug.

Ramirez beschloss, die *Legacy* nach Rouen zu bringen. Dort erklärte sich die Hydroagri France bereit, dreihunderttausend Francs vorzustrecken, um ihre Ware freizukriegen. Diese wurde dann auf Anordnung von Ramirez ausgeladen. Aber seitdem hatte der Reeder die *Legacy* wie aus Vergeltung im Hafen »vergessen«. Ein Jahr ohne Strom und heißes Wasser, eingeigelt in ungeheizten Kabinen und wie die *Aldebaran* von wohltätigen Vereinen mit Lebensmitteln versorgt.

»Die Gewerkschaft ist für die Rückführung der Mannschaft aufgekommen«, präzisierte Abdul.

»Verdammt«, beschwerte sich Nedim. »Sie hätten für uns auch die Rückführung raushandeln können. Dann hätten wir uns nicht abstrampeln müssen, um zu sehen, wie wir nach Hause kommen.«

»Aber du hast Geld bekommen. Sie nicht. Ich dachte, Geld sei besser.«

»Ja«, gab Nedim traurig zu. »Sicher.« Er hing seinen Gedanken nach.

Ja, es war besser gewesen, Geld zu haben. Und mit einer einfachen Zugfahrkarte wäre er jetzt schon zu Hause. Er hätte irgendeine Geschichte erfunden, wie, dass man ihm das Geld nachsenden würde. Ein oder zwei alte Kumpel hätten ihm in der Zwischenzeit aus der Patsche geholfen.

So hätte er es machen können, verdammt! Er wusste, wie man in Istanbul schnell zu ein wenig Geld kommt. Mit den Touristen. Den Italienern und Franzosen in erster Linie. Die Franzosen reisen an und haben die Nase in ihren Hotelführer für günstige Übernachtungen vergraben. Und sie verlaufen sich in den Straßen. Dann braucht man nur da zu sein. Um ihnen zu helfen, sie zu beraten.

Auf diese Weise hatte er an seinen Ausgangsabenden bei der Armee nicht schlecht verdient. Er vermittelte andere Hotels als die im Führer, andere Restaurants. Es war nicht schlechter als woanders. Die Touristen zahlten nicht drauf. Und außerdem – das war sein Argument – begegneten sie keinen anderen Touristen.

Das wahre Istanbul. Bis hin zum *Café Jenikapi* direkt am Meer, das in keinem Reiseführer stand.

Er kassierte dafür eine kleine Gebühr. Darüber hinaus trank er oft auf Kosten des Hauses. Trank und aß. Für ihn war es wesentlich billiger als für die Touristen. Crevetten, Leber auf albanische Art, gefüllte Muscheln, eingelegte Bohnen, Frischkäse … Ganz zu schweigen von der Möglichkeit, die Tussis aufzureißen. Die Französinnen vor allem. Sie kamen zu zweit oder dritt. Mit einem Rucksack auf dem Rücken. Ohne Typen.

Sein schönster Volltreffer war mit zwei Elsässerinnen gewesen. Zwei Blondschöpfe, höchst niedlich. Sie wollten unbedingt nach Kizil Adalar, auf die Roten Inseln. Zwanzig Kilometer von Istanbul entfernt. Sie sagten »Prinzeninseln«, wie es in ihrem Reiseführer stand, und suchten verzweifelt nach dem Anlegeplatz der Fähre. Er hatte einen besseren Vorschlag. Ein kleines Boot für sie ganz allein. Das war was anderes als mit tausendfünfhundert Leuten!

Der Bootseigentümer Erol Aynaci hatte eine Rundfahrt über alle Inseln mit ihnen gemacht: Büyük Ada, Heybeli, Kinali, Burgaz. Auf Burgaz führte er sie zum Schwimmen in die kleine Bucht von Kalpazankaya. Sie hatten in ihrem ganzen Leben noch nicht so viel Spaß gehabt. Nedim hatte ihnen ordentlich was zu staunen gegeben! Er hatte noch einen draufgesetzt und ihnen ein Zimmer im Hotel Imperial organisiert, wo, wie er ihnen erklärte, Théophile Gautier abgestiegen war. Ihm war Théophile Gautier piepegal. Er wusste nicht einmal, was das für ein Typ war. Aber die beiden Mädchen, zum Kuckuck, die waren voll drauf abgefahren. Er hatte sie auf die Spuren des gewohnten Spaziergangs von dem fraglichen Schriftsteller geführt. Dann hatte er ihnen von Trotzkis Exil 1932 erzählt, als er nur seine Bücher zum Gefährten hatte. Und, kaum zu glauben, darauf waren diese Mädchen noch mehr abgefahren!

Er hatte sie beide gefickt. Abends hatte er ihnen vorgeschlagen, auf Kinali einen Tandir Kebab essen zu gehen, danach hatten sie die ganze Nacht getanzt und getrunken. Es hatte ihm sehr gefallen, als er zwischen den beiden in der Falle gelandet war.

»Wo liegt dein Problem, Nedim?«, fragte Abdul.

»Mein Problem ...« Das Bild der beiden Blondschöpfe verblasste. Er sah Lalla wieder vor sich, dann Gaby. »Mein Problem ist, dass ich mir mein ganzes Geld hab abnehmen lassen. Wie ein Idiot.«

Er warf einen schnellen Blick auf Diamantis. Er hatte ihm die Wahrheit erzählt. Das heißt, nicht alles. Er hatte noch nichts von seinem Seesack gesagt, der im *Habana* liegen geblieben war. Und von dem Geld, das er berappen musste, um ihn auszulösen.

»Ich hatte dich für schlauer gehalten, Nedim. Sich sein Geld klauen lassen! Bist du ein Volltrottel, oder was?«

»Ja«, gab er kleinlaut zu. »Ich bin nur ein Bauer.«

»Und ausgerechnet du willst mich verarschen!«

Diamantis lächelte.

»Ich bin mit Ousbène in die Kneipe gegangen«, gab Nedim zu. »Um die Zeit totzuschlagen. Und wir haben was getrunken. So war das.«

»Ist Ousbène fort?«

»Ich denke schon. Er hatte einen Zug. Züge haben ihre Abfahrtszeit. Ich bin allein geblieben.«

»Und hast alles auf den Kopf gehauen.«

»Nein, verdammt!« Aufgeregt erhob er sich und schob seinen Teller zurück. Er hatte seine Makrelen nicht gegessen. »Pfui! Die Dinger sind ekelhaft.«

»Was anderes haben wir nicht zu essen«, erwiderte Diamantis. »Wirst dich dran gewöhnen müssen. Komm schon, reg dich nicht auf. Setz dich.«

Nedim setzte sich wieder hin. »Hast du ne Kippe?«, fragte er Diamantis. »Ich hab keine mehr.« Er zündete sich die Zigarette an, dann sah er zu Abdul.

»Ich hab nicht auf die Zeit geachtet. Ich hab noch ein paar getrunken und ... Scheiße, ich hab mich übers Ohr hauen lassen. Von zwei Mädchen. Jetzt wisst ihr es. Seid ihr nun zufrieden? Na?«

»Du brauchst mir keine Märchen zu erzählen, Nedim. He! Ich bin nicht dein Vater. Oder deine Mutter. Auch nicht deine Braut. Hast du kapiert? Wir sind hier unter Männern. Wir machen uns nichts vor.«

Diamantis räusperte sich. Abdul sah ihn an. Nedim beobachtete sie. Irgendwas ist zwischen den beiden, dachte er, hielt aber lieber die Klappe.

»Gut«, lenkte Nedim ab, »und was ist jetzt mit dem Whisky? Trinken wir ihn oder nicht?«

Diamantis ging die Flasche holen. Sie tranken schweigend.

»Was können wir tun?«, fragte Nedim.

»Wie können wir was tun?«, gab Abdul zurück.

»Na, für mich. Verflucht! Ich hab nicht vor, hier Schimmel anzusetzen. Nicht, dass ich was gegen euch habe, aber ... ihr ... Je länger ich euch zuhöre und ... Ich sage mir, ihr seid wie die Typen von der *Legacy.* Der Kapitän und sein Erster Offizier. Ihr seid Dickköpfe. Kennt ihr euch schon lange?«

»Lang genug«, antwortete Diamantis.

»Wir können nichts für dich tun, Nedim«, fügte Abdul an. »Du hattest Geld für die Fahrt. Punkt. Mehr kriegst du nicht. Selbst wenn wir die *Aldebaran* morgen verkaufen würden. Du hast auf all deine Ansprüche verzichtet.«

»Beschiss!«

»Das hat gestern noch anders geklungen.«

»Gestern ...«

»Das Beste wird sein«, fügte Diamantis hinzu, »du findest einen Weg, heimzukehren. Wenn du etwas Geld brauchst, treiben wir was für dich auf.«

Er schaute Abdul fragend an. »Ja, wir biegen das schon hin«, stimmte der lustlos zu. Er trank aus und stand auf. »Aber lass dir eins geraten sein, Nedim. Mach uns keinen Ärger. Ich warne dich. Gute Nacht. Ach, eins noch. Morgen bleibe ich an Bord. Sprecht euch wegen der Wache für die anderen Tage ab.«

»Wachdienst!«, rief Nedim aus, kaum dass Abdul den Raum verlassen hatte. »Was soll denn das? Wachdienst wofür?«

»Wachdienst eben, das ist alles. Du gehorchst und stellst keine Fragen.« Diamantis griff die Flasche und schenkte Nedim einen kräftigen Schluck ein.

»Für die Nacht. Ciao.« Und er verschwand mit der Flasche.

»Spinner!«, grummelte Nedim.

Als er ihn verlassen hatte, stieg Diamantis aufs Hauptdeck. Dort war nichts aufgeräumt worden. Überall lagen Strickleitern, Schläuche, Kabel, Sturmlampen, Takelage, Schweißbrenner, Arbeitshandschuhe und Farbtöpfe herum. Er war gern dort. Das war der Ort, wo es am meisten nach Schiff roch.

Es war schön. Er setzte sich. Er fragte sich, ob Mikis dieses Jahr wohl über die Ferien nach Psará kommen würde. Er musste ihn anrufen und fragen. Er wäre gern mit seinem Sohn fischen gegangen. Das war lange her. So fanden die beiden wieder zueinander, seit Melina und er sich getrennt hatten. In der Stille des Meeres. Die Fischerei machte sie zu Komplizen. Vater und Sohn. Die Worte, zunächst überflüssig, kamen schließlich ganz von selbst.

»Was suchst du so weit fort?«, hatte Mikis letzten Sommer gefragt.

Diamantis hatte die Schultern gezuckt. »Nichts. Jetzt nichts mehr. Ich hatte geglaubt, mein Glück auf den Reisen um die Welt zu finden ... Aber ... Verstehst du, wenn ich an meine Jahre auf See zurückdenke, weiß ich nicht mehr, was an den Geschichten wahr ist, die ich erzählen kann. All das ist Realität geworden, aber ist es das Glück, das ich gesucht habe? Keine Ahnung!«

Das Glück, so dachte er heute, existierte nicht ohne die Wunden und Leiden des Lebens. Erst dann wird einem klar, dass es nur ein Konzept ist. Davon hatte er Mikis allerdings nichts erzählt. Er war sein Vater, aber allwissend war er nicht. Möglich, dass er sich täuschte. Er hatte sich im Leben schon oft getäuscht.

Jetzt saß er auf seiner Koje. Er schlug den Notizblock auf, in dem er seine Überlegungen während des Studiums der Mittelmeerkarten festhielt. Er ging seine Notizen mit der festen Entschlossenheit durch, sich von dem Frachter nicht unterkriegen zu lassen. »Wenn die Seewege sich nicht so einfach abstecken lassen, dann vielleicht, weil sie mit Berichten durcheinander geraten: Die Karten, auf denen sie verzeichnet sind, können der Fantasie entsprungen, die Begleittexte erfunden sein ...«

Er trank einen Schluck Whisky direkt aus der Flasche. Sein Vater war von der Frage besessen gewesen. Im Jahr vor seinem Tod hatten sie von nichts anderem gesprochen. Historiker und

Geografen, hatte er erläutert, haben sich gegen Pytheas verschworen. Besonders Strabon. Er glaubte nicht, dass Pytheas dort angelangt war, wo »der sommerliche Wendekreis zum arktischen wird« und wo der Boden so beschaffen ist, »dass man ihn weder begehen noch mit dem Schiff befahren kann«. Auch Polybios hielt diese Seereisen schlicht für Märchen.

Herodot und Plinius ihrerseits, hatte sein Vater betont, die die Erde zweifellos so ähnlich wie Pytheas sahen, glaubten daran. Wie später Aristoteles. »Verstehst du, ich denke, es gibt eine Grenze zwischen dem Wahrscheinlichen und dem Unwahrscheinlichen. Und diese Grenze haben die großen Seefahrer überschritten.«

Diamantis sagte sich, dass darin die einzige Wahrheit des Menschen lag. In seinem Leben den Weg zwischen dem Wahrscheinlichen und dem Unwahrscheinlichen zu finden. Sie miteinander in Einklang zu bringen. Nicht indem man die Grenze überschritt, sondern beide auf dieser imaginären Linie vereinte. Bis heute war ihm das noch nicht gelungen. Ebenso wenig wie es Orient und Okzident gelungen war, sich zu lieben.

Es klopfte an seiner Tür. Nedim kam herein.

»Entschuldige, dass ich störe, aber ... Da ist noch was, das ich dir nicht gesagt habe.«

»Du nervst, Nedim.«

»Ja, ich weiß. Es ist wichtig, Diamantis ... Verstehst du, nun, ich habe nichts mehr. All meine Sachen, mein Seesack eben, ist in der Kneipe geblieben. Um ihn wiederzubekommen, muss ich an die neunhundert Francs hinblättern.«

»Und wo soll ich die hernehmen, deine neunhundert Francs?«

»Das mein ich nicht, Diamantis. Ich dachte, dass ... Wenn du dort auftauchen würdest, könnte das die Mädchen vielleicht beeindrucken. Und dass ... Diese Nachtclubs sind nicht immer ganz sauber. Das weißt du. Na ja, wenn du sagen würdest, ich weiß nicht, dass ... Dass du der Kapitän bist, dann würden sie vielleicht keinen Ärger wollen. Du verstehst, was ich meine, auf die Art, dass du die Flics verständigen würdest, all das ... Ich werde ihnen meinen Seesack nicht lassen, verdammt!«

»Du gehst mir echt auf den Geist.«

»Ich weiß. Sag mal, hast du nicht noch eine Kippe? Ich mein bloß, weil ich Whisky hab und nichts zu rauchen.«

»Da.«

»Super. Und?«

»Und was?«

»Nun, wir können morgen hingehen, oder?«

»Okay, wir gehen morgen. Versuchen können wir es ja mal.«

Nedim klopfte Diamantis freundschaftlich auf die Schulter und ging.

Diamantis verzichtete darauf, sich erneut in seine Seekarten zu vertiefen. Er räumte sie sorgfältig weg. Derweil notierte er in seinem Heft: »Das Mittelmeer existiert nicht nur auf Seekarten. Es füllt nicht nur Geschichtsbücher. Es verkörpert mehr als nur eine einfache Zugehörigkeit.«

Als er die Augen schloss, sah er Mariettes Gesicht wieder vor sich, ihr Lächeln mit den beiden Grübchen. Er war froh, ihre Einladung angenommen zu haben. An Bord der *Aldebaran* erstickte er.

12 Wer weiß morgen noch, auf welcher Insel Kalypso Odysseus verführte?

Von dort, wo er stand, hatte Diamantis einen einmaligen Blick über die Reede. Vom Cap de l'Aigle ganz im Süden von La Ciotat bis zur Landspitze Grenier im Osten von Lecques.

Auf das Terrassengeländer der Villa gelehnt, ließ er sich von den Düften betören, die aus dem Garten aufstiegen. Eine Mischung aus Pinie und Lavendel. Seine Ohren füllten sich mit dem eindringlichen Gesang der Zikaden. Mit dem Aufleben der Sinne lief eine Welle der Entspannung durch seinen Körper. Ein Glücksgefühl. Ein Frieden, wie er ihn seit langer Zeit nicht mehr erlebt hatte.

Hier wäre gut sterben, unter den Olivenbäumen in den Tiefen des Gartens. Aber das hatte er schon vor zwanzig Jahren gedacht. Zu Hause in Agios Nikolaos, auf der Insel Psará. Und er wusste, dass er dort zur ewigen Ruhe gehen wollte. Neben seinem Vater. Das hatte er Melina an dem Abend gesagt. Nach der Beerdigung. Bevor sie miteinander geschlafen hatten.

Sie waren zwischen Feigenbäumen, dornigen Büschen und den Ruinen flügelloser Mühlen hinaufgeklettert. Bis auf den höchsten Punkt der Steilküste. Vor ihnen, zu ihren Füßen, erstreckten sich das Meer und der Hafen. Sie waren schweißgebadet. Schweigend verschnauften sie und ließen ihren Blick auf den im Sand auslaufenden Wellen ruhen.

»Verstehst du«, hatte Melina gesagt, »hier gebe ich nichts von mir selber auf. Ich bin ohne Maske.«

»Hier will ich sterben, Melina. Ich habe gelernt, in dieser Trockenheit zu leben. Und hier will ich auch bleiben.«

Melina hatte sich langsam zu ihm hin gedreht. Mit ernstem Gesicht. Sie hatte ihn geküsst. Flüchtig zunächst, doch ihm war ein süßer Schauer über den Rücken gelaufen. Dann leidenschaftlich. Ihre Lippen schmeckten nach Salz. Wie ihr Körper.

Bei Sonnenuntergang waren sie wieder hinabgestiegen. Zu dieser einzigen Tageszeit, während der im Hafen wirklich Leben aufkam. Zur Stunde des Aperitifs. Der Stunde für den Spaziergang mit der Braut am Arm. Er hatte sich bei Melina eingehakt, und sie waren wieder am Kai hinaufgegangen unter den Blicken der Fischer und Ziegenkäsehändler, die in den Cafés an den Tischen saßen. Sie hatten verkündet, dass sie heiraten würden, und seine noch tief trauernde Mutter hatte vor Glück geweint.

Diamantis hörte Stimmen. Er drehte sich um und sah, wie Mariette das junge, fein herausgeputzte Paar nach der Besichtigung der Villa ans Tor zurückbegleitete. Türen schlugen, und plötzlich stand sie vor ihm. Mariette.

»Geschäft besiegelt!«, rief sie fröhlich. »Eine gute Wahl. Es ist schön, nicht?«

»Großartig.« Er konnte seine Augen nicht von Mariette losreißen. Sie strahlte vor Freude. »Hast du nie Lust, die Häuser selbst zu kaufen, die du vermittelst? Solche wie dieses hier, meine ich.«

»Hm«, sagte sie und stützte sich neben Diamantis auf das Geländer. »Ja ... Ja, natürlich. Aber ... Zunächst mal kann ich mir das eigentlich nicht leisten. Außerdem ist so ein Haus nichts wert, wenn du keinen Mann hast, den du da reinsetzen kannst.« Sie lachte, wie über einen guten Scherz. Wie ein Teenager.

»Und du hast keinen Mann, ist es das?«, bemerkte er lächelnd.

»Ich hab eine neunjährige Tochter. Laure. Aber keinen Vater für sie. Und du?«

»Ich habe einen Jungen. Aber keine Mama mehr.«

Sie lachte erneut. Das Lachen dieser Frau war für das Glück gemacht.

»Dann geht es uns also gleich?«

»Gleich?« Er überlegte einen Moment.

»Nein. Mikis ist über das Alter hinaus, wo er eine Mama braucht. Und ich habe es aufgegeben, eine Frau zu finden. Sie auch nur zu suchen.«

Sie sahen sich an. Das Begehren, das aus Mariettes Augen sprach, erschütterte Diamantis. Kleine Goldpailletten funkelten darin. Sie nahm ihn bei der Hand und zog ihn fast im Laufschritt von der Terrasse.

»Gehen wir schwimmen?«

»Schwimmen?«

»Hast du den Swimmingpool nicht gesehen?«

»Einen Pool gibts also auch!«

»Der große Luxus. Das sollten wir ausnutzen, nicht? Jedenfalls einmal im Leben.«

Sie stiegen ein paar Stufen hinab und gingen ums Haus. Vor dem Pool ließ sie seine Hand los. Sie streifte die Träger ihres weiten, weißen Leinenkleides ab. Darunter trug sie einen Badeanzug, ebenfalls weiß. Er hatte keine Zeit, ihren Körper eingehend zu betrachten. Sie stürzte sich mit einem Kopfsprung in den Pool. Er sah ihr in dem klaren, blauen Wasser nach. Mariettes Kopf tauchte am anderen Ende auf.

»Was ist, los komm!«, rief sie prustend.

»Ich hab keine Badehose. Das hättest du auch vorher sagen können.«

»Ich mach die Augen zu. Na, komm schon. Es ist supertoll!«

Er behielt die Unterhose an. Diamantis war ein schamhafter Mann.

Sie ließen sich im Halbschatten trocknen. In gebührendem Abstand voneinander. Schweigend. Verloren in ihren Gedanken und Sehnsüchten. Er hatte es geliebt, mit Amina schwimmen zu gehen. Immer draußen im Meer. Auf den Frioul-Inseln. In den unzähligen kleinen Buchten waren sie ungestört.

Sie schwammen lange und weit hinaus. Auf dem Rückweg klammerte Amina sich auf seinem Rücken fest, bis sie sich außer Atem auf einem Felsen balancierend küssten, Aminas Glieder um seinen Körper gewunden und geschlungen, schließlich taumelten, fielen und ins tiefe Wasser glitten, die Leiber aneinander gepresst, wieder hochkamen und sich, noch immer eng aneinander klebend wie zwei Napfschnecken, erschöpft auf den Wellen bis an den schmalen Streifen glühend heißen Sand treiben ließen …

Diamantis spürte Mariettes heißen Atem an seiner Schulter. Sie war still heran gekommen. Er öffnete die Augen. Sie sah ihn an. Ihre großen, schweren Brüste spannten unter dem Badeanzug. Diamantis dachte an eine unbegrenzte Auswahl von Früchten. Ananas, Mangos, Äpfel, Granatäpfel … Er konnte sie förmlich auf den Lippen schmecken. Er drehte sich auf den Bauch, um seine Erektion zu verbergen.

»Essen wir einen Happen? Ich lade dich ein«, schlug sie vor. Sie kannte eine kleine Pizzeria im Hafen von La Ciotat. *L'Escalet.* Arm in Arm schlenderten sie den Kais entlang. »Macht es dir auch nichts aus, wenn ich dir den Arm reiche?«, hatte sie gefragt.

Nein, das machte Diamantis nichts aus. Er liebte es, eine Frau am Arm zu haben und den Moment zu spüren, wenn sie wie in gemeinsamem Einverständnis in Gleichschritt fielen.

»Siehst du«, sagte sie und zeigte auf die andere Seite des Kais, dorthin, wo gewaltige Gerüste, Schwenkbrücken und Kräne aufragten, »das ist aus und vorbei. Eines Tages wird man vergessen haben, dass hier großartige Schiffe gebaut wurden. Alle müssen sehen, wie sie neu anfangen können. Die Werftarbeiter. Ihre Frauen und auch ihre Kinder. Alle, die sich heute hier niederlassen und der Wahrheit nicht ins Auge sehen wollen.«

»Jetzt werden sie in Athen gebaut. Ebenso große wie die *France.*«

»Es ist schade, dass hier keine mehr gebaut werden. Ohne Schiffe ist dieser Hafen so nichts sagend. Das heißt, das stimmt nicht«, nahm sie zurück. »So gefällt er mir auch.«

Sie waren stehen geblieben. Er hatte Lust, Mariette seinen Arm um die Schultern zu legen, ließ es aber sein. Wie viele Häfen kannte er, die in Vergessenheit dahindämmerten? Es gab immer weniger Häfen, immer weniger Schiffe und immer weniger Seeleute. So war es überall.

Er hatte keine Meinung dazu. Er stellte fest, mehr nicht. Er hatte das Gefühl, dass eine Welt zu Ende ging. Seine Welt. Ja, dass ein neues Jahrhundert anbrechen würde. Er blieb im alten haften. In dieser neuen Zeit würde man sich nicht mal mehr an den Namen Odysseus erinnern können, dachte er. Ihm fiel wieder ein, dass sein Vater sich in seinen Briefen ausschließlich auf die Antike bezogen hatte. »Wir passieren die Säulen des Herkules, die Landspitze, an der Antäus sein Leben ließ ...« Wer würde morgen noch wissen, auf welcher Insel Kalypso lebte, die Odysseus verführt hatte, ohne ihn halten zu können?

Seltsamerweise war es das, worüber Mariette und er beim Essen sprachen. Über die alte Welt, nicht über die neue. Als wären sich beide bewusst gewesen, dass sie keine Zukunft hatten. Oder, besser gesagt, dass ihre Zukunft in dieser Vergangenheit lag, die ihnen durch die Finger glitt.

Sie hatten sich unter die alten Platanen auf der Terrasse des

Escalet gesetzt. Mariette hatte eine Flasche Rosé von den Hängen bei Aix-en-Provence von einem Weingut bei Lacoste bestellt. Leicht und fruchtig. Und eine riesige Pizza, halb mit Mozzarella, halb mit Figatelli, Scheiben von korsischen Würsten, bedeckt.

Mariette hatte ihr Studium der Geisteswissenschaften unterbrochen, als sie mit Laure schwanger war. Als Laure in den Kindergarten kam und sie daran dachte, das Studium wieder aufzunehmen, starb ihr Mann Régis. Ein Herzanfall, eines Morgens beim Rasieren. Sie hatte ihn steif auf den Fliesen im Badezimmer gefunden, nachdem sie Laure zur Schule gebracht hatte. Danach musste sie ihr Leben völlig neu gestalten. Sie hatte Régis' Makleragentur übernommen und sich ins Geschäft gestürzt. Sie hatte Erfolg, »und das nicht zu knapp«, wie Toinou ihm stolz anvertraut hatte.

Ermutigt durch die Aufmerksamkeit, die Mariette ihm entgegenbrachte, ließ Diamantis sich gehen und sprach über seine Leidenschaft für Seekarten und Häfen.

»Der Ursprung eines Hafens«, erklärte er ihr, »enthüllt uns seine Eigenart. Je nachdem, ob er durch einen Fluss entstanden ist, durch eine Laune der Küste und des Hinterlandes oder ob das Meer selbst der Urheber ist.«

Er sprach, und sie liebkosten sich mit den Augen. Unter dem Tisch presste Mariette ihr glühendes Knie gegen das seine. Aber keiner von beiden hatte Lust, den Anfang zu machen – sei es auch nur andeutungsweise –, diesen Zauber ihrer Zweisamkeit zu zerstören.

»Es ist der Weg, auf dem ein Hafen zu erreichen ist, der sein Wesen bestimmt, verstehst du. Der es entscheidend bestimmt. Der Atlantik und der Pazifik sind Meere der großen Entfernungen. Das Mittelmeer ist das Meer der Nachbarschaft. Die Adria ist das Meer der intimen Nähe.«

»Und das Ägäische Meer?«

Er lächelte. Das Meer der Liebe, hätte er am liebsten geantwortet. »Das Meer, das die Mythen zur Welt gebracht hat. Weißt du, dass Homer auf einer Insel nicht weit von meiner geboren wurde?«

»Die Insel Chios, ja, ich weiß. Dann bist du also auf Psará geboren?«

Er war überrascht. Nur wenige Menschen kannten Chios. Noch weniger Psará. »Kennst du die Inseln?«

Sie schüttelte den Kopf, und ihre Haare, in denen sich die Sonnenstrahlen fingen, wurden beinahe flammend rot. »Nur aus Büchern. Ich bin nie aus Marseille rausgekommen.«

»Hast du dich nie danach gesehnt?«

»Niemand hat mich woandershin eingeladen. Nicht mal nach Korsika!«

Sie brachen in Gelächter aus.

Diamantis hätte ihr gern von Psará erzählt. Aber Psará gehörte Melina. Es war ihr Bild, das er wieder sah, wenn er dort hin zurückkehrte. In den Straßen, auf den Steilküsten oder auch im Tal der Birnenbäume im Herzen der Insel. Auch das Haus atmete Melinas Geist. Die Rosensträucher und Orangenbäume, die Bougainvilleas, die den Hof schmückten, waren Zeugen ihrer glücklichen Vergangenheit. Daran durfte man nicht rühren, hatte er sich eines Morgens geschworen. Er hatte einen Eid geleistet und nie eine andere Frau nach Psará mitgenommen.

Eines Abends, kurz vor seiner Abreise nach La Spezia, hatte er in einem Koffer unten im Schrank vergessene Kleider von Melina gefunden. Sie hatten ihren Geruch bewahrt. Besonders eines ihrer Kleider. Sein Magen zog sich zusammen, und er hatte so etwas wie einen Schwindelanfall. Er war mit dem Gesicht in den duftenden Stoff vergraben eingeschlafen. Als er aufwachte, konnte er sich nicht an seine Träume erinnern. Nur an einen Satz, den er in einem Buch gelesen hatte und der wie die Leiche eines Ertrunkenen an die Oberfläche seiner Gedanken trieb: »Nicht zu lieben, ist ein Unglück.«

Ihr Kaffee und die Rechnung kamen. Um Diamantis und Mariette herum forderte das Leben plötzlich wieder seine Rechte ein. Autos, Busse und Mofas brausten hin und her. Wilde Hupkonzerte. Motorengeheul. Rufe. Sie waren in die Realität zurückgekehrt – ein Paar an einem Tisch unter den Platanen.

Mariette sah diskret auf die Uhr.

»Hast du noch andere Termine?«, fragte er.

»Ich müsste in die Agentur. Was machst du später?«

»Ich bin mit Nedim verabredet. Einer von unserer Mannschaft, der aufs Schiff zurückgekehrt ist. Ich muss ihm einen Gefallen tun.«

»Und danach?«

Anschließend wollte er im *Mas* vorbeischauen. Das Restaurant, auf das Masetto ihn hingewiesen hatte, in dem Amina verkehrte. Er wollte sie so schnell wie möglich treffen. Vielleicht würde er Frauen danach in einem anderen Licht sehen können, ohne Angst, ohne Schuldgefühl. Vielleicht konnte er sogar sein Leben anders anpacken. Denn tief drinnen wusste er, obgleich er das Meer innig liebte, dass die Seefahrerei eine Flucht für ihn war. Die Flucht treibt einen in den Tod. Auch das wusste er. Und der Tod, das war ihm klar, kam immer näher.

Diamantis hatte keine Lust zu sterben. Das Leben war voller Freuden. Mariette zum Beispiel. Sie brauchte nur zu lächeln, sodass die Grübchen in ihrem hübschen, runden Gesicht aufblitzten.

»Ich muss … Jemand, den ich treffen muss. Jemand, den ich nicht mehr gesehen habe, seit … seit langer Zeit.«

»Eine Frau?«

Mariettes Blick forschte in den verborgensten Winkeln seines Wesens. Das mochte er nicht besonders. Er zuckte die Schultern, ohne zu antworten. Sie lächelte. »Und danach?«

»Hast du was Bestimmtes im Sinn?«

»Nichts Bestimmtes. Mehr so ein Bedürfnis …«

Ihre Knie klebten immer noch aneinander.

»Ich weiß nicht, Mariette.«

»Du kommst, wenn du willst. Du kommst, wann du willst. Ich bringe Laure um neun ins Bett und gehe nie vor Mitternacht schlafen. Danach ist es etwas anderes.«

Mariette setzte Diamantis am Alten Hafen ab, nicht weit von der *Grand Bar Henri,* wo er mit Nedim verabredet war. Sie waren schweigend dahingefahren bei der Musik eines italienischen Sängers, den sie vor kurzem entdeckt hatte. Gianmaria Testa. Ihr Lieblingslied war *Come le onde del mare.* Sie übersetzte ihm eine Strophe:

Manche Abende haben eine undefinierbare Farbe,
zwischen Azur und Amarantrot,
und sie vibrieren in einem langsamen, langsamen
Rhythmus.
Und wir, die wir auf sie warten,
wir wissen, dass sie Gefangene sind
wie die Wellen im Meer.

Mariette kannte den ganzen Text, den sie mitsummte. Sie hatte eine sanfte Stimme. Der Sänger und sie gaben ein gutes Duo ab. *Come le onde del mare. Come le onde del mare.*

Sie küsste ihn auf die Wange. Das würzige Parfüm ihres Körpers stieg ihm in die Nase. Auch ihr Kuss duftete. Er fragte sich, wonach ihre Brüste heute Nacht schmecken würden. Ananas, Mango, Apfel oder Granatapfel? Oder nach einer völlig neuen, ihm unbekannten Frucht?

13 Die Geschichte vom Mädchen, das die *Vazaha* suchte

Nedim war erleichtert, als er Diamantis in die Bar treten sah. Es war fast zwanzig vor sechs. Seit vierzig Minuten saß er da mit einem kleinen Bier.

Als Diamantis Mariette verlassen hatte, hatte er sich nicht entschließen können, sofort zu seinem Treff mit Nedim zu gehen. Er hatte die Fähre genommen und war durch den Alten Hafen gefahren. Dann war er zurückgekehrt und an den Kais entlangflaniert. Offen für das Leben, das um ihn herum pulsierte.

Bei einem fliegenden Händler, einem Senegalesen, musste er lächeln, als er feststellte, dass eine Portion geröstete Erdnüsse einen Franc weniger kostete als eine Portion Mandeln. »Warum?«, hatte er sich gefragt, aber nicht ernsthaft nach einer Antwort gesucht. Dann hatte er sich mit etwa fünfzig Japanern treiben lassen, die sich aus einem Touristenbus auf den Kai ergossen. Der runde, schwarze Kopf eines Jungen unter einer roten Kappe war aus der Gruppe aufgetaucht und schnell von der mütterlichen Hand wieder eingefangen worden. Der Junge hatte Diamantis angesehen und ihm die Zunge herausgestreckt. Eine hübsche, rosa Zunge. Er hatte wieder gelächelt.

Ein Stückchen weiter diskutierten auf einer Bank mit Blick aufs Meer zwei Araber heftig miteinander. Als er auf ihrer Höhe angelangt war, hatte er seinen Schritt verlangsamt, um der Melodie dieser für ihn unverständlichen Worte zu lauschen. Arabisch war eine Sprache, die er gern gelesen und gesprochen hätte. Er hatte sich nie die Zeit genommen, sie zu lernen, und bedauerte es regelmäßig. An der Kreuzung vom Quai de Rive-Neuve und dem Cours Jean-Balard angelangt, hatte er mit den Händen in den Taschen darauf gewartet, dass die Ampel auf Rot schaltete, bevor er sie überquerte.

Auf dem Bürgersteig gegenüber ging ein junger Mann unruhig auf und ab, eine Zigarette zwischen den Lippen. Ein hübsches Mädchen von den Antillen stieg aus dem Bus und lief auf ihren Freund zu. Er hatte seine Kippe fallen lassen, um sie in die Arme zu schließen. Unter den belustigten Blicken der Passanten hatte er sie übermütig lachend hochgehoben und durch die Luft gewirbelt. Sie hatte sehr hübsche Beine und trug einen gelben Schlüpfer.

Diamantis musste erneut lächeln. Marseille bekam ihm gut.

»Verdammt! Ich hab mir Sorgen gemacht, Diamantis. Stell dir vor, ich hab keinen Sou, um zu bezahlen. Also, wenn du nicht gekommen wärst ...«

»Ich hab doch gesagt, ich komme.«

»Ja, schon, aber ... Hast du gesehen, wie spät es ist? Ich hatte wirklich Grund, vor Angst zu vergehen, oder?«

Diamantis bestellte zwei Bier vom Fass. »Gut, es lohnt sich nicht, groß zu provozieren«, sagte er nach einem tiefen Schluck Bier. »Ich geh allein ins *Habana*. Du wartest hier auf mich.«

»Na schön.«

Diamantis wusste noch nicht, wie er vorgehen würde, aber eines war sicher: Nedim wollte er nicht zwischen den Füßen haben. Er war zu impulsiv, unberechenbar.

»Meinst du, es klappt?«

»Mal sehen.«

»Verdammt, hoffentlich. Ich brauch meine Sachen.«

»Hast du was Wichtiges drin?«

Nedim zuckte mit den Schultern. »Nein ... Nur das Foto von meinem Vater und meiner Mutter. Es ist das Einzige, das ich von beiden zusammen habe. Ich würde mich nicht gern davon trennen, verstehst du.«

Diamantis sah Nedim an. Der Kerl überraschte ihn immer wieder. Er war natürlich. Schnörkellos. Empfindsam. Ohne jede Schamhaftigkeit. Naiv. Aufrichtig, selbst in seinen Lügen und Feigheiten. Das ideale Opfer für jeden Betrug. Besonders wenn eine Frau ihn auf dem Tablett servierte.

Schon allein deshalb wollte Diamantis mit dem Seesack zurückkommen. Er war in Stimmung dazu. Aufgepumpt von der Schönheit dieser Stadt und Mariettes Lächeln.

»Ich gehe«, sagte er.

»Lass mir eine Zigarette hier.«

Diamantis warf drei auf den Tisch. Als er hinausging, faltete Nedim die Hände vor dem Herzen. »*Bismillah irrahman irrahim* …«, rezitierte er innerlich. Dann steckte er sich eine Zigarette an.

»Hier ist geschlossen«, sagte der Schwarze.

»Sind Sie Dug?«, fragte Diamantis.

»Worum gehts?«, grummelte er überrascht.

»Ich muss mit Ihnen reden.«

»Sind Sie Flic?«

Statt zu antworten, machte Diamantis einen Schritt nach vorn. Dug hielt ihn nicht auf. Diamantis betrat den Saal. Die Deckenbeleuchtung war eingeschaltet. Es stank nach kaltem Zigarettenrauch. Eine Frau war dabei, die Tische zu wischen. Sie sah auf, als Diamantis hereinkam, ohne ihre Arbeit zu unterbrechen. Dug schloss die Tür wieder hinter sich.

»Und?«, fragte er.

»Ich bin ein Freund von Nedim. Sie wissen, wen ich meine?«

»Er schuldet neunhundert Francs.«

Dug war jetzt nicht mehr beunruhigt. Er ließ seine Muskeln spielen, zum Vorzeigen. Er trug ein eng anliegendes, ärmelloses, schwarzes T-Shirt, und das war mehr als beeindruckend.

»Bist du gekommen, um seine Schulden zu bezahlen?«

Diamantis konnte diese Art von Duzerei nicht ausstehen. Die dicken Arme mochte er auch nicht. »Wie bitte?«

»Er steht mit neunhundert Francs in der Kreide. Entweder du zahlst, oder du verschwindest.«

»Sind Sie der Wirt?«

»Hier gibt es keinen Wirt.«

»Wer sind Sie dann? Der Herr mit den starken Armen?«

Diamantis hatte fünfundzwanzig Jahre Erfahrung mit dieser Sorte. Das Einzige, was diese Typen aus der Fassung brachte, war Frechheit, nicht Muskeln.

Dug schätzte ihn ab. Diamantis brachte nicht viel auf die Waage. Dug war gut zwanzig Kilo schwerer. Ein Tritt in die Eier, und der Typ ging zu Boden. So viel brauchte es vielleicht nicht einmal. Eine einfache Ohrfeige, gut platziert, würde ausreichen. Aber man weiß nie, sagte er sich. Und Diamantis hielt sicheren Abstand zu ihm. Zu viel sogar. Die Hände in den Taschen. Er konnte ein Messer haben, dieser Idiot.

Diamantis ließ ihn nicht aus den Augen.

»Was wollen Sie?«

»Seinen Pass wieder haben. Und seinen Seesack.«

»Machen Sie Witze oder was?«

»Seh ich so aus, als würde ich Spaß machen, Dug?«

Die Putzfrau hielt inne, sah die beiden an und verschwand in einem Hinterraum. Das könnte brenzlig werden, dachte Diamantis. So wie er stand, konnte er nicht sehen, was links von ihm geschah. Dort, wo die Putzfrau verschwunden war. Er hätte mit dem Rücken zur Tür stehen bleiben sollen. Diese Nachlässigkeit ärgerte ihn. Offensichtlich wurde er alt.

»Nein, aber ich will nicht mein Geld verlieren.«

»Erstmal ist das nicht dein Geld. Außerdem, wer sagt denn, dass du es verlieren sollst?«

»Aha, Sie schreiben mir also einen Schuldschein aus, richtig?«

»Genau.«

Dug schüttelte den Kopf in alle Richtungen. Zweifellos seine Art, das für völlig idiotisch zu erklären. »Ich glaub, ich spinne!«, rief er.

Gaby erschien im hinteren Türrahmen. Als sie Diamantis bemerkte, zog sie sich langsam zurück. Er sah sie nicht. Er bekam nichts mit. So beschäftigt, wie er war, Dug nicht aus den Augen zu lassen. Er war vor ihm auf der Hut, auch wenn er mit der Rückkehr zur förmlichen Anrede ein paar Punkte erzielt hatte. »Ein Typ, der dich siezt, hat Respekt vor dir. Er wird dir nicht so einfach die Faust in die Fresse schlagen«, hatte Hans ihn gelehrt, der Erste Offizier auf der *Alabama*. »Vergiss das nie, Kleiner.« Auch die zahlreichen Ausnahmen dieser Regel hatte er kennen gelernt. Im *Milord*, einer Bar in Morondava auf Madagaskar, hatte er das Lehrgeld dafür bezahlt.

Sie nannte sich Juju. Eine Animierdame. Wie Lalla. Wie Gaby. Wie tausende überall auf der Welt. Und Diamantis war ihr in die Falle gegangen. Wie Nedim und wie alle jungen Seeleute. Gestern Abend hatte er Nedim seine Geschichte erzählt. Seine Geschichte mit Juju. Nur um die Atmosphäre zu entspannen. Dieses Mädchen, Juju, hatte sich an ihn herangemacht, als er aus der Poststelle kam. Sie trug ein blaues Kopftuch um ihre toupierten Haare. Einen schwarzen Minirock mit dickem, beschlagenem Gürtel und jede Menge Armreifen an beiden Armen.

Diamantis hatte Jujus Geschichte geglaubt. Zum Heulen ernsthaft. Sie wollte nicht mit ihm schlafen, hatte sie ihm mit

Tränen in den Augen bei einem Glas Coca Cola gestanden. Nein, sie suchte die große Liebe. Die wahre. Die *Vazaha*. Den Mann, der ihr Leben dadurch verändern würde, dass er sie mit in seine Heimat nahm, wo es zwangsläufig besser sein würde als auf Madagaskar.

Diamantis war gerade zweiundzwanzig. Es war sein erster großer Ausflug in die Welt. Sein Herz schlug bis zum Hals. Ein Glückstreffer, hatte er gedacht. Juju schleppte ihn von Bar zu Bar bis ins *Milord* gegen Ende der Nacht. Sie zu heiraten, nein, dazu war er nicht bereit, aber ihr zu schwören, dass er wiederkommen und sie holen würde, das ja, dazu war er bereit. Weil er unheimlich gern mit ihr schlafen wollte!

Sie hatte sich an ihn gekuschelt und streichelte seine Brust. Ihre Hände waren fein und zart. Sie streifte Diamantis' Mund leicht mit den Lippen. Dann glitt sie mit geöffneten Lippen über seinen Hals, Wangen, Ohr, kitzelte sein Ohrläppchen und kehrte schließlich zu seinen Lippen zurück. Ihre heiße Zunge klebte an der seinen. Er drückte sie liebevoll an sich.

Als er die Augen wieder aufmachte, waren die Getränke, die vor fünf Minuten serviert worden waren, verschwunden. Juju winkte, dass man sie bediente, als sei nichts gewesen. Da hatte er begriffen. Ihm ging auf, dass er seine ersten beiden Getränke nicht einmal gekostet hatte.

Er hatte protestiert.

»Passt dir was nicht?«, hatte der Kellner gefragt.

»Allerdings. Ich komme nie dazu, mein Glas auszutrinken.«

»Man kann nicht alles haben, Kleiner. Trinken und die Mädchen abknutschen. Sie hat bestellt, ich schenke nach. Du hast doch hoffentlich nichts dagegen?«

»Doch.«

Juju hatte die Bank verlassen. Er entdeckte sie in der Nähe der Theke, eine Zigarette im Mund. Sie beobachtete. Sie wartete.

Er sah den Schlag kommen, aber er war nicht schnell genug. Die Faust traf ihn am Kinn, und er sank auf der Bank zusammen, wobei er den Tisch umstieß. Der Typ war über ihm, bevor er hochkam. Er kassierte noch einen Schlag gegen die Schläfe. Fast hätte er das Bewusstsein verloren. Das Erscheinen von Hans und den anderen Seeleuten rettete ihn. Es wurde ein großes, allgemeines Handgemenge daraus, in dem sie nie die Oberhand gewannen. Die Bullen machten dem ein Ende. Juju sah er nie wieder, aber – ein schwacher Trost – die Getränke musste er nicht bezahlen.

»Sie hauen uns alle übers Ohr«, war Nedims Kommentar. »Nun, das beruhigt mich. Hast du dir gedacht, wie ich, dass es schade um all die vergeudeten Gläser ist?«

»Ich hab mir gar nichts gedacht, Nedim. Ich war ganz zufrieden, dass ich nicht um neunhundert Francs gerupft worden bin!«

»Ja, klar, so kann man es auch sehen«, gab er zu, ohne auf den Seitenhieb einzugehen. »Trotzdem, Diamantis, diese Mädchen ...«

Diamantis hörte Nedim nicht mehr zu, antwortete ihm nicht einmal mehr. Er erzählte ihm auch nicht, dass er Amina kennen gelernt hatte, als er nach Marseille kam. Und dass sie Juju aufs Haar genau glich. Noch schöner. Denn Amina war nicht Juju. Sie war wirklich auf der Suche nach der *Vazaha*. Und er war derjenige, der sie getäuscht hatte.

»Dug!«

Eine Frauenstimme.

»Was ist los?«, gab er zurück und drehte sich zur Tür für die Bediensteten.

Diamantis nutzte die Gelegenheit, um seine Stellung leicht zu verändern. Eine junge Frau war aufgetaucht. Er nahm an, dass sie Lalla sein musste. Nedims Beschreibung traf hundertprozentig. Er war davon ausgegangen, dass Nedim sein Bild von ihr ausgeschmückt hätte, aber nein. Lalla war ein reines Wunder.

»Kannst du einen Moment kommen?«

»He! Ich hab zu tun.«

»Eben. Genau darum gehts. Um den Kerl.«

Dug sah Diamantis an, dann Lalla. Er ging zu Lalla, mit schwingenden Armen. Nur damit Diamantis seine Rückenmuskulatur zu schätzen wusste. Das fand Diamantis gar nicht komisch. Seine gute Laune verflog langsam.

Dug verschwand im Hinterraum. Diamantis steckte sich eine Zigarette an und machte ein paar Schritte. Seine Besorgnis war in Ungeduld umgeschlagen. Er erstickte. Er wollte wieder an die frische Luft und die letzten Momente des Tages genießen. Diesen einmaligen Augenblick, wenn die untergehende Sonne die ockerfarbenen Gebäude am Quai de Rive-Neuve und schließlich den ganzen Hafen in flammendes Licht taucht.

Dug kam wieder. Mit einer Hand schleifte er Nedims Seesack hinter sich her. In der anderen hielt er seinen Ausweis. »Ich schlage Ihnen ein Geschäft vor«, sagte Dug. Er sagte das ohne rechte Überzeugung. Jemand anders sprach aus ihm.

»Ich höre.«

»Ich geb Ihnen den Ausweis von dem Türken und den Seesack gegen Ihren eigenen Ausweis.«

»Und ich bleche neunhundert Francs, wenn ich ihn wieder haben will.«

»Ganz genau.«

»Ihr wollt mich wohl verarschen.«

»Der Türke ist doch Ihr Freund, oder? Er wird Sie nicht verarschen, Sie nicht.«

Zum ersten Mal lächelte Dug. Wem er diese Transaktion zu verdanken hatte, wusste Diamantis nicht, aber er musste zugeben, dass sie schlau eingefädelt war.

»Einverstanden«, schnappte er nach einer kurzen, fingierten Gedenkzeit.

Weil er ihn immer als verloren oder gestohlen melden konnte. Es würde Zeit brauchen, einen neuen zu bekommen, aber Zeit hatte er reichlich. Nedim nicht. Als er gestern Abend den Geschichten von Nedims Missgeschicken gelauscht hatte, war ihm klar geworden, dass es für Nedim höchste Zeit war, heimzukehren. Dass er heiratete und sich niederließ. In seinem Zustand war Nedim zu jeder Dummheit fähig.

»Wann läuft Ihr Schiff aus?«

»Ich weiß nicht. Vielleicht nie.«

»Nie?«

Diamantis zuckte mit den Schultern, dann holte er seinen Ausweis hervor und reichte ihn Dug. Dieser schlug ihn auf der Seite mit dem Passfoto auf.

»Diamantis«, bemerkte er.

»Wie es geschrieben steht.«

Diamantis steckte Nedims Ausweis in seine Hemdtasche, schulterte den Seesack und ging hinaus. Grußlos.

Nedim heulte vor Rührung. »Du bist einsame Spitze. Wie hast du das nur gemacht?«

»Erzähl ich dir später. Ich hab Durst.« Diamantis winkte nach dem Kellner. Nedim kramte in seinem Seesack und brachte eine gewaltige, alte, handgenähte Brieftasche aus abgenutztem Leder zum Vorschein. Über sein Gesicht huschte ein listiges Lächeln.

»Ich lade dich ein«, sagte er triumphierend. Damit legte er hundert Dollar auf den Tisch. Er lachte laut. »Du wirst mir nicht glauben, Diamantis, aber ich hatte ganz vergessen, dass ich das Geld noch hatte. Es ist mir über Nacht eingefallen. Ich habe mich hin und her gewälzt, und da ist es mir wieder eingefallen. Und dann die Angst, zum Teufel! Nedim, hab ich mich gefragt, hast du das Geld schon auf den Kopf gehauen oder nicht? Ich wusste es nicht mehr, Diamantis. Die ganze Nacht hab ich darüber nachgedacht. Bekloppt, nicht?«

»Du bist der Bekloppte.«

Er lachte aus vollem Hals, glücklich wie ein kleines Kind.

»Zum Schluss haben wir sie doch noch schön reingelegt, diese Trottel!«

»Nicht ganz.« Diamantis klärte ihn über den Handel auf.

»Scheiße!« Er schwieg einen Moment, dann sagte er sich, dass er mit diesen Schulden nichts mehr zu tun hatte. Er hatte alles wiederbekommen. Mit hundert Dollar obendrein. »Willst du das Foto von meinen Eltern sehen?«

Er reichte Diamantis ein altes, vergilbtes Foto. »Die Dollar waren an die Rückseite geheftet. Ein schönes Paar, nicht?«, meinte er und nahm das Foto wieder an sich. Er betrachtete es zärtlich und küsste es zweimal. Dann steckte er es zurück in die Brieftasche und die Brieftasche in den Seesack. Diamantis schob die Dollar zu Nedim. »Dieses Geld behältst du. Das rührst du nicht an, Nedim. Hast du kapiert? Du suchst dir einen anderen Fernfahrer und fährst so bald wie möglich nach Hause.«

»Schon, aber die Kippen und so? Außerdem, wie soll ich dann ein paar Gläser trinken? Verdammte Scheiße!«

»Wir finden schon einen Weg. Ich rede mit Abdul.«

»Ja«, sagte er kleinlaut wie ein bestrafter Junge.

»Nedim, ich schwöre dir, wenn du das Geld verschleuderst, schlag ich dir die Fresse ein.«

Nedim senkte die Augen. »Hast du die Mädchen eigentlich gesehen?«

»Nein«, log Diamantis. »Da war nur Dug.«

»Elender Neger!«

Diamantis stand auf, bezahlte die Getränke und reichte Nedim seine kaum angebrochene Schachtel Zigaretten.

»Gehst du?«

»Ich hab noch was zu erledigen. Bis später.« Er beugte sich zu ihm. »Vergiss nicht, was ich dir gesagt habe, Nedim. Ehrlich, ich schlag dir die Fresse ein.«

Diamantis kam gerade recht zum Sonnenuntergang hinter dem Clocher des Accoules an den Hafen. Er blieb reglos stehen. In den letzten roten Strahlen des Tages. So war Marseille, dachte er. Die Stadt versprach nichts, ließ nichts ahnen. Sie begnügte sich damit, überreichlich zu geben. Man brauchte nur zu nehmen. Zu nehmen wissen.

14 Man hat nur das im Leben: das Leben selbst

Trotz der frühen Stunde war das *Mas* voll. Ein Kellner trat auf Diamantis zu.

»Haben Sie reserviert?«

»Nein«, antwortete er. »Eigentlich suche ich jemanden.«

»Tun Sie das.«

Diamantis durchquerte den Saal. Von den diversen Gerichten stiegen appetitliche Düfte auf. Sein Magen zog sich zusammen. Nachdem er sich von Nedim getrennt hatte, hatte er sich auf der Terrasse der *Bar de la Marine* am Hafen die Zeit vertrieben. Der Treffpunkt der Yachtsegler. Die Atmosphäre gefiel ihm. Er hatte vier oder fünf Bier getrunken, wie viele genau, wusste er nicht mehr, und geröstete Erdnüsse dazu geknabbert. Jetzt hatte er Hunger.

Er zweifelte nicht, dass er Amina auch nach all der Zeit wieder erkennen würde. Das glaubte er wenigstens. Sie musste jetzt neununddreißig oder vierzig Jahre alt sein. Vielleicht einundvierzig. Er war sich plötzlich nicht mehr sicher. Aber spielte das noch eine Rolle? Man sollte wohl in der Lage sein, eine Frau wieder zu erkennen, die man wahrhaftig geliebt hatte, egal, wo sie sich befand, und auch noch nach zwanzig Jahren. Aminas Schönheit, davon war er überzeugt, war zeitlos.

Gesichter schauten zu ihm auf, als er vorüberging, und neigten sich wieder über ihre Teller. Niemand kannte ihn, und er kannte niemanden. Interessante Kundschaft, stellte er fest. Sie roch nach Geld. Geschäftsleute, Rechtsanwälte, Ärzte. Vielleicht auch Journalisten. Die Frauen in ihrer Begleitung kleideten sich nicht von der Stange aus den großen Kaufhäusern. Dennoch wirkten sie maskenhaft. Wie aus dem Schaufenster und zu stark geschminkt. Aber den Männern schienen sie so zu gefallen. Er stellte sich vor, dass sie rote Spitzenunterwäsche trugen, und darüber musste er schmunzeln.

»Kann ich etwas für Sie tun?«, fragte ihn der Mann hinter der Kasse. Ein rüstiger Sechziger, schwarze Hose, weißes Seidenhemd, weit offen über einer dicken Goldkette. Am rechten Handgelenk ein dicker Ring mit seinem Vornamen: Giovanni. Zweifellos der Wirt, oder der Geschäftsführer.

»Ich suche eine Freundin, die ... Die ich seit einiger Zeit nicht gesehen habe. Man hat mir gesagt, dass sie bei Ihnen verkehrt. Amina. Amina Masetto. Das heißt, Masetto war ihr Mädchenname.«

Der Mann fixierte ihn aufmerksam, dann blickte er über ihn hinweg in die Ferne. Diamantis drehte sich um in der Hoffnung, Amina zu entdecken. Amina, die er nicht wiedererkannt hatte. Aber nein.

»Einen Moment«, sagte Giovanni. Er ging auf einen Tisch zu, an dem drei Leute speisten. Ein Paar und ein einzelner Mann. Der Platz neben ihm war frei, aber man hatte das Gedeck liegen lassen. Der Mann saß mit dem Rücken zu Diamantis. Trotz der Hitze trug er ein leichtes, marineblaues Jackett aus Baumwolle oder Leinen. Seine gut geschnittenen Haare waren an den Schläfen und im Nacken ergraut. Er war zwar nicht groß, wirkte aber stämmig. Diamantis konnte sein Alter nicht genau einschätzen.

»Vorsicht«, warnte eine Kellnerin Diamantis. Sie balancierte drei Teller mit gegrillten Figatelli in der rechten Hand und auf dem linken Unterarm.

Giovanni flüsterte dem Mann im Jackett etwas ins Ohr. Das Paar sah zu Diamantis hinüber, aber der Mann drehte sich nicht zu ihm um.

Giovanni kehrte zu Diamantis zurück.

»Wer ist der Herr?«

»Mit Sicherheit keiner von Ihren Freunden«, antwortete Giovanni kühl. »Wir wissen nicht, ob Amina heute Abend vorbeikommen wird. Aber sie können eine Nachricht hinterlassen, ich werde sie ihr übergeben, sobald ich sie sehe.«

Giovanni erklärte ihm das ohne eine Spur von Freundlichkeit.

Diamantis erinnerte sich an Masettos Worte. Amina war eine Nutte oder etwas in der Richtung. Der Typ war vielleicht ihr Zuhälter. Oder ihr Mann. Oder beides, warum nicht? Aber vielleicht hatte Masetto ihm Mist erzählt, aus purer Bosheit. Wie überall am Mittelmeer hatte man auch hier wenig Achtung vor jungen Frauen, die »alte Knacker« mit einem Batzen Geld heirateten. Es war klar, dass sie sich, kaum verheiratet, dem erstbesten Handelsvertreter an den Hals werfen würden. Geld erregt, aber es befriedigt nicht.

Diamantis konnte sich nicht an die Vorstellung von Amina als Nutte gewöhnen. Nicht einmal als Edelhure. Oder nur als ausgehaltene Frau. Der Kerl musste ihr Mann sein. Daran klammerte er sich. Das war es, was er glauben wollte. Es tat weniger weh als Amina, die einem alten Widerling für Geld einen bläst, zum Beispiel. Ihm wurde schlecht. Diese Bilder, die sich plötzlich in seinem Kopf mit den Küchengerüchen vermischten, ekelten ihn an. Er schüttelte den Kopf, um dies alles zu vertreiben.

Giovanni reichte ihm einen Notizblock und einen Kuli. Er kritzelte ein paar Worte. »Ich bin in Marseille. Ich würde dich gern wiedersehen. Dich um Verzeihung bitten. Bin …« Er zögerte und schrieb dann weiter: »… übermorgen ca. 17 Uhr in der Bar Henri, Rue Saint-Saëns. Diamantis.« Er fügte hinzu: »Mein Schiff ist die *Aldebaran*. Falls du nicht kommen kannst. Du kannst am Kontrollposten von Tor 3A nach mir fragen.«

Er faltete die Nachricht, schrieb »Amina« darauf und reichte sie Giovanni. Sie sahen sich an. »Danke«, sagte Diamantis. Ob die Nachricht wirklich zu Amina durchdringen würde? Sicher war, dass Giovanni sie an den Mann im Jackett weitergeben würde und dass dieser keine Hemmungen haben würde, sie zu lesen. Plötzlich bereute er, »dich um Verzeihung bitten« geschrieben zu haben. Aber jetzt war es zu spät. Zweifellos war es auch zu spät, Amina um Verzeihung zu bitten. Er wollte sie wieder finden. Alles versuchen. Ihr alles erklären.

Was erklären? Wie oft war er diese Szene schon durchgegangen. Hunderte von Malen, wenn nicht tausende. Jahrelang. Er hatte ihr geschrieben, sie schließlich aus Barcelona angerufen, um ihr mitzuteilen, an welchem Tag die *Stainless Glory* aus Marseille auslief. Entgegen seinen Erwartungen dauerte der Aufenthalt nur eine Nacht. Der Frachter fuhr leer Richtung Genua. Jede Stunde zählte. Sie wollte nicht eine verlieren, hatte sie gesagt.

Sie schlug vor, am Hafen auf ihn zu warten. Er zog die *Bar du Cap* am Kai von La Joliette vor. Zwischen acht und neun. Weil er noch nicht wusste, wann er frei sein würde. Ein Wagen brachte ihn bis zu Tor 53, von dort ging er auf dem schlecht beleuchteten Hafengelände zu Fuß weiter. Es war zehn nach acht, und auf der ganzen Erde gab es an jenem Abend keinen glücklicheren Menschen als ihn.

An der Ecke eines Gebäudes warteten drei Männer auf ihn. Drei kräftige Männer. Zwei von ihnen packten ihn unter den Armen und zerrten ihn in einen Lagerschuppen. Kaum waren sie drinnen, schlug der Dritte zu. Zweimal in den Bauch. Er krümmte sich vor Schmerz. Mit der Linken zwang der Mann ihn aufzusehen und verpasste ihm noch eine. Und zwei weitere Hiebe in den Bauch. Er schnappte nach Luft. Und er hatte

Angst. Seine Blase gab nach. Er fühlte, wie heiße Pisse seinen Slip und das Leinen der Hose durchnässte und schließlich an seinen Beinen herunterlief. Tränen rannen. Angst und Wut. Erniedrigung.

Der Kerl hörte auf zu schlagen.

»Jetzt plärrt er, das kleine Arschloch«, grinste er. Er hielt Diamantis eine Knarre unter die Nase. Einen großen, schwarzen Ballermann. »Siehst du das, du Jammerlappen. Siehst du«, wiederholte er und packte Diamantis mit der linken Hand an den Haaren, sodass er hoch sehen musste. »Wenn du das Pech haben solltest, noch einmal in Aminas Nähe zu kommen, schieß ich dir damit deine süße Fresse kaputt.«

Er zog Diamantis an den Haaren, damit er den Kopf höher hob. »Sie und ich, wir sind so gut wie verlobt, geht das in deinen dämlichen Schädel?«

Am Telefon hatte sie gesagt: »Ich liebe dich.« Und dann: »Du fehlst mir.« Und dann noch: »Ich hab es eilig.« Diese letzten Worte hatte sie gehaucht, fast heiser, heiß, sanft wie ihre Hände, ihre Lippen. Als er aufgelegt hatte, hatte er eine Erektion. »Ich liebe dich. Ich liebe dich. Ich liebe dich ...« In seinem Kopf klangen nur noch diese Worte.

»Hast du kapiert? Du durchkreuzt meine Pläne nicht!«

Amina. Wer waren diese Männer? Dieser Typ? Wartete sie in der *Bar du Cap* auf ihn? Hatte der Kerl sie auch geschlagen? Sowie sie ihn losließen, würde er in die Bar stürzen. Das hatte er sich geschworen, ungeachtet der Schmerzen, die durch seinen Körper fluteten.

Der Typ entsicherte die Waffe und zwängte ihm den Lauf in den Mund. Der Stahl war kalt. Er fröstelte. Gleich würde er in die Hosen scheißen. In seinem Bauch grummelte es. Nein, nur das nicht. Aber er konnte sich nicht beherrschen. Nichts zu machen. Die flüssige Scheiße rann ihm zwischen die Beine.

»Lutsch das«, forderte der Typ ihn auf. »Lutsch es gut. Das ist der Tod. Schmeckst du ihn? Also, vergiss das nicht, bevor du irgendwas unternimmst. Du siehst, du kleines Arschloch, wir wussten, wo wir dich finden. Wir werden dich wieder finden.« Er zog die Knarre zurück und sicherte sie wieder. Die kräftigen Arme ließen Diamantis los. Er landete mit dem Hintern auf der Erde, voller Kot.

»Ich glaube, er hat sich voll geschissen«, bemerkte einer von ihnen grinsend zu dem Mann mit der Knarre.

»Das würde mich nicht wundern«, antwortete der. »Hier stinkt es übler als im Scheißhaus.«

»Da hast du ihr ja was zu erzählen«, hörte er einen von ihnen sagen, als sie sich entfernten.

Darüber hatten sie gelacht. Diamantis hörte ein Auto abfahren. Er rührte sich nicht. Er blieb dort. Einen Teil der Nacht. Den Arsch in der Scheiße, in Pisse gebadet. Schluchzend.

Ja, er würde ihr das alles erklären müssen. Diese Todesangst. Trotz seiner Liebe für sie. Dass die Liebe mit zwanzig nicht stärker ist als der Tod. Die Lust zu leben, war egoistisch. Man hatte nur das im Leben: das Leben selbst. Und die Welt war weit und voller Freuden. Wie oft konnte man in einem Leben lieben, wahrhaftig lieben? Wie viele Frauen auf der Welt ähnelten Amina? Waren genauso schön? Er müsste ihr auch sagen, dass er nie an ihr gezweifelt hatte. Dass er sich Sorgen um sie gemacht hatte, ja, das ja, er hatte sich Sorgen um sie gemacht. Sogar später noch, als die *Stainless Glory* wieder auf hoher See war. Die älteren Seeleute an Bord hatten sich über ihn lustig gemacht. Nicht über das, was ihm passiert war, nein, das hatte er niemandem erzählt. Sondern weil er ihnen nicht mehr mit Amina in den Ohren lag, Amina hier, Amina da, wie er es vorher getan hatte, kaum dass sie Marseille verlassen hatten.

Vierzehn Tage Trennung, und der Arme verlor den Verstand. Das munkelten sie untereinander. Sie lachten darüber. Nicht über ihn, über sie. Solche Geschichten über diese Schlampen kursierten in allen Häfen. Samt allen Zweifeln und Sorgen in Bezug auf ihre eigenen Frauen. Denn einmal auf See, konnte man sich auf gar nichts mehr verlassen.

Zu Anfang wurde Diamantis laut, protestierte, verteidigte Amina, erfand einen Haufen Geschichten. Sie neckten ihn noch mehr. Schließlich hielt er den Mund, und das Leben an Bord nahm wieder seinen normalen Lauf. Er gab sich ihm aus ganzem Herzen hin, ohne Amina jedoch aus seinen Gedanken zu verdrängen. Aber er musste versuchen, die Bilder der Schlägerei zu vertreiben, hinter denen Aminas Gesicht mehr und mehr verblasste. Eines Nachts fiel ihm auf, dass der Gedanke an sie ihn nicht mehr körperlich erregte. In ihm war nur noch Erniedrigung. Pisse und Scheiße.

Zwölf Tage später, als die *Stainless Glory* wieder in Marseille festmachte, wagte er sich bis zu Amina vor. Bei hellichtem Tage. Aber sehr sicher war er seiner Sache nicht. Ihr Namensschild war von der Eingangstür verschwunden. Er hakte nicht nach. Er bummelte hierhin und dahin. In die Bar, in der sie sich kennen gelernt hatten. In die anderen Kneipen, in denen sie gewesen waren. Aber immer hatte er ein oder zwei Kumpane von Bord dabei. Er sah sie nie wieder.

Dann war sein Vater gestorben. Und da war Melina gewesen. Melinas Liebe. Der Traum vom Leben in Agios Nikolaos. Melina half ihm zu vergessen. Amina und seine Erniedrigung zu vergessen. Eines Nachts hatte er ihr alles erzählt. Melina hatte ihn geweckt, weil er im Traum geschrien hatte.

»Wer ist Amina?«, hatte sie gefragt.

Sie sprachen oft darüber. Manchmal endete es in einem Streit. Weil er keine seiner Erinnerungen an Amina preisgeben wollte. Aber, erklärte Melina ihm, solange er nicht losließ, würde er im Griff dieser Angst bleiben, die er durchgemacht hatte und die noch schlimmer war als die Erniedrigung selbst.

Langsam nahm Melina ihm die Angst und lehrte ihn wieder zu lieben. Sie war eine starke Frau, realistisch, energisch. Außerdem war sie eine traumhafte Geliebte. Man konnte nur ein einziges Mal im Leben lieben, meinte sie, alles andere blieben Anekdoten. Und Diamantis war der Mann, den sie liebte. Und er würde immer der Einzige sein. Was auch geschehen möge.

Es war anders gekommen, mit ihr und ihm. Mit ihrem gemeinsamen Leben. Gegen das Meer war sie machtlos. Das war ihr klar geworden, als er ihr im Stil seines Vaters schrieb: »Wir haben die Säulen des Herkules hinter uns gelassen, die Landspitze, wo Antäus sein Leben ließ …« Dahinter war der Ozean.

Diamantis hatte sich schließlich dem Mittelmeer verschrieben. An dem Tag, an dem er sich endlich erwachsen fühlte, war er in See gestochen. In all den darauf folgenden Jahren vergaß er nie, dass er das, was er war, dieser Frau verdankte. Melina. Ihr verdankte er auch das Schönste auf der Welt: Mikis. Ihren Sohn. Wie eine Brücke zwischen den Meeren, die sie beide für immer verband.

Diamantis ging zügig. Als er aus dem *Mas* kam, war er auf ein letztes Glas im *Samaritaine* an der Ecke am Alten Hafen eingekehrt, bevor er auf die *Aldebaran* zurückkehrte.

Er war in die Rue de la République eingebogen. Ganz am Anfang an der Place de la Joliette war ein Taxistand. Von dort kostete es etwa fünfzig Francs bis zu Tor 3A. Manchmal nahm ein Fahrer ihn bei Feierabend gratis mit. Alle Fahrer, die regelmäßig hier stationiert waren, kannten die Geschichte der *Aldebaran*.

Die Gedanken überstürzten sich in seinem Kopf. Er fragte sich, ob der Typ, der ihn vor zwanzig Jahren zusammengeschlagen hatte, derselbe war, mit dem Giovanni gesprochen hatte. Nur aus Neugier. Mit der Überwindung der Angst und Erniedrigung, die Teil seiner selbst gewesen waren, hatte er jedes Rachegefühl erstickt. Es war ein anderes Leben. Er war ein anderer Mann. Jetzt sah er wieder ihr ganzes Gesicht, ihr Lächeln, ihren Körper. Eine Erinnerung ohne Begehren. Einfach schön, mehr nicht.

Während er seinen Halben an der Theke des *Samaritaine* austrank, beschloss er, nicht zu Mariette zu gehen. Etwas hielt ihn davon ab. Vielleicht war er noch nicht so weit, mit einer richtigen Frau zu schlafen. Einer Frau, die etwas von einem Mann erwartete, von ihm. Mehr als eine Partie mit gespreizten Beinen. Mariette lief über vor Liebe. Er konnte nicht nehmen, ohne zu geben. Das hieß lieben. Ein Austausch zwischen zwei Menschen.

Er konnte ihr noch nichts bieten. Ihr oder anderen. Er wurde ganz von seinen Verletzungen und Erinnerungen, seiner Einsamkeit und dem Meer in Anspruch genommen. Mariette verdiente einen Besseren. Sie würde jemanden finden.

An der Kreuzung Boulevard des Dames blieb er stehen, um einen metallic-blauen Safrane vorbeizulassen. Ihm fiel nicht auf, dass dieser Wagen ihn an der vorigen Ecke schon einmal überholt hatte. An der Rue de la République bog der Safrane Richtung La Joliette ab. Wenige Meter weiter hielt er mit blinkenden Warnlichtern.

Als Diamantis auf seiner Höhe anlangte, stiegen zwei Männer aus und kamen auf ihn zu. Diamantis schaltete zu spät. Aber als er den ersten Hieb mit dem Knüppel abkriegte, begriff er, dass es von vorn losging. Wie vor zwanzig Jahren. Wegen Amina, daran bestand kein Zweifel.

Der erste Schlag gegen die Schläfe schickte ihn zu Boden. Diamantis rollte sich augenblicklich zusammen, um Kopf und Bauch zu schützen. Sie schlugen hart zu. Die Knüppelhiebe prasselten wahllos auf Arme, Rücken, Beine nieder. Er atmete so flach wie möglich, um weder seine Nerven noch das Bewusstsein zu verlieren. Wenn sie dich umbringen wollten, schoss es ihm durch den Kopf, hätten sie es schon getan. Halt durch.

Er hielt durch bis zu dem Fußtritt ins Gesicht. Vor Schmerz musste er seine Abwehrhaltung aufgeben. Ein weiterer Fußtritt traf ihn auf den Mund. Er hatte kaum Zeit, das Blut auf den Lippen zu schmecken. Ein neuer Fußtritt erwischte ihn im Bauch, dann noch einer. Atme, redete er sich zu, atme. Die Knüppelhiebe hagelten erneut auf seinen Körper nieder. Er holte tief Luft und wälzte sich auf die Seite. Dann rollte er sich wieder zusammen. Die Schläge hörten auf. Er rührte sich nicht. Er wartete.

»Das ist nur eine Warnung, Diamantis. Lauf Amina nicht mehr hinterher. Okay? Lass sie in Ruhe.«

Er entspannte sich, es war vorbei.

»Komm, wir gehen«, sagte einer der Männer.

Ja, es war vorbei.

Außer dass der Absatz eines Mannes seine Nase traf, ehe er sichs versah. Blut begann in Strömen zu fließen. Gebrochen, dachte er. Aber er rührte sich nicht.

15 Auf der *Aldebaran* wird auch Domino gespielt

Mariettes Lächeln erstarb bei Diamantis' Anblick. Er sah nicht ganz wie Quasimodo aus, aber viel fehlte nicht. Die Oberlippe war geplatzt und geschwollen. Das linke Auge war halb zugequollen und der Wangenknochen darunter blau angelaufen. Unter der Nase klebte geronnenes Blut. Auch das Hemd war voller Blut.

»Mein Gott!«

Er lächelte. Er versuchte es jedenfalls. »Hoffentlich ist es noch nicht Mitternacht.«

Darüber konnte sie nicht lachen. »Was ist passiert?«

»Später ... Ich brauch was zu trinken ...« Er ließ sich in einen Rattansessel fallen. Sonst wäre er umgekippt.

»Whisky?«, schlug sie vor.

Er nickte.

Diamantis hatte all seine Kräfte zusammengenommen und sich aufgerappelt, kaum dass der Safrane davongefahren war. Mariette wohnte in der Altstadt. Place des Moulins, auf der Anhöhe. Er schleppte sich durch die schmalen, verlassenen Gassen. Heiße Luft füllte seine Lungen. Er blieb mehrmals an einer Mauerecke stehen, um neue Kraft zu schöpfen. In der Rue Vieille-Tour ging er links. Auf der Place Lorette verlor er die Orientierung. An eine Bank gelehnt holte er Atem. Ein strenger Geruch lag in der Luft. Eine Katze lief über den Bürgersteig. Er zitterte.

Ein Mofa kam die Straße heruntergeholpert. Es bremste auf seiner Höhe. Diamantis drehte sich um. Ein junger Schwarzer. Rasta von Kopf bis Fuß.

»He, Mann, alles klar?« Er stieg von seinem Mofa und ging auf Diamantis zu.

»Verflucht, die haben dich ja ganz schön zugerichtet. Wo willst du hin?«

»Place des Moulins.«

»Das ist gleich da«, sagte er und zeigte auf eine Straße zu seiner Linken. »Warte, ich helf dir.«

»Danke.«

Er legte zwei Ketten an sein Mofa, eine ums Vorderrad und eine ums Hinterrad, und schloss sie zusammen. »Sonst schnappen sie mir die weg«, erklärte er. Er griff Diamantis unter die Achseln. »Komm, stütz dich auf mich. Es sind nur fünfzig Meter, Alter. Du hast es geschafft.«

Diamantis ließ seine Füße eher schleifen, als dass er ging.

»Welche Nummer?«

Er musste nur noch ein paar Stufen erklimmen. Dort lag der Platz mit seinen herrlichen Platanen.

»Die 4.«

Sie drückten sich an das Geländer. Diamantis hielt sich daran fest. Er spürte seinen Körper nicht mehr. Nur noch Schmerzen überall.

»Wohnst du da?«

»Eine Freundin.«

»Die wird ihre helle Freude haben. Wirst schon sehen.«

Es war ein kleines zweistöckiges Haus. Mariette wohnte im Zweiten.

»Da«, sagte sie und reichte ihm das Glas. Er stürzte einen tiefen Schluck Whisky hinunter, dann noch einen. Er geriet in Schweiß. Mariette reichte ihm ein Glas Wasser und zwei Schmerztabletten.

»Schluck die.«

Das Wasser war kühl. »Mehr«, sagte er.

»Whisky?«

»Wasser.«

Sie schenkte ihm nach. Dann half sie ihm hoch und führte ihn ins Schlafzimmer. Es war in sanftes, blaues Licht getaucht. Sie half ihm, sich auf dem Bett auszustrecken.

»Tut mir Leid«, stammelte er schwach.

Die Augen fielen ihm zu.

»Pst«, flüsterte sie ihm ins Ohr. Sie zog ihn vorsichtig aus, wobei sie versuchte, ihn so wenig wie möglich zu bewegen, kehrte mit Schüssel und Handtuch zurück und wusch ihm das Blut von Nase und Lippen. Er ließ sich zwischen die Laken gleiten. Sie waren kühl, und das tat unheimlich gut.

»Mariette ...«

Sie küsste ihn auf die Stirn.

Tiefschwarze Nacht.

Abdul Aziz und Nedim saßen sich beim Essen schweigend gegenüber. Es gab wieder Reis und Makrelen. Der Wein schmeckte immer noch scheußlich. Aber Nedim hielt lieber den Mund. Abdul Aziz blickte finster drein. Wegen Diamantis, der nicht zurückgekehrt war. Kein Grund, dass seine schlechte Laune sich gegen ihn wendete.

Dennoch musste er etwas sagen, er konnte nicht anders. Denn die Makrelen, nein, die kriegte er nicht runter.

»Bestimmt hat er ne Nutte aufgerissen. So wie der heute Morgen ausstaffiert war. Hast du nicht gesehen? Meine Fresse, war der in Schale!«

Abdul warf ihm einen tödlichen Blick zu. »Na und?«

»Nun, hör mal, er kommt nicht zurück. Das ist meine Meinung. Wo immer er seine Nase gerade reinsteckt, nach Makrelen riechts da bestimmt nicht!«

»Er sagt mir vorher Bescheid. Immer. Ich bin der Kapitän. Das ist Vorschrift.«

»Sie sind der Kapitän, okay. Niemand bestreitet das. Aber

zerbrechen Sie sich deshalb nicht den Kopf. Ob wir zu zweit sind oder zu dritt, was ändert das schon? Nichts. Keine Gefahr, dass die *Aldebaran* ohne ihn ausläuft. Oder?«

Nedim stand auf und sammelte seinen Teller, Glas und Bestecke ein. Er wusch sie pfeifend ab, mit sich zufrieden. Er drehte sich wieder zu Abdul. »Wie wärs mit einer Partie Domino?«

»Du bist ne Niete bei dem Spiel.«

»Niete, Niete ... Das sagt sich so leicht.«

»Einverstanden«, lenkte Abdul ein. Was nützte es letztendlich, sich den Kopf zu zermartern. Nedim hatte Recht. Diamantis' Liebesabenteuer gingen ihn nichts an. Er beschwerte sich aus Prinzip. Prinzipien waren das Einzige, was ihm noch geblieben war.

Nedim spielte schlecht. Er war unfähig, sich zu konzentrieren. Er dachte an Diamantis. Was für ein Geheimniskrämer aber auch! Der hätte mir doch sagen können, zum Teufel, dass er heute Abend nicht wiederkommt. Vertraut er mir nicht? Bin ich ihm vielleicht zu dämlich? Klar, das musste Diamantis denken. Gut, er hat mir geholfen, ganz gewaltig sogar, aber in Sachen Vertrauen, eine Flasche, der Typ. Schade. Ja, verdammt schade. Diamantis könnte ein Freund sein, ein wahrer. Sogar nach der Sache hier. Er lächelte.

Abdul Aziz bemerkte Nedims feines Lächeln. Was für hinterlistige Züge führte er im Schilde? Er hatte noch vier Spielsteine, und nach seiner Rechnung war Nedim so gut wie verbaut. Er hatte nur noch eine einzige Chance.

»Worüber lachst du?«

Wenn er Nedim zum Sprechen brachte, würde er ihn ablenken. Abdul wollte sich keinesfalls in einem so einfachen Spiel von Nedim schlagen lassen. Vor allem, weil Nedim keine

Hemmungen haben würde, ihn auszulachen. Ihm direkt ins Gesicht zu lachen, schlimmer als ein Italiener.

»Diamantis«, sagte Nedim. »Stellen Sie sich vor, wie die gucken, bei mir, wenn ich erzähl, dass mein bester Freund Grieche ist.«

»Er ist dein bester Freund?«, hakte Abdul mit einem Anflug von Eifersucht nach.

»Nein, nein ... das hab ich nur so gesagt. Für uns sind die Griechen alle Hurensöhne. Mir ist das egal ... Türken, Griechen. Wir futtern alle gefüllte Weinblätter ...«

»Was ist, spielst du?«

Ohne nachzudenken, spielte Nedim die Drei-Zwei, dann ließ er Abdul freie Hand. Der legte die doppelte Zwei. Nedim war definitiv eingemauert.

»Ah, Scheiße, ich geb auf.«

»Du bist ne Niete bei dem Spiel, das hab ich dir gleich gesagt.«

»Ja, ja ... Mit einem kleinen Schluck würde es besser gehen. Wissen Sie nicht, wo er seine Flasche versteckt hat?«

»In seiner Kabine zweifellos.«

Nedim sah ihn an. »Sie als Kapitän können vielleicht in seine Kabine? Sie erklären es ihm dann schon.«

Abdul war noch nicht müde und hatte selbst nichts gegen ein Glas einzuwenden. Nedims Gesellschaft war nicht unangenehm, auch wenn die Gespräche mit ihm sich oft auf die einfachsten Dinge beschränkten. Heute Abend kam sie ihm jedenfalls gerade recht.

Den ganzen Tag hatte er sich rumgeärgert wie ein getretener Köter. Er war nicht einmal dazu gekommen, zehn Seiten in seinem Buch *Der Libanon nach dem Krieg* zu lesen, einem Geschenk von Walid. »Es geht darum herauszufinden, ob dieses Land mit den Dämonen der ethnischen Säuberung abgeschlossen hat, nicht mehr und nicht weniger«, betonte der Soziologe Ahmad Beydoun, »und ob der Frieden, der hier nicht vom Gleichgewicht der unterschiedlichen Gemeinschaften zu trennen ist, auf Dauer eine Chance hat.« In seinem Kopf fuhren die Gedanken Achterbahn. Céphée, der Libanon, Constantin Takis, die *Aldebaran,* die Frauen, die er geliebt hatte, die Häfen, die er angelaufen hatte, Diamantis, das Alter, sein Bruder und seine Investitionspläne, die Kinder, die ohne ihn aufwuchsen, das Geld, das er bräuchte, um sich im Libanon niederzulassen, die Ruinen von Byblos, wieder Céphée, immer wieder Céphée. Er hatte das Buch zugeklappt. Er war auf eine schiefe Ebene geraten.

In Wirklichkeit hatte er begonnen, der Zukunft ins Auge zu sehen. Das war sein eigentliches Problem. Céphée hatte ihn in diese Falle gelockt. Die Zukunft. An die bevorstehenden Tage denken. Ihnen einen Sinn geben. Sie organisieren. Céphée war in seinem Leben nur eine Zeitbombe gewesen. Sie war explodiert, und jetzt zerbrach seine Existenz in tausend Stücke. Er war dabei, die Scherben aufzusammeln, die um ihn herum verstreut lagen.

Die Linie des Horizonts erregte ihn nicht mehr so wie früher, hatte er heute Nachmittag auf dem Deck festgestellt. Dahinter waren keine Träume mehr, keine Geschichten, die gelebt werden wollten. Man kommt immer von der anderen Seite des Horizonts zurück. Wie man immer aus seinen Träumen wiederkehrt. Eines Morgens findet man sich unter einem Dach mit Frau und Kindern wieder, in einem hübschen Haus, mit klaren Regeln, festen Gewohnheiten, sich wiederholenden Gesten, gekünsteltem Lächeln, flüchtigen Küssen in der Frühe, den Sorgen mit den Kindern, den Problemen am Monatsende ... Der Gedanke machte ihn missmutig, aber er konnte nichts dagegen tun.

Als sie ihn zu einer Entscheidung drängte, hatte Céphée ihn in diese Realität zurückgeholt. Und er stellte fest, dass ihm plötzlich die Leidenschaft abhanden gekommen war. Heute war er nicht mehr als ein Angestellter. Das Meer sicherte ihm nur noch die Existenz. Er konnte ebenso gut Händler sein, wie sein Bruder Walid. Oder Hotelier oder Gastwirt.

Er stellte sich in der Rolle von Pepe Abed vor, dem Besitzer des *Fishing Club* in Byblos. Silbrige Haare unter einer Kapitänsmütze, in einen blauen Blazer und weiße Hosen gezwängt. Mit fünfundsechzig hatte er sein Glück im leichtlebigen Vorkriegslibanon gemacht. Er hatte die schwarzen Jahre unbekümmert überstanden und war heute in Byblos das, was Eddie Barclay in Saint-Tropez darstellte.

Sein Club war zu einer Art Museum für Marineantiquitäten geworden, wo man sich drängte, seinen Geschichten zu lauschen. Ava Gardner war dort gewesen. Raquel Welch, Anita Ekberg. Auch Marlon Brando. Abed ist mal Pepe der Pirat, mal Pepe der Caballero. Und niemand scherte sich darum, ob seine Geschichten wahr waren. Abdul hatte Céphée dorthin geführt, weil seine Küche – *mezze* oder gegrillter Fisch – hervorragend war. »Hoffentlich wirst du am Ende nicht wie er«, hatte Céphée gescherzt, als sie in ihrem Zimmer waren. Sie hatten gelacht. Das war so lange her. Fünfzehn Jahre. Vielleicht sah sie ihn jetzt so. Wie er von seinen Abenteuern berichtet, ein Glas Margarita in der Hand, mit derselben Überzeugung wie an jenem Abend auf der Terrasse in Dakar.

Er verzog das Gesicht. Tief in seinem Magen bildete sich ein Kloß. Céphée ließ ihn im Stich, er sie aber auch. Sie war nicht mehr sein guter Stern, der ihm Glück brachte.

Am Nachmittag hatte er seine Hängematte unter dem Druck der Hitze im Schatten auf dem Hauptdeck aufgehängt. Mit geschlossenen Augen ausgestreckt, hatte er versucht, die erregenden Bilder von Céphée heraufzubeschwören. Der Drang nach Befriedigung. Sich in Zuckungen ergehen. Die Augen geschlossen. Feuchte Luft dringt ins Haus. Das drohende Gewitter. Céphée steht unter der Dusche, und er schaut zu, wie das Wasser über ihren sepiabraunen Körper läuft. Sie liebt es, wenn er sie ansieht. Sie lässt sich Zeit.

Ohne sich abzutrocknen, kommt sie zu ihm ins Schlafzimmer, legt ihm ihre feuchten Hände auf die Schultern und stößt ihn rückwärts aufs Bett. Ihre Brüste sind glatt, noch leicht feucht, kühl. Sie hängt sich an ihn wie ein Saugnapf. Ihr Geschlecht ... Er hatte seinen schlaffen Schwanz losgelassen. Die Lust war weg. Seine Lust auf Céphée.

Das ist es, dachte er. Plötzlich war ihm klar, warum er ihr nicht mehr schreiben konnte. Ihre Geschichte ging zu Ende. Nicht einmal das Begehren vereinte sie noch. Er war über dem Gedanken eingeschlafen, dass er sich morgen eine Hure suchen würde, um wieder an sein eigentliches Leben anzuknüpfen.

Abdul nahm einen kräftigen Schluck Whisky, direkt aus der Flasche.

»Zum Teufel! Sie trinken heimlich!«, rief Nedim aus.

Er hatte ihn nicht kommen hören.

»Ich hab mir Sorgen gemacht.«

Abdul stand mitten in Diamantis' Kabine. Er hatte mechanisch nach der Whiskyflasche gegriffen und war so stehen geblieben. Der Alkohol brannte ihm im Magen, dort, wo der Kloß saß. Er begann zu schwitzen.

»Gehts Ihnen nicht gut? Sie sind ja ganz blass.«

Sein Blick ging in die Ferne. Aufs Meer hinaus. »Dort, wo wir nachts von aller Welt verlassen sind«, wie er Céphée neulich erst geschrieben hatte. In seinem letzten Brief. Er erinnerte sich an dieses Gefühl mitten auf dem Ozean. Der Pazifik geht in einer stern- und mondlosen Nacht in den Himmel über. Nichts kann man um sich herum erkennen, nicht einmal die Myriaden von Wellen, die sich am Schiffsrumpf brechen. Unser Gesichtsfeld verengt sich und konzentriert sich auf das, was die Welt ausmacht: auf uns selbst.

»He! Alles klar?« Nedim berührte ihn leicht an der Schulter. Aus Angst, dass er umfallen könnte. Das würde gerade noch fehlen, dachte er.

Abdul sah Nedim an. Er kam wieder zu sich, in die Wirklichkeit. »Wenn wir in der Zukunft nicht finden, was wir uns wünschen«, hatte der Hellseher Diouf gesagt, »dann, weil wir nicht zu suchen verstehen.«

»Ich glaube nicht an Magie«, hatte er geantwortet.

Diouf hatte ihn traurig angelächelt. »Woran glauben Sie dann?«

»An gar nichts.«

»Sie tun mir Leid.«

»Ich bin nicht zu bemitleiden.«

»Eines Tages werden Sie verstehen.«

»Möglich.«

Abdul Aziz hatte dem alten Mann zehn Dollar hingeblättert. Wütend auf sich selbst, weil er Céphée zu Gefallen eingewilligt hatte, den Wahrsager aufzusuchen. Zu Anfang war es nur ein Spiel. Was denken Sie von mir? Werde ich mich guter Gesundheit erfreuen? Werde ich glücklich sein? Werde ich mehr Geld verdienen? Céphée hatte ihn zuerst zurate gezogen. Sie hatte ihm nie verraten, was Diouf ihr geweissagt hatte.

Der Wahrsager hatte ihn zurückbegleitet. »Denken Sie immer daran, so stark ein Mann auch sein mag, er ist es nicht unter allen Umständen.«

Abdul drehte sich zu Nedim, der unruhig dastand und nicht wusste, was er tun sollte. »Weißt du was, Nedim, morgen bringst du mir mit Diamantis das Hauptdeck in Ordnung. Das ist ja der reinste Sauverhau.«

Nedim sah ihn verblüfft an. »Es ist nur … Ich muss morgen einen Fahrer finden.«

»Morgen hast du Wache. Punkt. Du teilst dir deine Zeit mit Diamantis ein. Ich habe jede Menge in der Stadt zu erledigen.«

»Sagen Sie«, stieß er aus, von Abduls Worten wie vor den Kopf geschlagen, »kann ich die Flasche auch mal haben. Ein kleiner Schluck kann nicht schaden.«

Abdul reichte ihm die Flasche. »Was ist, willst du Revanche?«

»Nun … Spielen wir denn noch?«

»Warum sollten wir nicht mehr spielen?«

Nedim korkte die Flasche wieder zu, ein Lächeln um den Mund. »Ich werd Ihnen schon zeigen, ob ich eine Niete bin! Verdammt, ich werds Ihnen geben, aber wie!«

Aber Nedim war nicht mehr nach Spielen zu Mute. Abdul Aziz jagte ihm ein wenig Angst ein. Übergeschnappt, dachte er. Er würde sich lieber in die Falle hauen. Haufenweise Frauen erwarteten ihn für die Nacht. Superweiber. Erregend wie nur was. Jedenfalls aufregender, als mit einem Spinner an einem Tisch zu sitzen und Dominosteine aneinander zu reihen. »Oh, Aysel!«, seufzte Nedim.

16 *Ti sento addosso e non ci sei*

Der Schmerz weckte Diamantis. Ein Schmerz, den er nicht lokalisieren konnte. Er lag auf dem Rücken, die Augen weit aufgerissen. Das Schlafzimmer war in mildes Dämmerlicht getaucht. Er erahnte die Hitze hinter den Fensterläden. Das Tageslicht. Er lag allein in dem Bett, und kein Lärm drang zu ihm durch. Daraus schloss er, dass Mariette und Laure schon gegangen waren und es spät sein musste.

Er drehte den Kopf nach links. Der Wecker zeigte zehn vor neun. So spät war es auch wieder nicht. Er konnte noch ein wenig schlafen. Das würde ihm gut tun. Aber der Schmerz war zu stark. Er hatte ein trocknes, pelziges Gefühl im Mund. Neben dem Wecker, nicht zu übersehen, ein Glas Wasser. Eine Aufmerksamkeit, aber nein, er brauchte kein Wasser, sondern Kaffee. Ein Kaffee, ja, das wäre nicht schlecht.

Er rollte sich auf die Seite. Die Knüppelschläge auf Rücken, Schultern, Armen und Beinen machten sich wieder bemerkbar. Der Schmerz hatte nichts an Intensität verloren. Verdammt. Er nahm ihm den Atem. Sein Herz begann zu rasen, wie gestern Abend auf der Straße. Die Angst, die erneut in ihm hochstieg, drückte ihm auf die Blase. Pinkeln und einen Kaffee trinken.

»Na komm schon, streng dich an«, sprach er sich Mut zu. Sein Körper wollte nicht gehorchen. Sein gemarterter Körper verweigerte die Bewegung, den Schmerz. Im Bett ging es besser. »Aber selbst so tut es dir weh!«, schnauzte er sich an. »Also, wenn du aufstehst ...«

»Du stehst auf, pinkelst, trinkst einen Kaffee und schluckst eine Schmerztablette.« Das wiederholte er sich laut und deutlich, während er vorsichtig erst das eine und dann das andere

Bein bewegte. Er setzte sich auf die Bettkante. »Besser zwei Schmerztabletten. Ja. Und danach legst du dich wieder hin. Alles klar?«

Nein, war es nicht. Bei jeder Bewegung durchzuckte ihn der Schmerz wie ein Dolchstoß. Er musste wirklich pinkeln gehen. Das kam von dem vielen Bier, das er gestern Abend getrunken hatte. Er konnte noch von Glück sagen, dass er sich nicht während der Schlägerei in die Hose gemacht hatte. Nein, das würde nicht mehr vorkommen. Bevor er die Bar verlassen hatte, war er noch mal aufs Klo gegangen. Das tat er jetzt automatisch. Dringend oder nicht, er pinkelte, bevor er irgendwo hinging. Besonders wenn er zu Fuß gehen musste. Besonders nachts.

Es gelang ihm, sich aufzurichten. Den Bruchteil einer Sekunde. Dann klappte er zusammen. Sein Magen schrie. Verfluchte Fußtritte. Mit den Augen suchte er seine Unterhose, fand sie nicht. Ebenso wenig wie seine Kleider. Das war jetzt egal. Er bewegte sich zusammengekrümmt vorwärts. In der Toilette roch es nach Lavendel. Das war angenehm und widerlich zugleich.

Er schleppte sich zur Küche. Die Fensterläden waren ineinander gehakt. Alles aufgeräumt, sauber. Neben dem Herd stand eine kleine, italienische Kaffeemaschine, ein Paket Kaffee, eine Zuckerdose, eine Tasse, ein Löffel. Die Schachtel mit den Schmerztabletten. Seine Zigaretten und sein Feuerzeug. Und eine Nachricht von Mariette. Eine schöne Handschrift, groß und rund. »Bleib da. Ruh dich aus. Bis später.« Darunter »Dickes Küsschen«. Name und Telefonnummer von ihrem Arzt. »Für alle Fälle.«

Dieses Haus atmete Frieden und Sanftmut. Glück. Er kochte sich Kaffee. Auf dem Platz spielten Kinder. Fußball. Das konnte er an ihren Schreien hören. Er nahm zwei Schmerztabletten, einen Schluck Wasser, füllte das Glas erneut und goss das Basilikum auf der Fensterbank. Sofort breitete sich sein Geruch aus. Er liebte diesen Duft. Er gehörte zum friedlichen Leben.

Er stellte das Radio ein und setzte sich an den Tisch. Nachrichten. Mit ihrer üblichen Dosis an Gewalt, Hass und Toten. Bosnien erinnerte an den Libanon. Ruanda an Bosnien und Libanon zusammen. Schlimmer noch. Die Menschen hatten nichts Besseres im Kopf, als sich gegenseitig zu zerfleischen. Es fehlte immer ein Ei zum Dutzend. Also klaute man es dem Nachbarn. Der nach der Polizei rief. Oder seine Flinte hervorholte. Sich gegenseitig umbringen. Für eine Frau, ein Auto, einen falsch gesetzten Zaun, ein Stück zertrampelter Erde, eine Religion, ein Land. Es gab immer einen, der sich für was Besseres hielt. Für reiner. Gerechter. Und der Köpfe rollen ließ, mordete, massakrierte. Im Namen der Vernunft ...

Diamantis wechselte den Sender. Dieselben Nachrichten, aber mit Kommentar. In Marseille war in einem Viertel, das er nicht kannte, eine Schule von einigen Schülern geplündert worden. Man fragte sich, warum. Der Direktor. Die Lehrer. Die Eltern der Schüler ... Er schaltete das Radio aus. Das war deprimierend.

Er trank eine zweite Tasse Kaffee, zu der er eine Zigarette rauchte, und stand auf die Tischkante gestützt auf. Wie ein Greis. Er fühlte sich alt. Schwerfällig ging er ins Wohnzimmer. Zur Stereoanlage. Er brauchte Musik. Santana, Dylan, Khaled, Verdi, Tito Puente, die Stones ... Mariette besaß eine ungewöhnliche Auswahl. Das liebte er. Er fand, was er suchte. Gianmaria Testa. Das Haus füllte sich mit dem Klang seiner Stimme.

Io ti parlavo ancora e tu eri già partito.
E quello che dicevo non lo ascoltavi più.

La musica, il bicchiere le altre sere
ti avrebbero legato qui ma non adesso.
Ti sento addosso e non ci sei …

Von diesen Tönen gewiegt, schlief Diamantis bei dem Versuch ein, den Text zu verstehen. *Ti sento addosso e non ci sei … Ich spüre dich bei mir, und du bist nicht mehr da …* Du bist nicht mehr da. Warum bist du nicht mehr da? Wer ist nicht mehr da?

Als er die Augen wieder aufschlug, sah er in Mariettes Gesicht. Rund und sanft. Umgeben von einem Hof leuchtender Haare wie ein Heiligenschein. Eine Erscheinung. Sie lächelte ihn an. Die Fensterläden standen jetzt einen Spalt offen. Ein Sonnenstrahl fiel ins Zimmer. Mariette strahlte im Gegenlicht.

Er lächelte zurück. Die Augen fielen ihm ungewollt wieder zu. Sein Kopf war noch schwer. Sein Körper zweifellos auch. Er spürte ihn nicht mehr. Der Schmerz hatte ihn in Blei verwandelt. Er war schweißgebadet.

»Wie fühlst du dich?«, hörte er sie fragen.

Aufwachen. Vielleicht würde es helfen, wenn sie eine Hand auf seine Stirn legte. Das würde ihm gut tun. Den Schweiß beruhigen, der ihm über die Schläfen rann.

Er nickte, ohne zu antworten, und lächelte ihr erneut zu.

»Du bist ganz heiß.« Sie legte ihm die Hand auf die Stirn. Kühl und leicht. Mariette, die Oase. Er ließ seinen Körper von dieser Frische durchtränken.

»Ich hab Durst«, sagte er.

Und die Augen fielen ihm wieder zu.

Sie half ihm zu duschen. Seifte ihn ein, duschte und trocknete ihn ab. Sein Körper war voller blauer Flecken. Unter dem fast kalten Wasserstrahl kehrte langsam Leben in ihn zurück. Die

Dinge rückten wieder an ihren Platz. In seinem Kopf begannen die Fragen wieder zu pulsieren wie das Blut in seinen Adern und an der Spitze seines Gliedes, als Mariettes seifige Finger vom Bauch über die Leisten glitten. Sehr geschickte Finger. Eine süße Erregung machte sich bemerkbar. Er wünschte, sie würden noch ein paar Augenblicke dort verweilen. Oder länger vielleicht, ja, danach sehnte er sich. Aber sie überging seine Erektion, erwähnte sie mit keinem Wort, sondern drehte ihn um.

Beim Kaffee erzählte er Mariette alles. Er war neu gekleidet. Sie hatte ihm eine beige Leinenhose gekauft, ein großes, weißes T-Shirt und sogar eine Unterhose.

»Blut geht schlecht raus aus den Klamotten«, hatte sie gesagt. Sie fand, er war ein schöner Mann. Sogar mit dem lila, mittlerweile fast schwarzen Veilchen unter dem Auge.

»Ich bin wohl kein besonders erfreulicher Anblick.«

Sie lachte, stand auf, verschwand und kam mit einer großen Sonnenbrille wieder, die sie ihm auf die Nase setzte.

»Na bitte. Sie sind ein Prachtskerl, Monsieur!«

Sie lachte wieder, und ihre Fröhlichkeit steckte ihn an. Noch ein Moment der Freude, den sie dem Leben abluchsten, das draußen ungeduldig auf Diamantis' Rückkehr wartete. Um erneut Besitz von ihm zu ergreifen. Mit seinen Fragen und Zweifeln. Seinen Gesetzen und Vorschriften. Weil man das Leben nicht einfach zurücklassen kann. Eine Tür ist entweder offen oder geschlossen sein. Was tun? Die Tür öffnen, um zu verstehen, was er hinter sich gelassen hatte? Oder die Tür für immer hinter sich schließen? Was wollte er? Er wusste es selbst nicht mehr recht. Amina. Würde sie sich überhaupt an ihn erinnern? Zwanzig Jahre. Musste er zurückkehren? Und warum? Um zu gestehen, dass er vor ihr geflohen war, in tödlicher Angst. Und um ihr zu sagen … Ihr was zu sagen? »Es tut mir alles schrecklich Leid. Ich habe jetzt mein Leben. Du hast deins.« Tat er das für sie oder für sich? Und was erwartete er von ihr? »Ich verzeihe dir, Diamantis. Über Todesangst kann man nicht urteilen.« War es nicht das, was er hören wollte? Ihre Vergebung. Hätte er erst einmal ihre Absolution, wäre es nicht mehr sein Problem, wenn sie sich reihenweise von irgendwelchen Kerlen vögeln ließ.

Nein. Die Fragen wüteten in seinem Kopf. Amina hatte ihm viel gegeben. Alles. Ihren Körper und ihre Träume. Sie hatte ihre Hoffnungen in seinen Schoß gelegt. Sie hatten sich mehr als nur geliebt. Sie hatten angefangen, etwas aufzubauen. Mit der Ungeduld des Verlangens.

Amina schlief zum zweiten Mal in ihrem Leben mit einem Mann. Das gestand sie ihm ohne jede Scham. Der Erste, der sie gefickt hatte – sie hatte das einfach so gesagt, ohne Tremolo, mit ausdrucksloser Stimme –, der zählte nicht. Sie wollte nicht über ihn sprechen. Eines Tages vielleicht. Auf dem Schiff, das ihn von ihr forttrug, hatte er sich gefragt, ob der Kerl, der sie entjungfert hatte, nicht ihr Vater war. Oder sein Kumpel, der Fallschirmspringer. Oder ein Kumpel des Fallschirmspringers.

Nein. Das konnte er nicht. Wenn er das Kapitel abschloss, gestand er sich damit ein, dass er Amina nicht geliebt hatte. Lieben verlangte auch Mut. Zwanzig Jahre waren nichts, änderten nichts. Es gab nur die Wahrheit der Gefühle. Seiner Liebe. Wahr. Falsch.

In seinen Schläfen begann es zu pochen. Die Fragen erweckten den Schmerz zu neuem Leben. Er spürte ihn die Wirbelsäule hochkriechen wie einen Schwarm Ameisen. Er würde bis in den Kopf vordringen und wieder von innen gegen die Schädeldecke hämmern. Er musste sich entscheiden.

»Was rätst du mir?«, fragte er schließlich Mariette.

Sie musterte ihn von Kopf bis Fuß. Jetzt nicht mehr lachend. Völlig ernst. »Willst du das wirklich wissen?«

Während er erzählt hatte, war sie ihm in allem gefolgt, was ihn bewegte. Sie war gerührt. Er war ein starker Mann. Nicht einmal seine Zweifel waren Schwächen. Er mochte sich verirren, aber er verlor nie das Ziel aus den Augen, das er sich gesetzt hatte. Sie dachte daran, was er ihr gestern in der Pizzeria über Odysseus erzählt hatte. »Belebt von dem friedlichen Heldenmut, die Grenzen einer voll und ganz menschlichen Welt nicht zu überschreiten.«

Diamantis hatte etwas von Odysseus. Er schien mitten im Herzen seines Dramas zu leben. Weil er von Grund auf frei war. Und weil das Drama immer mit der Bejahung der Freiheit begann. Sie antwortete ihm genau das, was er nicht hören wollte. Oder was er nicht mehr hören konnte. Sie sagte es ihm mit voller Liebe, die sie in sich aufkeimen spürte.

»Vergiss die Vergangenheit, Diamantis. Lass sie ruhen. Das ist es, was ich denke. Und auch, dass du dieses Schiff verlassen solltest. Wenn du wieder zur See fahren willst, fahr wieder zur See. Aber bleib nicht dort an Bord und käue deine Gedanken wieder.« Und sie fügte hinzu, weil auch das gesagt werden musste: »Du kannst hier bleiben. Kein Problem. Solange du willst. Laure und ich kommen schon zurecht«, setzte sie noch hinzu, damit er sich keine Sorgen machte. »Ich kann sie mit zu mir nehmen und dir ihr Zimmer lassen.«

»Du hast Recht«, antwortete er. Er wusste, dass sie Recht hatte. »Ja, du hast Recht.«

Sie glaubte ihm nicht.

»Aber ... Ich muss an Bord. Sie machen sich bestimmt Sorgen.« Für einen Moment wich er Mariettes Blick aus. Aber das war nicht nötig. Er brauchte sie nicht zu belügen. Er sah ihr wieder in die Augen.

»Ich weiß noch nicht, Mariette. Ich weiß noch nicht.«

»Ich fahr dich hin.«

Sie brachte ihn bis zum Kontrollposten. »Wirds gehen?«, fragte sie und hielt ihm die Tür auf.

Sie hatten nicht miteinander gesprochen, seit sie in den Wagen gestiegen waren.

»Ja ... die fünfhundert Meter werde ich überleben«, versuchte er zu scherzen.

Er drehte sich zu ihr um. Sie war schön. Es war nicht Aminas Schönheit. Auch nicht Melinas. Vielleicht wäre Mariette ihm auf der Straße nicht einmal aufgefallen, wenn da nicht Toinou gewesen wäre, wenn er es neulich Nachmittag nicht zugelassen hätte, dass sein Blick sich in ihren Augen verlor. Aber jetzt vor ihm, in diesem Gefühl, das sie erfüllte, und diesem Gesichtsausdruck, der trotz allem nichts preisgab, jetzt, ja, war sie die schönste Frau, die ihm je begegnet war.

Er umarmte sie und vergrub sein Gesicht in ihren Haaren. Er fand den Geruch wieder, den er die ganze Nacht auf seinem Kopfkissen eingeatmet hatte. Ein Geruch, der bereits zu ihm gehörte.

Sie sah ihn nicht mehr an. Ihr Blick war auf die *Aldebaran* gerichtet. Als könnte sie plötzlich auslaufen.

Diamantis versuchte zu scherzen: »Du hast meine schmutzigen Sachen als Pfand, sogar meine Unterhose!« Er machte sich hastig los, küsste sie flüchtig auf die Lippen und ging Richtung Kontrollposten. Ohne sich umzusehen.

Er zeigte dem Wächter seinen Passierschein. Der junge Mann musterte ihn. Sein Blick blieb an Diamantis' Sonnenbrille hängen. Der violette Fleck lugte darunter hervor.

Diamantis nahm die Brille ab, damit er ihn gründlich ins Visier nehmen konnte.

»Hübsch«, grinste er und fügte hinzu: »Ich habe eine Nachricht für Sie.«

Er reichte ihm einen kleinen weißen Umschlag. Auf einer Karte stand von ungeschickter Hand: »14 Uhr. Ich bin im *Flots-Bleus,* Strand des Propheten. Bis sieben. Komm. Amina.« Amina. Sein Herz begann zu schlagen. Amina. Er drehte sich um und sah, wie Mariettes Wagen davonfuhr.

Der Wachmann ließ ihn nicht aus den Augen.

»Wann hat man Ihnen das gegeben?«

»Vor knapp einer Stunde.«

»Eine Frau?«, fragte er neugierig.

Nur um herauszufinden, ob Amina bis hier heraus gekommen war. Er ärgerte sich schon über sich selbst, weil er sie verpasst hatte.

»Eine junge Frau. Araberin, oder so ähnlich.« Der Wachmann zwinkerte ihm zu, ganz Komplize. »Verdammt gut aussehend obendrein.«

Diamantis war enttäuscht. »Danke«, sagte er nachdenklich. »Eine junge Frau?«, hakte er nach. »Wie alt?«

»Zwanzig, kaum mehr. Ihr Freund schien sie gut zu kennen.«

»Mein Freund?«

»Der Türke, Sie wissen schon. Der, der zurückgekommen ist. Dieselbe, mit der er abgezogen ist.«

Diamantis verstand gar nichts mehr. »Warten Sie, sagen Sie das noch mal, langsam.«

17 Noch weit entfernt vom Tor der Glückseligkeit

Lalla war ziemlich stolz auf sich. Zwar brachte sie nur Nedim mit, aber der andere, dieser Diamantis, den Gaby unbedingt sehen wollte, würde zwangsläufig aufkreuzen, wenn er ihre Nachricht erhielt. Zumindest hoffte Lalla, dass es so ablaufen würde. Jetzt schlichen sich leichte Zweifel ein. Nedim hatte ihr gesagt, dass Diamantis letzte Nacht nicht zurückgekehrt war.

»Wenn du mich fragst, der hat sich ne flotte Biene geangelt. Wer weiß, er wird heute Nacht wohl wieder auswärts schlafen. Wir kommen auch ohne ihn aus, oder nicht?«

Er warf Lalla einen Blick zu. Im Profil sah sie ebenso aufreizend aus wie von vorn. Das kam selten vor. Das Profil war entscheidend bei einer Frau. So viele hatte er gekannt, die, kaum wendeten sie den Kopf, nur noch Adlernase oder Spitzkinn zeigten. Lallas Profil hingegen war perfekt von oben bis unten, und Nedim ließ sich nicht das Geringste davon entgehen. Dieses Mädchen verdiente etwas Besseres als das Schummerlicht der Nachtclubs.

Vor allem hatten es ihm ihre Beine angetan. Sie trug einen schwarzen, engen, superkurzen Rock. Die Bewegung ihrer Oberschenkel, wenn sie bremste oder auf die Kupplung trat, ließ ihn erschauern. Er brannte vor Lust, seine Hand darauf zu legen. Aber er brachte sich zur Vernunft. Scheiße, bloß weil sie gekommen war, ihn abzuholen, konnte er sich nicht alles herausnehmen. Später vielleicht. Bestimmt sogar. Ja, er würde Lalla rumkriegen. Und dieser Spinner Abdul Aziz mit seinem Domino, das konnte er sich heute Nacht in den Arsch stecken.

Beim Whisky hatten sie noch drei Partien gespielt. Nedim hatte alle drei verloren.

»Kannst du nicht mal die Klappe halten?«, hatte Abdul gefragt. Nedim redete zu viel, deshalb konnte er sich nicht konzentrieren. Aber Reden war nun mal Nedims zweite Natur. »Wenn wir nicht miteinander reden, wozu können wir dann sprechen, he?«, hätte Nedim am liebsten geantwortet. Aber er schluckte es runter. Abdul spielte, um zu gewinnen, und Nedim, um zu reden. Zwei getrennte Welten. Deshalb wurde Abdul wunderlich. Er sprach wenig und dachte zu viel.

»Warum hauen Sie hier nicht ab?« Nedim konnte sich die Frage nicht verkneifen. Sie standen am Anfang der vierten Partie.

»Darum«, antwortete Abdul.

»Und was sagt Ihre Frau dazu, dass Sie hier rumhängen?«

»Du gehst mir auf den Wecker, Nedim! Stell ich dir etwa irgendwelche Fragen?«

»Das ist es ja ... Wenn Sie mir welche stellen würden, würde ich Ihnen sagen, in was für einem Dreck ich stecke. Das ist wirklich wahr! Verdammt, ich hab mit meiner Mutter telefoniert. Ich hab angekündigt, dass ich komme. ›Es ist vorbei, ich gehe nicht mehr fort, Mama.‹ Begreifen Sie? Jetzt wartet das ganze Dorf auf mich. Besonders meine Braut ...«

»Nedim, du hättest längst da sein können.«

»Ja, ja .... Aber ich bin nicht dort. Und was mach ich jetzt? Das frage ich Sie. Sie glauben doch nicht im Ernst, dass ich Ihren Saustall auf dem Deck aufräume! Nein, verdammt noch mal ...« Er hatte sich die Flasche geschnappt und ihre Gläser neu gefüllt. »Hören Sie«, hatte er gedrängt und sich über die Dominosteine gebeugt, »wir können einen Trick finden. Sagen, dass ich von Arabern überfallen worden bin, irgend so was ...«

»Von Arabern?«

»Ja, nein, Sie verstehen schon. Wer auch immer, das kommt nicht so drauf an. Sie stecken mir etwas Geld zu oder ein Zugticket und ich verschwinde. Ciao, Nedim. Das wars, verflucht, das ist doch nicht so schwer.«

Ein Zugticket, seine hundert Dollar, drei- oder vierhundert Francs, die er Abdul Aziz aus der Nase ziehen könnte, wenn er sich als Volltrottel ausgab, und vielleicht sogar noch einmal so viel von Diamantis, wenn er sich an seiner Schulter ausweinte – damit könnte er in sein Dorf zurückkehren, ohne eine allzu jämmerliche Figur abzugeben. Er würde die Dollar seiner Mutter, Aysel, ihrem Vater und seinen Freunden zeigen. Alle Welt würde glauben, er hätte die Taschen voll. Man würde ihn ernst nehmen. Das war ein guter Plan.

Abdul, der verrückte Spinner, war nicht darauf eingegangen. »Spiel«, hatte er nur gesagt. »Spiel und halt die Schnauze.«

»Wo fahren wir hin?«, fragte er Lalla, als er sah, dass sie am Alten Hafen Richtung Quai de Rive-Neuve und Corniche fuhr.

»Wir treffen uns mit Gaby in einer Bar. He, du bist ja nicht gerade gesprächig heute.«

Nedim musste lachen. Kaum hielt er einmal den Mund, warf man es ihm vor. »Kann ich eine Zigarette von dir schnorren?«

Lalla hatte die Schachtel mit dem Feuerzeug auf ihrem Schoß liegen, in der Mulde zwischen den Beinen auf dem kurzen Rock. »Bedien dich«, sagte sie.

Seine Samenleiter reagierten prompt. Als er das Päckchen auf ihren Rock zurücklegte, konnte Nedim sich natürlich nicht beherrschen und musste ihren Oberschenkel streifen. Lalla lächelte. Der Typ war wie Wachs in ihren Händen. Sie verstand, warum Gaby ihn haben wollte.

»Wenn Diamantis nicht da ist, bring den anderen mit, Nedim. Und hinterlass eine Nachricht für Diamantis. Damit er weiß, wo er uns findet.«

Lalla hatte keine Fragen gestellt. Sie war bei dem Wachmann an Tor 3A aufgekreuzt, lächelnd von Kopf bis Fuß in einem Hauch von Rock und mit leicht geöffneter Bluse. Auf den Empfangsschalter gestützt, damit ihr Busen zur Geltung kam, setzte sie ihm auseinander, dass sie Diamantis, einen Seemann von der *Aldebaran,* zu sprechen wünschte. Dringend!

»Diamantis ist Erster Offizier, kein einfacher Seemann. Er ist nicht da. An Bord ist nur ein Seemann. Der Kapitän ist schon vor einiger Zeit fortgegangen. Geht es um die Mannschaft?«

Lalla hatte sich eine Zigarette angesteckt, während sie ihn fest ansah. Wenn sie so an ihrer Kippe zog, einen langen Zug machte, war sie unwiderstehlich. Das hatte ihr ein Kerl gesagt. Sie zweifelte nicht daran.

»Wie heißen Sie mit Vornamen?«

»Vincent«, antwortete er verwirrt. Seine Augen wanderten von Lallas Lippen zu ihrem Ausschnitt.

»Gut, Vincent, kann ich Taksim sprechen? Nedim Taksim.«

»Den Türken?«

»Es ist dringend, Vincent. Da Diamantis nicht hier ist ...«

Er hatte die Schranke am Eingang geschlossen und sich mit seinem Dienstwagen, einem R5, auf die Suche nach Nedim gemacht. »Sagen Sie, dass ich gleich zurück bin, wenn einer kommt.«

»Keine Sorge, Vincent.« Sie hätte zehn Laster reinlassen können, um sämtliche Container im Hafen auszuräumen. Bei dem Gedanken musste sie lächeln.

Während der Fahrt dachte Lalla an Gaby. Seit Diamantis im *Habana* aufgetaucht war, war sie nicht mehr dieselbe. Nervöser, zerstreuter. Abwesend. Und nachdenklich. Das war nicht Gabys Art. Sie verstand es, die Typen einzulullen und ihnen das Geld aus der Nase zu ziehen, aber kalt. Sie beherrschte ihr Handwerk. In Nedim hatte sie auf den ersten Blick das perfekte Opfer erkannt.

Sie war einen Schritt zurückgetreten.

»Oh, mein Gott!«, hatte sie ausgerufen.

»Was ist?«, hatte Lalla gefragt.

Gaby hatte sich auf einen Stuhl fallen lassen, schockiert. »Der Typ da. Bei Dug.«

Lalla hatte sich den Typ diskret aus der Nähe angesehen und war zu Gaby zurückgekehrt. Sie sog krampfhaft an einer Zigarette. »Wer ist das?«

»Den hab ich mal geliebt. Vor langer Zeit. Er erinnert sich bestimmt nicht einmal mehr an mich.«

»Na und?«

»Verstehst du denn nicht, Lalla. Wir nehmen einen Dummkopf aus, und ich stolpere über ihn. Diamantis.«

Nein, Lalla verstand nicht. »Was hat der Typ dir getan?«

»Was er mir getan hat?« Gabys Blick hatte sich auf den Spuren der Vergangenheit verloren. In jener kurzen, glücklichen Zeit, als sie sich Amina nannte. Sie konnte sich an einen Augenblick erinnern. Diamantis lüftete behutsam das Sweat-Shirt, das sie direkt auf der Haut trug. Er streichelte ihren Bauch mit so viel Zärtlichkeit, dass sie ihren Körper nicht mehr spürte. Erst danach drang er in sie ein. Eine Ewigkeit danach. Da wusste sie, dass sie ihm für immer gehörte. Hinterher kam Schmutz und Dreck, aber dieser Augenblick lebte in ihr weiter.

»Nimm mich mit«, hatte sie Diamantis ins Ohr geflüstert. »Nimm mich mit.« Kurz bevor er seinen Samen in ihren Schoß spritzte. So viel Zärtlichkeit hatte Lalla noch nie in Gabys Blick gesehen.

»Ruf Dug.«

Gaby war nicht die Geschäftsführerin im *Habana*. Aber sie war es, die die Bar in Schwung hielt. Mit Lalla. Niemand konnte die Männer so gut um den Finger wickeln. Die drei anderen Mädchen, die dort beschäftigt waren, konnten ihnen nicht das Wasser reichen. Zweifellos, weil Gaby und Lalla ihren Spaß bei der Sache hatten. Zweifellos ebenfalls, weil sie beide nicht an den Märchenprinzen glaubten, der sie dort herausholen würde. Und vor allem, weil sie sich weigerten, mit den Kunden zu schlafen.

Dug konnte sich noch an das Mal erinnern, als Lalla Gaby gestand, dass sie mit einem Kunden ins Hotel gegangen war. Lalla war erst zwei Monate da. Sie war mittags kleinlaut zurückgekehrt. Gaby, die sie bei sich zu Hause aufgenommen hatte, wartete wutschnaubend im *Habana* auf sie.

»Na, wie viel hat er dir zugesteckt?«

»Tausend.« Nein, Lalla war nicht stolz auf sich. Der Typ, ein Pariser Journalist, hatte ihr das Dreifache versprochen.

»Tausend für einmal?«

»Für die Nacht.«

Die Ohrfeige klatschte.

»In einer Nacht macht jede x-beliebige Nutte aus dem Viertel leicht fünf- bis sechsmal so viel.«

»Er hat versprochen ...«

Die zweite Ohrfeige fiel.

»Erst das Geld, dann der Service. Das ist die Regel, Lalla. Also, wenn du lieber Nutte sein willst, merk dir das.«

Dug war zu Gaby gelaufen wie ein folgsamer Hund. Er hatte Diamantis nicht ohne Bedauern ziehen lassen. Seine Arroganz ging ihm auf die Nerven. Er hätte ihn sich gern vorgenommen. Aber Dug hatte Angst vor Gaby. Mehr noch vor Ricardo. Ricardo gehörte das *Habana*. Und Gaby auch.

Sie fuhren die Corniche entlang. Es gelang Nedim, seinen Blick von Lallas Beinen loszureißen, um die Reede zu betrachten. So viel Schönheit, Himmel und Meer verschmolzen miteinander, ohne dass man den Horizont genau erkennen konnte. Nedim war nie so weit gekommen. Für ihn hörte Marseille am Alten Hafen und in der unteren Hälfte der Canebière auf. Er hatte sich nie die Mühe gemacht, darüber hinaus zu gehen. Die Städte existierten nicht. Ob hier oder woanders, er war nur ein gleichgültiger Durchreisender. Eine Stadt war nichts als eine Ansammlung von Bars, Nachtclubs und Nutten. Nur in Istanbul konnte er Fuß fassen. Istanbul allein existierte.

»Schön, nicht?«, fragte Lalla.

»Kennst du Istanbul?«

Sie war nie aus Marseille herausgekommen. Selbst Marseille war ihr nicht vertraut. Sie war etwas außerhalb aufgewachsen. In Beaumont, einem italienischen Viertel im Osten. Bei ihrer Großmutter. In der Rue Tosca. Ein Vorstadtdorf aus Gärten, wo jeder seine Tomaten pflanzte. In den Straßen des Viertels pfiff man die gängigen Opernmelodien aus *Lakmé, Aida, Manon* und *Norma*.

»Du wirst sehen, Istanbul haut dich um.« Er erzählte ihr von den Straßen und Avenuen. Mit dem Dröhnen der Busse, Hupen, quietschenden Bremsen, dem Stimmengewirr der Menschen, der Menge.

»Wie hier also«, warf Lalla ein.

»Das hier ist nichts dagegen. Weißt du eigentlich, wie Istanbul früher hieß?«

»Konstantinopel.«

Das erstaunte ihn. Er hatte vergessen, dass es Konstantinopel geheißen hatte.

»Klar … Aber noch besser.«

Er sah Lalla an. Jetzt hatte er sie. »Das Tor der Glückseligkeit.«

Konstantinopel sagte Nedim überhaupt nichts. Aber »Das Tor der Glückseligkeit«, das rief viele gute Erinnerungen in ihm wach. Das erste Bier, die erste Zigarette. Das erste Mal bei den Nutten. All das. »Das Tor der Glückseligkeit«. Er hatte noch keinen schöneren Ausdruck für Bumsen gefunden.

»Ja, das Tor der Glückseligkeit.« Er gluckste vor sich hin, als er Lalla anschaute.

»Was ist daran so komisch?«, fragte sie.

»Nichts, nichts ... Du, da unten, das wäre eine Katastrophe.«

»Ach ja?«, meinte sie ausweichend und blinkte. Sie bog links in den Chemin du Vallon-de-l'Oriol und begann, nach einem Parkplatz zu suchen.

Nedim schwebte in höheren Sphären. Er würde Lalla mitnehmen und eine Kneipe wie das *Habana* in Istanbul aufmachen. In der Brunnenstraße, unterhalb der belebten Yüksek Kaldirim Cadesi. Lalla würde anderen Mädchen beibringen, wie es ging. Und dumme Neger wie diesen Dug gab es überall. Er wäre über Nacht Millionär. Für Aysel würde er ein herrliches Haus bauen. Er würde seine Mutter dort mit ihr wohnen lassen. Damit sie auf Aysel aufpasste. Weil er natürlich nicht oft im Dorf sein würde. Vor allem zu Anfang, wenn das Geschäft anlaufen musste. Später würde er sich nach einem Partner umsehen. Oder einem Geschäftsführer. Ob er Lalla das vorschlagen sollte? Geschäftsführerin zu sein? Eine Frau ist oft ehrlicher als ein Mann.

Als Lalla endlich einen Parkplatz fand, war Nedim von dieser Idee abgekommen. Es gab zu viele Unbekannte in seinem Plan. Lalla zum Beispiel. Er war nicht wirklich überzeugt, dass sie mit ihm gehen würde. Ihm war etwas Einfacheres eingefallen. Lallas Wagen und Papiere schnappen und so schnell wie möglich abhauen. Wenn alles glatt ging, konnte er in drei Stunden in Italien sein. Er müsste sich nur noch vergewissern, ob der Wagen voll getankt war.

Aber warten wir erst mal ab, wie dieser Nachmittag sich entwickelt. Lalla, er, Gaby und Diamantis, wenn er wieder auftauchte. Denn, verdammt, wenn sich vorher die Gelegenheit ergab, dieses Mädchen zu bumsen, wollte er sich das nicht entgehen lassen.

»Kommst du?«, fragte sie.

Gaby erwartete sie am Strand des Propheten. Auf der Terrasse einer Bar. *Les Flots-Bleus*. Sie trank eine Cola. Der Strand war schwarz von Menschen. Auf dem Sand wie im Wasser.

Sie lächelte Nedim zu. »Gehts wieder nach neulich Nacht?«

Diese Frau zog ihn in ihren Bann. Sie schüchterte ihn ein, machte ihn unsicher. Er fühlte sich wehrlos vor ihr, nackt. »Es geht, es geht«, stammelte er und setzte sich neben sie, plötzlich erschöpft.

Sie lächelte ihn weiter an. »Was willst du trinken? Ich zahle«, fügte sie lachend hinzu.

Der Krieg war vorbei, sagte er sich. Alles war wieder in Ordnung. Dank Diamantis. Dieser verrückte Grieche musste Gaby den Kopf verdreht haben. Anders konnte er sich die Dinge nicht erklären. Er hier, mit den beiden Frauen. Er hatte keinen Sou und wusste nicht, wie er aus dieser verfluchten Stadt rauskommen sollte, aber nun gut, es gab Schlimmeres.

»Das Gleiche. Eine Cola.«

»Du kannst gern einen Gin haben, wenn du willst«, spöttelte sie.

»Das ist vielleicht noch etwas früh, oder?« Er sah auf die Uhr.

»Eine Cola also?«

»Nein, warte, ein Bier. Ja, endgültig, ein Bier.«

»Und du?«

Lalla saß gegenüber von Nedim und war dabei, sich die Lippen nachzuziehen.

»Eine Pfefferminzlimo. Kannst du mal halten, Nedim?«, fragte sie. Sie reichte ihm einen kleinen Spiegel. In der Bewegung berührten ihre Knie die von Nedim. Er zitterte leicht.

»He, nicht wackeln!«, rief sie. Sie steckte ihr Schminkzeug wieder weg und sah ihn verschmitzt an. »Gut so?«

»Super«, bestätigte er.

»Musst nicht böse sein wegen neulich Abend«, kam Gaby wieder zur Sache. »Wir machen nur unsere Arbeit. Wenn wir unseren Umsatz nicht schaffen, gehts uns dreckig.«

»Werdet ihr geschlagen?«

»Was glaubst du denn!«, gab Lalla zurück.

Nedim wandte sich an Gaby. »Aber das«, sagte er und zeigte auf die Narbe, die sich unter dem Auge langzog, »die hast du nicht von deinem Job.« Er brannte vor Neugier. Womit hatte eine so schöne Frau es verdient, dermaßen gezeichnet zu sein. Er wettete immer noch auf einen Messerstich.

»Stimmts, die ist nicht neu?« Mit der Frage hielt er Gaby auf Distanz. Zwang sie, einen anderen Ton anzuschlagen. Er spürte wohl, dass sie ihn verachtete. Daher hatte er keine Hemmungen, den Finger in die Wunde zu bohren.

»Ja, das ist eine andere Geschichte.«

Nedim bestand nicht weiter darauf.

18 Ein Wort ist manchmal leider ein Wort

Abdul Aziz verließ das Bijou-Hotel trauriger, als er hineingegangen war. Noch ratloser. Langsam, aber sicher kam er zu der Gewissheit, dass er den Kredit seines Lebens vollständig ausgeschöpft hatte. Von heute an war er nur noch ein Verlierer. Dieses Mädchen, Stella – sie hatte sich Stella genannt –, hatte das gespürt.

»Du warst in Gedanken nicht bei mir, oder?«, hatte sie ihn hinterher bei einer Zigarette gefragt. Sie lag nackt auf dem Rücken ausgestreckt. Lasziv. Ihren linken Unterarm unter dem Kopf angewinkelt. Die Beine leicht gespreizt. Ohne Scham.

»Nein«, gab er zu.

»Du hast irgendwo eine Frau, stimmts?«

Er brummte nur nachdenklich.

Aber es war nicht Céphée, an die er gedacht hatte, während er mit Stella Liebe machte, sondern an sich selbst. Sein vermasseltes Leben. Es hatte ihm immer an Mut gefehlt. Nicht in seinem beruflichen Leben, das nicht. Er hielt sich für einen guten Kapitän. Keine der Besatzungen unter seinem Kommando konnte das Gegenteil behaupten. Er bemühte sich redlich, seine Befehle nach Vorschrift zu geben, und davon wich er nicht ab. Auch nicht, was ihn selbst betraf. Erst wenn er von Bord ging. Die Gesetze des Alltags auf See waren anders als an Land. Und er verlor sich zwischen den beiden.

Aber er wusste: Die Regeln waren die gleichen, an Land wie auf dem Meer. Für alle Menschen, ohne Unterschied. Regeln waren eine Form, die Menschen zu regieren. Der Mensch war nicht für das Gesetz gemacht. Er musste sich ihm beugen. Und in der sozialen Hierarchie galt das Anordnen mehr als das Unterordnen.

So war er von seinem Vater erzogen worden. Zu dieser Unnachgiebigkeit, die alle Gefühle verbannt. Zugunsten der guten Manieren. Der kriecherischen Korrektheit. Und dieser Frechheit, die anderen einfach als Untergebene zu betrachten. So ging er mit der Welt um. Realistisch. Effizient.

Constantin Takis war vom selben Schlag wie er. Sie hatten über die Evakuierung seiner Familie aus Beirut verhandelt, ohne auch nur für einen Moment das Drama der Menschen, einer Nation und der Volksgemeinschaften dieser Nation zu streifen. Es war nur eine Angelegenheit, die sie unter anständigen Leuten regelten. Und Constantin Takis' Frachter nahm genau die vier Personen auf, die vereinbart waren. Seinen Vater und seine Mutter, eine Tante und einen Onkel. Was ihm an Familie geblieben war. Aber unerwartet brachte sein Vater in der Freude, fliehen zu können, die Familie Rafic mit an den Kai. Kleine Bauern vom Nachbargrundstück. Seine Eltern verdankten den Rafics ihre Flucht aus dem Chouf. Der Kapitän des Frachters, ein gewisser Calvin, den Abdul nicht kannte, weigerte sich, sie mitzunehmen. Abdul Aziz hatte den Preis so weit wie möglich gedrückt, das gehörte zum Geschäft.

Als er seinen Vater ein paar Wochen später anrief, erfuhr er, dass die Familie Rafic bei einem Bombenangriff in einem Keller in Ost-Beirut ums Leben gekommen war. Sein Vater machte ihn für den Tod dieser Menschen verantwortlich. »Ohne sie wären wir nicht hier, lebend in Limassol.« Er bezichtigte Abdul der Niederträchtigkeit. »Welch ein Mangel an Menschlichkeit. So habe ich dich nicht erzogen, mein Sohn.« Sein Vater sprach nicht mehr mit ihm und verweigerte ihm noch auf dem Sterbebett seine Vergebung.

Abdul hatte schrecklich darunter gelitten. Es war ihm gelungen, seine Familie zu retten. Seine Mutter und seinen Vater zu retten. Es herrschte Krieg. Musste er auch die gesamte

Menschheit retten? Warum wollte sein Vater das nicht verstehen? Dass er das Wesentliche vollbracht hatte.

»Sicher«, hatte Céphée gesagt, »aber du hast nicht an die anderen gedacht ...«

In jener Zeit war Céphée ihm eine Hilfe gewesen. Sie sah das Leben ganz anders als er. Sie nahm die Ereignisse so, wie sie kamen, mit Fatalismus. Letztendlich blieb nur die Freude am Leben, hier und jetzt. Eine afrikanische Tugend, hatte er oft gedacht. Ihm war aufgefallen, dass Diamantis in manchen Aspekten genauso veranlagt war.

Céphée hatte ihm schon einmal geholfen, vor zehn Jahren, bei der Affäre mit der *Cygnus*. Es stimmte, was er Diamantis neulich Nacht erzählt hatte: dass ihn der Handel nach dem von der *Tex Oil* organisierten Schiffbruch zutiefst anwiderte. Auch da hatte es ihm an Mut gefehlt. Er hatte die Regel der Ausnahme vorgezogen. Das Verschweigen der Wahrheit. Er erinnerte sich an den Brief, den die Eltern von Lucio ihm geschrieben hatten, dem Schiffsjungen, der bei dem fingierten Unglück ums Leben gekommen war. Sie flehten ihn an, gegen den Kapitän und die Gesellschaft auszusagen. Sie betonten, dass die Seeleute bereit wären, seine Aussage zu bestätigen. Aber ohne ihn konnten sie nichts in die Wege leiten. Er war Erster Offizier auf der *Cygnus*. Ein Mann von Rang. Ihn würde man anhören, und die Klage würde ernst genommen werden.

Er hatte Céphée um ihre Meinung gebeten. »Was du auch tust«, hatte sie erklärt, »ich werde immer auf deiner Seite stehen. Ich liebe dich, Abdul, und Liebe lässt sich nicht verhandeln. Aber ich kann nicht für dich entscheiden. Jeder muss selbst erledigen, was er zu tun hat, so sehe ich das. Tu, was du meinst, tun zu müssen.« Er hatte Lucios Eltern nicht geantwortet.

Céphée redete wie ihr Onkel, der Wahrsager Diouf. Und Abdul konnte die Botschaft aus dem Herzen des Mannes nicht empfangen. Er verstand sich nur auf eine Denkweise: nach oben gelangen, niemandem verpflichtet sein. Je höher er stünde, desto besser könnte er Ungerechtigkeiten vermeiden. Kapitän war besser als Erster Offizier. Geld haben besser als Geld leihen.

Nein, keiner konnte ihm seitdem vorwerfen, sich untreu geworden zu sein. Er konnte den Reedern die Stirn bieten, wenn es um die Löhne der Seeleute ging, um Sicherheit, Gesundheit und Komfort an Bord. Er hatte seine Mannschaft nie übermäßig angetrieben. Nie ein Schiff verlassen, auch nicht in den ärgsten Momenten. Er war mit sich selbst im Reinen.

»Lüge«, dachte er.

»Lüge«, dachte er seit einigen Tagen. Er war im Reinen mit der Gesellschaftsordnung, aber nicht mit sich selbst. Deshalb brachte er es nicht fertig, sich mit Diamantis auszusprechen. Er hatte ihm nur seine besten Seiten offenbart. Sogar als er sich dazu hinreißen lassen hatte, zuzugeben, dass Céphée ihn verließ und sein Leben zerbrach. Die innere Bewegtheit, die er ihm vorgeführt hatte, war gelogen. Selbstmitleid. Weiter nichts.

Er hätte auch sein Verhalten auf diesem Mistkahn von *Aldebaran* erklären müssen. Denn es war Abdul Aziz nie in den Sinn gekommen, sein Versprechen gegenüber Constantin Takis nicht zu halten. Nicht einmal nach dem Drama mit der Familie Rafic. Ein Wort war ein Wort. Und es musste gehalten werden.

Es war ihm nicht entgangen, dass er mit der Übernahme des Kommandos auf der *Aldebaran* für alle Beteiligten falsche Hoffnungen geweckt hatte. Für den internationalen Handel. Für einen guten Teil der Besatzung. Dass Takis ein Schurke war, ging ihn nichts an. Jedenfalls in dieser Sache. Er hätte diese Vereinbarung mit jedem respektiert. Mit ruhigem Gewissen. Das war Vorschrift. Wenn er dagegen verstieß, und sei es nur einmal, davon war er damals überzeugt, würde sein Leben Schiffbruch erleiden. Das hatte er sich gesagt. Aber das Gegenteil war eingetreten.

Er hatte seine Entscheidung getroffen, ohne Céphée ein Wort davon zu sagen, und sie vor vollendete Tatsachen gestellt. Seine Abreise. Weil es ihm wieder einmal an Mut gefehlt hatte. Takis gegenüber. Ihr gegenüber auch. Vor allem. Wenn er eine Antwort auf ihre Frage gehabt hätte, wenn er die Kraft gehabt hätte, das Leben, das er ihr aufzwang, neu infrage zu stellen, vielleicht wäre es ihm dann möglich gewesen, Takis' niederträchtige Forderung in den Wind zu schlagen. Genau in dem Moment hatte Céphée beschlossen, ihn zu verlassen.

Diamantis heute um Rat zu fragen – wenn das noch möglich war –, ihn um Hilfe zu bitten, lief darauf hinaus, sich selbst zu entblößen. Keinen Kompromiss mehr zu schließen. Nicht mehr mit den Werten des Lebens zu jonglieren, wie er es zu jeder Zeit gemacht hatte. All die Dinge, die über seine Kräfte zu gehen schienen. Denn das war der Kern des Problems. Er hatte jetzt ein geschärftes Bewusstsein dafür. Das Leben der Menschen ließ sich nicht verhandeln. Freundschaft ließ sich nicht verhandeln. Auch die Liebe nicht.

»Céphée«, dachte er.

Sie war immer auf seiner Seite gewesen. Er nicht. Er liebte es, von ihr geliebt zu werden. Aber er, liebte er Céphée um ihrer selbst willen? Er war nicht immer auf ihrer Seite gewesen. Auf Seiten ihrer Liebe. Dieses Mädchen an seiner Seite, Stella, war der bittere Beweis.

»Du denkst an sie, stimmts?«, fragte Stella und drückte ihre Zigarette aus.

»Mhm.«

Er betrachtete Stella wie einen Gegenstand. Einen schönen Gegenstand. Stella war eine hübsche Nutte. Ihr feuchter Körper glänzte. Sie war noch nicht verbraucht durch Männer, Alkohol und Drogen.

Wie sie ihm gestanden hatte, war sie einundzwanzig. Sie stammte aus einem kleinen Dorf, dessen Namen er schon vergessen hatte, in der Nähe von Iasi in Rumänien. Sie hatte immer auf dem Land gelebt. Ihr Körper war mit den Jahreszeiten gereift, mit der Arbeit, harter Arbeit. Er war kräftig und muskulös. Ein wenig wie der von Céphée. Körper, die nicht so leicht vor täglicher Mühsal und Schicksalsschlägen in die Knie gingen.

Er hatte Stella auf der Terrasse des *Templiers* kennen gelernt, einer Bar an der Place Cézanne, oberhalb vom Cours Julien. Eines der neuen Viertel von Marseille mit einem Hauch von Schickimicki. Den Tipp hatte er von einigen Hafenarbeitern. »Dort wimmelt es nur so von leichten Mädchen aus dem Osten. Jugoslawinnen, Rumäninnen, Russinnen ... Kaum setzt du dich hin, umschwirren sie dich wie Fliegen. Schließlich suchst du dir eine aus ... Pass auf«, hatten sie gewarnt, »die meisten sind zugefixt bis oben hin.«

Seine Wahl war auf Stella gefallen, wegen ihres Äußeren. Er mochte keine zerbrechlichen Frauen. Sie waren zu passiv im Bett. Er verstand unter dem Liebesakt eine körperliche Konfrontation. Stella hatte ihn nicht enttäuscht. Sie hatte Kraft und genug Hass, um ihm die Befriedigung zu verschaffen, die er brauchte.

»Ich habe nichts mehr, woran ich denken kann«, sagte sie.

Er hörte nicht zu. Das hatte sie ihm schon mal erzählt. Vorhin, auf der Kaffeeterrasse. Vater und Brüder von den Partisanen erschossen, nach dem Ende von Ceaucescu. Ihr Vater war Parteisekretär im Dorf gewesen. Vasil, Chef der Milizen, hatte sie vergewaltigt. Ein junger Bauer in ihrem Alter, der mit ihr aufgewachsen war, fast auf jeder Dorffete mit ihr getanzt und ihr zu Hause oft geholfen hatte. Ein Schützling ihres Vaters. »Vasil wird ein guter Kommunist und ein guter Ehemann für dich«, wiederholte er jedes Mal, wenn er ihn sah. Sie hatte sich immer geweigert, mit ihm zu schlafen, weil sie nicht sicher war, ob sie sich von diesem Lumpenhund schwängern lassen wollte, der ihr kein besseres Dasein bieten würde als ihr Vater und ihre Mutter. Sie wusste, dass das Leben woanders schöner war. In Bukarest. Und erst recht in den kapitalistischen Ländern. In Italien, und vor allem in Frankreich.

An jenem Tag hatte Vasil Rache genommen. An dem Elend. An den Kommunisten. Und besonders an ihr. Das stand ihm zu. Er hatte nichts zu befürchten. Heute verkörperte er die Macht. Nicht mehr ihr Vater.

Sie hatte ihr Bündel geschnürt und sich auf den Weg nach Bukarest gemacht. Dort gab es keine Scham mehr, keine Schuldgefühle. Niemand kannte sie. Das Nach-Ceaucescu war nicht viel anders als das Vor-Ceaucescu. Die Reichen waren immer noch reich und die Armen noch ärmer.

Sie war Nutte geworden, was sonst? Weil man auf die Art gut und schnell zu Geld kommt. Jetzt war sie hier. In Marseille. Seit sechs Monaten. Sie verdiente immer noch gut, gab aber doppelt so viel für Miete, Essen, Kleidung aus ... Alles nur, um zu sagen, dass sie über ihren Tarif nicht verhandelte. Die Nummer kostete tausend Francs, aber solide, ohne auf die Uhr zu schauen. Sie war gegen Stundenlohn.

Abdul war bei der Filiale von American Express auf der Canebière vorbeigegangen und hatte fünftausend Francs von seinem Sparkonto abgehoben. Sein Notgroschen. Seit die *Al-*

debaran im Hafen festlag, hatte er ihn noch nicht angerührt. Er bot Stella zweitausendfünfhundert für den ganzen Nachmittag.

»Einverstanden«, hatte sie zugestimmt. »Aber erst spendierst du mir was zu essen. Ich sterbe vor Hunger.«

Sie aßen gegrillte Entrecotes, Pommes frites und Salat. Bier für sie. Einen Halben kühlen Rosé für ihn. Sie redete genauso so viel wie Nedim, und schließlich vergaß er all seine Probleme. Beim Kaffee wusste er alles über sie. Und er war ganz scharf darauf, mit ihr zu schlafen.

Jetzt hörte er deutlich das Rumoren der Stadt. Es strömte durch das offene Fenster ins Schlafzimmer. Hupen. Quietschende Bremsen. Polizeisirenen. Menschliche Stimmen. Manchmal Flügelschläge von Tauben. Der gleiche Lärm wie in allen Häfen der Welt, der dich überflutet, wenn du mit einem unbekannten Mädchen geschlafen hast, das du nie wieder sehen wirst. Das Murmeln der Nostalgie. Das dich daran erinnert, dass du nicht von hier bist. Nur ein Fremder auf der Durchreise.

Ein verlorener Seemann.

Stella hatte sich zu ihm umgedreht. Sie streichelte seinen Schwanz mit mehr Geschick als Zärtlichkeit.

»Grübeln nützt nichts«, sagte sie. »Wir sind hier, und der Rest der Welt existiert nicht. Glaubst du nicht?«

»Glaubst du das?«

Sein Glied schwoll unter Stellas Fingern an.

»Ich glaube, wir sind hier, um zu vergessen.«

Er musste wieder an Diouf denken.

»Vergessen«, hatte er gesagt, »ich glaube nicht, dass das im Leben nötig ist. Ich glaube übrigens auch nicht, dass man das kann.«

»Welchen Rat geben Sie mir also?«

»Ich habe Ihnen keinen Rat zu geben. So wenig wie ein Schicksal vorauszusagen.«

»Bezahle ich Sie umsonst?«

»Wenn man zahlt, ist es nie umsonst.«

Wie bei Stella.

Ja, er wusste, dass er nicht vergessen könnte. Aber er spürte, dass bestimmte Dinge im Tiefsten seines Inneren, Dinge, die er sich nie einzugestehen vermochte, die ihm seit Jahren anhafteten, sich Stück für Stück von ihm lösten und entschwanden. Er sah Stella an. Ihre Finger bearbeiteten seinen Schwanz mit aufreizender Langsamkeit.

»Gefällt dir das?«

Er hatte nicht gewartet, bis Stella aufwachte. Außerdem schlief sie vielleicht gar nicht. Egal. Er hatte sie bezahlt. Er hatte ihr zugehört. Er hatte mit ihr geschlafen. Er schuldete ihr nichts. Nicht mal ein »Auf Wiedersehen«.

Er hatte sich schweigend angezogen. Einen letzten Blick auf ihren Körper geworfen. Wie man einen Toten betrachtet, bevor der Sarg sich schließt. Das wars. Er schloss den Deckel über seiner Vergangenheit. Dort an Stellas Seite in den noch von seinem Schweiß feuchten Falten der Laken ließ er seine alte Haut, seinen Kadaver zurück.

Jetzt konnte kommen, was wollte, es spielte keine Rolle mehr. Er ging den Cours Julien hinunter bis zur Canebière. »Man darf nicht verzweifeln«, hatte Diouf noch gesagt. »Die Zukunft ist eine Welt, die alles enthält.«

19 Hauptsache, man kommt ohne Schaden davon

Vor seiner Kabinentür sprangen ihm sofort die Kakerlaken in die Augen. Drei riesige, schwarze Kakerlaken. Abscheulich. Sein Magen zog sich zusammen. Kakerlaken hasste Diamantis mehr als alles andere auf der Welt. Es ist so weit, dachte er, da sind sie ... Bestimmt hatten sie das ganze Schiff verseucht und würden überall herumhuschen. Diese gemeinen Viecher verstanden es, immer dort aufzutauchen, wo man sie am wenigsten erwartete. Unter dem Teller. In einem Sack Reis. Oder mitten im Bett. Ekelhaft.

Wütend trat er nach ihnen, versuchte aber nicht, sie zu zertreten. Zermatschen konnte er sie nicht. Das Knirschen ihres Panzers unter seinem Fuß verursachte ihm eine schauerliche Übelkeit.

Vorsichtig öffnete er die Tür. Als ob tausende von Kakerlaken ihm ins Gesicht springen oder auf Kopf und Schultern regnen könnten. Schon der Gedanke jagte ihm eine Gänsehaut ein. Aber er sah keine. Er schüttelte das Laken, hob Matratze und Kissen an, zog sich schließlich aus und legte sich hin. Er war erschöpft.

Wenn Mariette nicht gleich weitergefahren wäre, hätte er möglicherweise die Gelegenheit genutzt und wäre mit ihrem Wagen zu dem von Amina vereinbarten Treffen gefahren. Aber vielleicht war es so besser. Er brauchte Ruhe. Seine geschundenen Muskeln verbreiteten einen stechenden Schmerz im ganzen Körper. Der Schmerz tilgte alle anderen Gefühle. Müdigkeit und Schmerzmittel hatten ihn in eine Art gedankenloser Trance versetzt.

Sein Kopf war seltsam leer. Dennoch hatte er nicht das Bedürfnis zu schlafen. Er starrte mit offenen Augen vor sich hin.

So war es ihm bisher nur einmal in seinem Leben gegangen. An dem Tag, als er in einer Bar in Hanover mit bloßen Fäusten auf einen Iren losgegangen war. Dieser Schwachkopf hatte sich über den Zustand der Marine weltweit ausgelassen, während er sich mit Guinness voll laufen ließ.

»Und wenn wir von Details reden«, grölte er, »dann würde ich sagen, dass die Haitianer die schlechtesten Schiffe haben und die Griechen die schlechtesten Seeleute!«

Es hagelte Applaus, Lachen und Hurrarufe. Diamantis, besoffener, als die Polizei erlaubt, stand schwankend auf, sein Bier in der Hand. Er ging zu dem Iren rüber und tippte ihm auf die Schulter. Der andere sah mit gelbunterlaufenen Glubschaugen zu ihm auf. Diamantis brachte sein Gesicht nahe an das des Iren heran.

»Ich bin Grieche, und du kriegst es mit mir zu tun. Besser noch, ich fick das Loch am Arsch der Welt, aus dem du gekrochen bist.«

Und er goss ihm den Inhalt seines Pints über den Kopf.

Er hatte nur wenige Minuten die Oberhand behalten. Danach hatte er nur noch eingesteckt. Schließlich hatte er sich eine volle Kelle an der linken Schläfe eingefangen und war an der Theke zusammengesunken. Dort war er mit offenen Augen hocken geblieben, ohne die geringste Lust, sich zu bewegen. Der Bootsmann und der Funker hatten ihn zurück an Bord gebracht. Am frühen Morgen, die Augen starr an die Decke geheftet, zählte er noch immer die Schläge.

Jetzt brachte er die Hiebe von letzter Nacht und die vor zwanzig Jahren kassierten Faustschläge durcheinander. Er dachte wieder an den kalten Lauf der Knarre in seinem Mund. An die Drohungen. Sich Amina zu nähern, war immer noch gefährlich. Warum? Nur sie könnte es ihm vielleicht erklären.

Die Vorstellung, sich eine Kugel einzufangen, fand er alles andere als erheiternd, aber er wollte die Sache jetzt bis zum Ende durchziehen. Das hatte er sich so zurecht gelegt. Er musste nur um Verzeihung bitten, weiter nichts. Vielleicht war das kindisch. Aber danach, erst danach konnte er sein Leben neu gestalten. Ohne diesen Zwang, endlos über die Weltmeere zu fahren. War er denn nicht ständig auf der Flucht vor dem, was nach dem Liebesakt entstehen könnte? Die Liebe. Die Liebe, und alles was damit zusammenhing. Das Aufbauen der Zukunft. Gegenseitige Treue. Vertrauen. Wie konnte er sich eine Zukunft aufbauen, ohne auch nur ein einziges Mal sich die Mühe machen, für all die vergangenen Dummheiten um Verzeihung zu bitten? Vergebung von denen, die man verletzt hat. Vergebung von denen, die man fortan lieben möchte.

Deshalb war auch mit Melina alles schief gegangen. Er hatte nicht um Verzeihung gebeten. Also hatte sie ihm nicht verziehen. Und ihre Liebe hatte Schiffbruch erlitten. Er war mehr denn je überzeugt, dass er mit Melina hätte glücklich werden können. Das Meer war für ihre Liebe kein Hindernis, aber der Mangel an Vertrauen schon, und diese ewige Flucht, die er seinen Beruf nannte. Oder seine Berufung, wenn sie sich stritten.

Er hatte immer Argumente für seine Fehltritte. Und Odysseus auf der Zunge, um das letzte Wort zu behalten. Ganz wie sein Vater, wie oft hatten sie gehört, wie die Eltern sich zankten. Wenn sein Vater antwortete, dass die »Vielweiberei« zur mediterranen Lebensweise gehörte, folgte Türknallen und Abtauchen für eine Nacht oder eine Woche. Denn der mediterrane Mann, so hatte Diamantis später gelesen, glaubt das Ruder noch immer in der Hand zu haben, wenn er die Orientierung schon längst verloren hat.

Melina wollte die Rolle der Penelope nicht. Doch, wollte sie schon, aber dann auch die von Circe und Kalypso! Darin war sie zweifellos noch griechischer als Diamantis. Nicht die Heirat in ihrer Endgültigkeit zählte, sondern die Freude an der Liebe. Ganz anders als das angelsächsische romantische Tralala. Aus Liebe sterben. Aus Liebe töten. Sie liebte, weil Liebe das Leben war. In der Liebe war Amina vor Melina gekommen, aber sie verkörperte bereits seine Liebe zu Melina, die er schon so lange kannte. Dies waren nur zwei Seiten einer einzigen Liebe, die er zerbrochen hatte. Nach zwanzig Jahren Irrfahrt sehnte Diamantis sich nach einem festen Hafen. Er wollte lieben. Aminas Vergebung war unentbehrlich.

Er drehte sich um, wobei er sich möglichst sparsam bewegte. Mit den Augen prüfte er die Ecken der Kabine, so weit er sie sehen konnte. Es waren keine Kakerlaken zu sehen. Er schloss die Augen. In ihrer Nachricht nahm Amina keinen Bezug auf die Notiz, die er ihr gestern übermittelt hatte. Wer war dieses Mädchen, das den Umschlag für ihn hinterlegt hatte? Wie kam es, dass Nedim sie kannte? Und woher? Wo hatte dieser Trottel sich wieder rumgetrieben? Der *Blaue Papagei.* Das *Habana.* Das *Habana,* scheiße! Amina arbeitete im *Habana.* Sie war eins der beiden Mädchen, die Nedim übers Ohr gehauen hatten. Amina war keine Nutte, sondern Animierdame. Nedim hatte keine Amina erwähnt. Welche Namen hatte er genannt? Lalla. Lalla war diejenige, die ihn an der Nase herumgeführt hatte. Und die andere? Eine Alte, hatte er gesagt. Gaby? Gaby.

War Amina im *Habana* gewesen, als er über Nedims Seesack verhandelt hatte? Warum war sie nicht auf ihn zugekommen? Vielleicht konnte sie nicht? Aber wer hatte Dug vorgeschlagen, seinen Pass gegen Nedims Sachen einzuhandeln? Lalla war sicher nicht befugt dazu. Nein, sie war zu jung. Also Gaby. Vielleicht war sie die Chefin. Eine Alte, was hieß das für Nedim? Fünfzig? Vierzig? Gaby. War Gaby Amina?

Das war es, oder? Ja, das war es.

Aus dem Gang kam ein Geräusch. Er sah auf die Uhr. Zehn nach fünf. Verdammt, er war eingeschlafen. Er richtete sich auf und hätte fast geschrien. Vorsichtig hockte er sich auf die Bettkante. Abdul Aziz erschien.

»Was ist denn mit dir passiert?«, fragte er, als er Diamantis' zerschundenes Gesicht sah.

»Ich bin in schlechte Gesellschaft geraten«, scherzte Diamantis.

Abdul brach in Gelächter aus. »Nedim hat gewettet, du hättest dich verpisst.«

»Nedim sieht nicht weiter als sein Schwanz reicht.« Es gelang Diamantis aufzustehen. »Ich brauch was Heißes zu trinken.«

»Tee?«

»Ja, Tee.«

»Ich mach welchen.«

Diamantis war wieder in Gedanken versunken. Der Tee tat ihm gut. Sein Magen beruhigte sich. Er sollte jetzt dorthin gehen, Amina treffen. Und Nedim und Lalla. Wie lange würde er brauchen, um zu der Bar zu gelangen? Mit dem Bus mindestens eine Stunde. Vielleicht sollte er ein Taxi nehmen. Er hatte keine klare Vorstellung, wo dieser Propheten-Strand genau lag. An der Corniche. Aber die Corniche war lang.

Abdul brach das Schweigen. »Wir müssen reden, du und ich.«

Diamantis sah auf. Er wirkte krank. Seine schwarzen Augen glänzten seltsam.

»Diamantis ...«, fing Abdul an.

»Warte, Abdul. Ich weiß nicht, worüber du reden willst. Aber ich hab nicht besonders viel Zeit. Ich hab eine Verabredung. Und die ist über eine Stunde von hier entfernt.«

Abduls Gesichtsausdruck verschloss sich wieder. »Ich dachte, wir könnten miteinander reden, du und ich.«

Diamantis verlor die Nerven. Jetzt wollte er so schnell wie möglich zu Amina. Alles ans Licht bringen. Einen Strich darunter ziehen. Sich der Vergangenheit entledigen. Diese Vergangenheit, die sich in jeden Moment seines Lebens einschlich. Er wollte auf der anderen Seite leben. Den Horizont wechseln.

»Abdul, worüber willst du denn reden, verdammt noch mal!«

Abdul geriet in Panik. Er hatte ein langes Geständnis vorbereitet. Alles in seinem Kopf geordnet. Und jetzt wollte Diamantis ihm nicht zuhören. Was hatte er denn noch in der Stadt zu suchen? Was konnte er so Wichtiges zu tun haben? Wichtiger, als ihn anzuhören, ihn, der am Ende der Fahnenstange angelangt war?

»Ich …«, stammelte er, den Blick auf seinen Becher gesenkt. Er sah wieder auf. Fahr zur Hölle, Diamantis, dachte er.

»Es eilt nicht«, sagte er nur. »Wenn du zurückkommst. Aber … Nur eine Frage, Diamantis. Danach lass ich dich gehen. Warum bist du geblieben? Warum bist du nicht mit den anderen abgehauen?«

»Wenn ich das wüsste.«

»Willst du sagen, du hast keine Ahnung?«

»An dem Morgen hatte ich keine Kippen mehr. Ich bin losgegangen, um welche zu kaufen. Als ich zurückkam, war alles schon geregelt, glaube ich. Ja … Es war ein schöner Tag. Ich bin durch die Straßen gebummelt und … nun ja. Ich hatte total vergessen …«

»Mach dich nicht über mich lustig.«

»Du gehst mir auf den Wecker! Ich habe keinen Grund. Ich bin geblieben, weil ich geblieben bin. Punkt. Ist das klar genug?

Oder möchtest du lieber hören, dass es mir an dem Tag scheißegal war, ob ich hier oder sonst wo war.«

»Und heute?«

»Heute nicht anders als gestern. Obwohl, heute nicht mehr ganz so. Weil ich heute die Schnauze voll hab. Von diesem verfluchten Kahn voller Kakerlaken und …«

»Kakerlaken?«

»Aber ja, mein Freund, Kakerlaken. Es wimmelt nur so davon. Sie sind in meiner Kabine und ebenso in meinem Kopf. Es ist Zeit, dass wir abzischen, du und ich.«

Abdul stand auf. »Das ist es also, Diamantis. Du willst verschwinden.«

»Ich muss noch ein paar Dinge regeln. Das habe ich vor.« Diamantis erhob sich. Vorsichtig. Den Schmerz nicht wieder aufwecken. Die Tablette, die er soeben geschluckt hatte, schien bereits Wirkung zu zeigen. »Wir reden nachher, wenn du willst.« Er sagte das milder.

»Mal sehen.« Abdul legte ihm die Hand auf den Arm. Ihre Blicke trafen sich.

»Ich will es dir sagen, Abdul. Ich bin geblieben, weil du zu blöd bist. Dass ein Kerl wie du sich von einem Kotzbrocken wie Constantin Takis reinlegen lässt, will mir einfach nicht in den Sinn.«

Abdul zog seine Hand zurück. »Darüber wollte ich mit dir reden.«

Diamantis lächelte. »Du musst es mir nicht erzählen. Das Wie und Warum geht mich nichts an. Ich pfeif drauf. Wir sind so etwas wie Freunde, glaube ich. Also vergiss es, Abdul.« Er setzte sich auf den Tisch. Aufrecht stehen war anstrengend.

»Weißt du noch, wie wir nach Guayaquil gekommen sind?«

Wie konnte er das vergessen? Ringsum wimmelte es von Piraten. Ein Dutzend Pirogen mit Motor. Etwa hundert Typen bereit zu entern.

»Für sie ist dieses Schiff wie ein Huhn. Wenn sie wollen, rupfen sie es, das hast du gesagt, als du die Waffen an die Mannschaft verteilt hast.«

»Ja«, antwortete Abdul, der nicht verstand, worauf Diamantis hinauswollte.

»Du hast noch hinzugefügt, dass wir mit oder ohne Waffen dabei draufgehen könnten, wenn die Armee uns nicht zu Hilfe kommen würde. ›Was sollen wir damit?‹, hatte Rosario mit Blick auf seine Schrotflinte gefragt. ›Nichts‹, hast du geantwortet. ›Absolut nichts. Das ist nur, um der Vorschrift zu genügen. In einer halben Stunde lässt du deine Flinte fallen, und wir verschwinden alle von hier. Wir haben es nicht verdient, für sechstausend Ersatzteile von Fernsehern zu sterben, oder?‹«

»Die Armee ist gekommen. Und wir sind davongekommen.«

»Ja. Das ist die Hauptsache, Abdul. Ohne Schaden davonkommen. Du bist mir keine Erklärung schuldig. Warum du gestern bereit warst, diesen Kahn zu verlassen, um dein Leben zu retten, und warum du heute bleibst auf die Gefahr hin, dass du zugrunde gehst. Bring deine Geschichten in Ordnung, ich bringe meine in Ordnung. Danach schmeißen wir alles hin und machen einen drauf. Einverstanden?«

»Meine habe ich in Ordnung gebracht.«

Diamantis sah ihn mit einem traurigen Lächeln an. »Das glaub ich nicht, Abdul. Dann würdest du nicht so ein Gesicht ziehen. Ich bin sicher, Abdul, dass du tief in deinem Innern noch nicht akzeptiert hast, dass Céphée dich hat sitzen lassen.«

»Was weißt du schon davon?«

»Ich weiß, dass du nicht ein einziges Mal von deinen Kindern gesprochen hast, nicht ein einziges Mal hast du von ihr, dir und den Kindern wie von einer Familie gesprochen. Du hast nur von dir gesprochen.«

»Du kannst mich mal, Diamantis.«

»Siehst du, Abdul, du hast geglaubt, du wolltest mit mir sprechen. Aber du willst eigentlich gar nicht.«

Als er am Strand des Propheten ankam, war es nach sieben. Nedim hatte zwei Bier getrunken, bevor er auf Gin umgestiegen war. Die Idee, Lallas Wagen zu klauen und damit bis in die Türkei zurückzufahren, hatte er fallen lassen. Sie amüsierten sich wie zwei alte Kumpel, die beiden. Und Amina war nicht mehr da.

20 Ein Rendezvous, Furcht einflößend, ausweglos

Ja, diese Narbe war eine Geschichte für sich.

Amina musterte Nedim. Er lächelte sie stolz an, mit dieser Grausamkeit, zu der man nach einer Demütigung manchmal fähig ist. Lalla und sie hatten ihm nichts erspart in jener Nacht. Sie machten sich immer noch über ihn lustig. So war das Leben. Amina waren alle Gefühle für Gerechtigkeit oder Mitleid abhanden gekommen. Ebenso wie Selbstmitleid. So war das Leben. Sie hatte sich ihres nicht ausgesucht. Sie hatte nur an jenem Tag, als dieses Ekelpaket Bruno Schmit ihr die Wange mit dem Messer aufgeschlitzt hatte, beschlossen, nicht mehr alles hinzunehmen.

Sie gab Nedims Lächeln ohne den geringsten Groll zurück. Er war nur ein unbedeutender Dummkopf, wie sie zu hunderten im *Habana* ein- und ausgingen. Ein naiver Schaumschläger. Nicht bösartig. Auch nicht mutig. Sie hätte sich nicht im Traum vorstellen können, dass er sie auf die Narbe ansprechen würde. Die anderen vermieden es, wandten die Augen ab von diesem Makel auf ihrem Gesicht. Von diesem Stern, der ihre Wange zeichnete wie ein zerbrochener Spiegel. Sie verstand es, durch Blick und Worte jedem, der es wagte – egal ob Mann oder Frau – sogleich seine eigenen Unzulänglichkeiten und ärgsten Schwächen vorzuhalten.

Amina hatte vergessen, wie das Blut ihr in dicken, heißen Tränen über die Wange gelaufen war, nicht aber den Aufprall der Klinge auf dem Knochen und den Schrei, den er ihr entlockt hatte. Die Narbe hatte sich noch tiefer in ihre Erinnerung eingegraben als in die Haut. Seit jenem Abend brauchte sie nur die Augen zu schließen, um jederzeit erneut die Sekunde zu durchleben, in der das Messer in ihre Wange eingedrungen war. Die absolute Demütigung.

Lalla beobachtete Amina verstohlen, während sie an ihrer Limo nippte. Sie erwartete eine jener vernichtenden Äußerungen von Amina, mit der sie sich auf einen Schlag Nedims obszöner Blicke entledigen würde. Mit der sie seinen Männerstolz, den er vor sich her trug wie diesen Schwanz zwischen den Beinen, zunichte machen würde.

Amina trank einen Schluck Cola. »Ja«, sagte sie nur, »das ist eine Geschichte für sich.«

Nedim hakte nicht weiter nach. Kaum hatte er seine Frage gestellt, war ihm bewusst, dass er das Schlimmste heraufbeschwor. Die schneidende Antwort, die ihn demütigen würde. Er hatte zusehen können, wie die Worte sich auf Aminas Lippen formten. Fast hätte er sie ablesen können. Wie immer hatte er gedankenlos vor sich hin geplappert. Im Grunde tat sie ihm Leid. Wegen dieser Beleidigung ihrer Schönheit.

Er senkte den Blick, nahm einen Schluck Bier, streifte noch einmal flüchtig Lallas Beine und sah dann wieder Amina an. »Das war dumm, Amina. Entschuldige. Das hätte ich nicht sagen sollen.« Ohne Lalla zu fragen, griff er nach ihrer Zigarettenschachtel und zündete sich eine an.

Was war er doch für ein Widerling. Echt.

Ihr Vater hatte sie an Bruno Schmit verkauft. Zu welchem Preis, wusste sie nicht. Aber er hatte sie schlicht und einfach verkauft. Sie war gerade aus der Schule gekommen und hatte es eilig, das Erlernte zu vertiefen. Lesen. Das Abitur stand bevor, und je näher der Augenblick rückte, desto weniger glaubte sie zu wissen. Sie wollte es unbedingt schaffen. Und dann an die Uni und Lehrerin werden. So hatte sie sich ihre Zukunft ausgemalt.

Das Haus war verlassen, und das wunderte sie. Ihre Mutter war sonst immer da, wenn sie heimkam. Sie ging vormittags putzen, nachmittags erledigte sie Bügelarbeiten zu Hause. Aber das beunruhigte sie zunächst nicht. Wäsche liefern oder abholen, ihre Mutter stand am Monatsende immer unter Druck.

Es war Ende Mai und schon sehr heiß. Sie trank ein großes Glas Wasser in der Küche und beschloss dann zu duschen. Sie würde sich umziehen, bevor sie sich wieder an Balzac machte. Balzac langweilte sie. Er war ein Angeber. Sie zog Dumas vor. *Königin Margot, Die San Felice, Der Graf von Monte Christo.* Aber Dumas gehörte nicht zum Programm …

Als sie aus der Dusche kam, war Schmit da. Er reichte ihr grinsend ein Handtuch. Sie stieß einen Schrei aus. Er verpasste ihr zwei Ohrfeigen. Heftig. Zwei Ohrfeigen, die ihr die Sprache verschlugen.

»Halt ja die Klappe, du dumme Gans!« Er griff sie am Arm und zerrte sie durch die Wohnung. »Wir beide werden jetzt ein bisschen Spaß miteinander haben«, sagte er. »Du hast doch hoffentlich nichts dagegen?«

»Lassen Sie mich los«, erwiderte sie zitternd. »Lassen Sie mich los, ich bitte Sie.«

Schmits Griff schloss sich fester um ihren Arm. Er schob sie vor sich her. »Dich loslassen? Aber du gehörst mir, Schätzchen. Du gehörst mir. Für immer. Ich habe dich gekauft. Ja, ich habe sogar bezahlt, ohne die Ware zu testen.« Er lachte schallend. »Aber ich bin sicher, du bist es wert. Außerdem bist du Jungfrau, wie es scheint.« Er öffnete die Schlafzimmertür ihrer Eltern und stieß sie auf das Bett.

»Nein!«, schrie sie.

Schmit langte ihr noch ein paar. »Wenn du noch einmal schreist, schlag ich dich wirklich.«

Amina begann zu schluchzen.

»Richtig, heul nur«, sagte er und zog seine Hose aus. Er kam mit aufgerichtetem Schwanz auf sie zu. Sie hatte nie einen gesehen.

»Nein«, schluchzte sie und rollte sich auf dem Bett zusammen. Er griff sie bei den Haaren und zog sie zu sich, vor seinen Schwanz. »Nimm ihn in den Mund«, befahl er.

Sie schluchzte. Sie hörte ein Klicken. Dann sah sie die Messerklinge in seiner Hand. Er legte die Klinge an ihre Stirn. Der Stahl war kalt. Er ließ die Klinge langsam von ihrer Stirn über die Wange bis zum Hals gleiten. Dort hielt er inne. An ihrem Hals. Die feine Messerschneide piekte auf ihrer Haut.

»Mit diesem Messer habe ich schon haufenweise kleinen Flittchen wie dir die Gurgel durchgeschnitten. Auch Vietnamesen. Und diesen Arschlöchern von Kameltreibern. Aber ich will dir was sagen, ihre Frauen haben sich nicht dagegen gewehrt. Nicht eine …«

Der Druck der Klinge auf ihre Haut verstärkte sich. Sie spürte ihre Halsschlagader ums Leben pochen.

»Diese Schlampen hatten nicht so viel Glück wie du, verstehst du. Also, Schätzchen …« Er drückte leicht gegen den Messergriff, und Amina reckte ihren Hals instinktiv bis zu Schmits Schwanz. Ein Netz violetter Äderchen unter durchsichtiger Haut. Sie schloss die Augen und öffnete die Lippen.

»Lutsch«, sagte er.

Dieses Ding in ihrem Mund. Dieses Stück blutunterlaufenes Fleisch. Widerwärtig.

»Siehst du, du kannst es. Wie ihr alle.«

Danach vergewaltigte er sie. Als ihre Tränen versiegt waren – für immer, glaubte sie –, ließ er sie auf dem Bett liegen.

Er steckte sein Messer weg und kleidete sich an. Sie rührte sich nicht, zog sich nicht einmal die Decke über. Sie hatte nichts mehr zu verbergen. Sie existierte nicht mehr. Sie war nicht tot, nein, schlimmer noch, sie war nichts mehr. Nur noch ein leerer, gefühlloser Körper.

Schmit neigte sich über sie. »Bis bald«, lächelte er.

Sie hatte nicht die Kraft, ihm die Fäulnis ins Gesicht zu spucken, die er ihr in den Mund gezwungen hatte. Sie wünschte seinen Tod und flehte zu allen Göttern der Menschheit, dass sie sie erhören mögen. Und Schmit starb tatsächlich. Ein paar Monate später.

Als ihre Mutter zurückkehrte, packte Amina ihre Reisetasche fertig, überzeugt, dass ihre Mutter nichts mehr für sie tun konnte. Sie hatte sie nicht vor der Schweinerei ihres Vaters beschützen können. Sie würde Schmit nicht davon abhalten können, wieder zu kommen. Ihr Leben lag in Trümmern. Wenn sie leben wollte, musste sie fort. Eine neue Existenz gründen. Sie würde nie vergessen, wie sie beschmutzt wurde. Sie würde die Scham nie vergessen. Aber sie glaubte an die Möglichkeit eines Lebens zwischen Schmutz und Scham. Denn jetzt hatte sie Wut im Bauch.

Sie hatte geduscht und noch einmal geduscht. Um jede Faser ihres Körpers zu waschen, jede kleinste Falte ihrer Haut, die Schmit gestreichelt, geküsst oder auch nur berührt hatte, und schließlich sorgfältig ihr Geschlecht zu reinigen. Erst die Vagina, die sie mehrfach spülte, dann die Klitoris, die Lippen darunter. Nie hatte sie das mit so viel Aufmerksamkeit getan. Die Schamhaftigkeit der Jugend war verschwunden. Zum Schluss schob sie sich einen eingeseiften Finger in den After. Schmit hatte seinen Finger während der Vergewaltigung tief hineingegraben.

Ihre Tasche stand reisefertig im Wohnzimmer. Ihre Mutter wich ihrem Blick aus. Sie waren nicht mehr Mutter und Tochter, sondern zwei Frauen, die nur noch ihr Unglück zu teilen hatten. Ihre Mutter drückte sie an sich. »Ich werde auch gehen«, murmelte sie.

Das war alles. Sie sagten nicht einmal auf Wiedersehen. Später würden sie vielleicht miteinander reden können. Heute hatten Worte keinen Sinn mehr. Sie waren leer. Wie die beiden Frauen.

An dem Abend, als sie mit Diamantis aus einer Pizzeria kam und ihren Vater auf der anderen Straßenseite sah, wusste sie, dass das kein Zufall war. Das Unheil war nicht weit. Es lungerte noch in der Nähe. Das war ihr klar. Sie sah sich um in der Erwartung, dass Schmit jeden Moment auftauchen würde. Angst überfiel sie. Keine normale, menschliche Angst, wie sie einen plötzlich in Momenten der Leichtfertigkeit oder Schwäche überkommen kann. Nein, eine tief sitzende, namenlose, gegenstandslose, unerklärliche Angst.

Seit Monaten spielte sie mit ihrem alten Leben Verstecken, vermied alle Orte, wo man sie wieder erkennen könnte. Sie hatte ihren Fuß nicht wieder in die Schule gesetzt und zwei Wochen bei einer Freundin gewohnt. Ein älteres Mädchen, das sie auf einer Feier kennen gelernt hatte. Myriam. Sie arbeitete im Dames des France. Sie hatte dafür gesorgt, dass sie in dem Geschäft eingestellt wurde. Zunächst für die Ferien.

Aber Marseille ist ein Dorf. Man sitzt in Bars, geht ins Kino, bummelt durch die Straßen, nimmt den Bus ... Und so bleibt es nicht aus, dass dich eines Tages jemand wieder erkennt, der es denen sagt, die dich suchen. Denn daran hatte Amina keinen Zweifel, Schmit suchte sie. Sicher war er nicht allein. Er hatte ihren Vater bezahlt, und er wollte etwas für sein Geld. Das viele Geld.

An jenem Abend war ihre Angst so groß, dass es sie sofort nach Hause drängte. Diamantis sagte sie, sie fühle sich nicht wohl. Zweifellos hatte sie sich den Magen verdorben. Er bestand darauf, sie zu begleiten. Sie lehnte ab und nahm das erstbeste Taxi wie eine Diebin, die Furcht im Bauch. »Ruf mich morgen an«, war alles, was sie rausbrachte.

Als sie im Taxi saß und fast schon aufatmete, machte sie sich um Diamantis Sorgen. Würden Schmit und ihr Vater ihn überfallen, um aus ihm herauszuquetschen, wo sie wohnte? Aber ihre Angst war so groß, dass er ihr nichts mehr bedeutete. Doch tief in ihr Bett gekuschelt, überkam sie langsam ein Gefühl der Feigheit. Diamantis war ihr nicht gleichgültig. Das wusste sie. Er war der erste Mann, der ihr durch seine Art wieder Vertrauen im Leben gegeben hatte. Dabei kannte sie ihn erst seit drei Tagen! Sie betete die ganze Nacht, dass ihm nichts geschehen möge. Sie war bereit, wenn nötig auf ihn zu verzichten, damit er Schmit nicht in die Hände fiel. Am folgenden Tag blieb sie zu Hause. Aber in den nächsten beiden Tagen gelang es Diamantis, dafür zu sorgen, dass sie ihre Furcht vor Schmit vergaß.

Schmit fand sie erst neun Tage nach Diamantis' Abreise. Amina war so glücklich wie noch nie. Kaum in Barcelona angekommen, hatte Diamantis ihr geschrieben. Eine Postkarte in sehr schlechtem Französisch. Er erzählte von den Ramblas, durch die er gegangen war, während er von ihr träumte. Er erzählte von Kanarienvögeln, Distelfinken, Papageien und einer ganzen bunten, rot-grün-blauen Vogelschar, deren Namen er nicht kannte, auch von Fischen, kleinen, großen und farbenprächtigen, die in riesigen Aquarien schwammen. Er erzählte über die Statue von Christoph Kolumbus im Hafen. Er sprach von Liebe. Von seiner Liebe zu ihr.

Diamantis hatte sie auch angerufen. Um ihre Stimme zu hören. Ihr ins Ohr zu hauchen, wie sehr er sie vermisste. Ihr seine Rückkehr anzukündigen. Sie hatten sich für eine Stunde nach der Ankunft des Schiffes verabredet. Um nicht eine einzige Sekunde ihres gemeinsamen Glücks zu verschenken.

Schmit erwischte sie in der Rue Pythéas nicht weit vom Hafen. Er war nicht allein. Sie hatte noch Zeit, ihren Vater einige Schritte hinter ihm wahrzunehmen. Das Erste, was sie spürte, war die Spitze seines Messers in ihrem Rücken. Dann Schmits Atem, anisgeschwängert. Sie stießen sie in die schmale Traverse de la Tour. Dort drückte er sie gegen die Wand und hielt ihr das Messer an die Kehle.

»Nun, du Schlampe, so sieht man sich wieder!« Er spielte mit dem Messer. Das liebte er. Sie spürte, wie die Klinge ihre Wange streifte. »Sagst du Bruno nicht guten Tag?«

Sie hatte keine Angst. Sie war ruhig, sehr ruhig. Sie dachte an Diamantis, der morgen kam. An das Glück, das er ihr geschenkt und das all ihr Leiden ausgelöscht hatte. Ihm hatte sie in einer Nacht alles gegeben. Körper und Seele. Ihr Herz. Was er ihr gegeben hatte, konnte ihr jetzt niemand mehr wegnehmen. Sie gehörte für immer Diamantis. Tot oder lebendig.

Und sie hieb Schmit mit Wucht ein Knie in die Eier. Er krümmte sich vor Schmerz. Eine Sekunde zu spät. Die Klinge schlitzte ihre Wange auf, direkt unter dem Auge. Sie glaubte an einen Kratzer und rannte davon. Wieder fliehen. Blind rannte sie über die Rue Saint-Saëns. Bremsen kreischten. Eine Motorhaube hob sie leicht in die Höhe. Sie spürte, wie sie fiel. Hörte, wie ihr Kopf auf den Asphalt knallte. Sah, wie sie ins Dunkel tauchte. Sterben.

Als sie die Augen wieder aufschlug, standen Menschen um

sie herum. Männer, eine Frau. Man flüsterte. Sie lag in einem Bett. Ein Mann beugte sich zu ihr herab.

»Jetzt wird alles gut«, sagte er.

Sie tastete nach ihrer Wange. Ein dicker Verband lag darüber.

»Ich hab getan, was ich konnte«, fügte er hinzu und lächelte sie an.

Ein Mann kam heran. Gut aussehend, um die fünfzig. Mit Schick gekleidet. Jemand schob ihm einen Stuhl hin, und er setzte sich.

»Ich heiße Ricardo. Du bist in meinen Wagen gerannt. Dir fehlt nichts. Wegen dem Aufprall, meine ich. Ansonsten … Die Wunde ist tief …«

Amina schloss die Augen, schlug sie wieder auf, sah diesen Mann an und blickte sich dann um. Das Zimmer, in dem sie lag, die Menschen. Der vertrauliche Ton missfiel ihr, er klang wie eine weitere Drohung.

»Wo bin ich?«

»Bei einer Freundin. Gisèle, komm her!«, befahl er.

Der Klang seiner Stimme gefiel ihr auch nicht.

Gisèle kam heran. Eine kleine Frau, wie eine Barbiepuppe. Enges schwarzes Kleid und Stöckelschuhe. Überschminkt. Eine *cagole,* wie man in Marseille sagte, ein Flittchen. Wieder sah sie Ricardo an, wusste aber nicht, was sie von ihm halten sollte.

»Du wirst ein paar Tage hier bleiben. Gisèle wird sich um dich kümmern. Nicht wahr, Gisèle?«

»Natürlich. Es wird Ihnen an nichts fehlen, Sie werden sehen.«

»Ich …« Ihr Mund war wie zugeklebt. Sie befeuchtete sich die Lippen. »Ich hab Durst.« Das war es nicht, was sie sagen wollte, aber sie hatte wirklich Durst.

»Dominique!«, rief Ricardo erneut im Befehlston. »Bring ein Glas Wasser!«

Sie trank vorsichtig.

»Ich hab noch was zu erledigen«, brachte sie schließlich heraus. »Ich kann nicht hier bleiben.«

»Verzieh dich!«, sagte Ricardo zu Gisèle. Dann neigte er sich zu ihr. »Hör zu, Amina, erzähl mir keinen Bockmist. Wir haben vor einer viertel Stunde deinen Vater angerufen. Du bist von zu Hause abgehauen, hat er gesagt. Und dass du eine Nutte bist, die die Männer provoziert. Er hat mir von einem seiner Kumpel erzählt, Schmit, glaube ich, den du ganz verrückt gemacht hast ...«

Sie hörte nicht mehr zu. Sie hatten ihre Tasche nach ihren Papieren durchwühlt. Sie dachte an die Postkarte von Diamantis. An das, was er ihr geschrieben hatte. Und an den Nachsatz, den er zugefügt hatte. »Wir kommen am zweiundzwanzigsten. Liegeplatz 112.«

»Wie spät ist es?«, fragte sie.

»Ein Uhr. Warum?«

Diamantis kam heute Abend. Sie schloss die Augen, ohne zu antworten. Bis dahin würde sie von hier abgehauen sein. Sie würde schon einen Weg finden. Jetzt wollte sie schlafen. Hier oder sonst wo, egal. Sie konnte nicht mehr. Heute Abend ...

Ricardos Stimme drang von sehr weit her zu ihr, wie durch einen Wattemantel.

»Wir werden uns schon um deinen Freund kümmern, den Seemann.«

Nedim legte freundschaftlich eine Hand auf Aminas Arm. »Ehrlich, verzeih mir.«

Er sah wieder auf den Stern unter Aminas Auge und sein Blick wurde weich.

Seine Ernsthaftigkeit rührte sie. »Mach dir keine Sorgen, Nedim. Ich bin dir nicht böse.«

»Na, dann auf uns!«, rief er erleichtert. Er hob sein Glas. »Ich tue Frauen nicht gern weh.«

21 Wozu nützt die Wahrheit? Das ist hier die Frage

Amina sah auf die Uhr. Sie wartete verzweifelt auf Diamantis. Ricardo hatte sie auf halb acht ins *Son des Guitares* an der Place de l'Opéra bestellt. »Wir nehmen einen Aperitif, und dann gehen wir irgendwo essen.« Sie konnte sich nicht drücken. Gestern schon hatte er sie im *Mas* erwartet, um mit ein paar Freunden zu essen. Aber sie hatte sich nicht entschließen können hinzugehen. Sie stand noch unter dem Schock von der Begegnung mit Diamantis.

»Wolltest du nicht schwimmen gehen?«, fragte sie Lalla. Sie wollte allein sein. Lallas und Nedims Gegenwart ging ihr auf die Nerven. Sie brauchte Zeit zum Nachdenken. Kein Palaver.

»Kommst du nicht mit?«

Sie zuckte die Schultern. »Vielleicht ... Aber geht schon mal, ihr zwei.« Sie sah erst Nedim, dann Lalla an. Lalla musste begreifen, dass sie allein sein wollte.

Lalla stand auf und verschwand im Innern der Bar. Nedim konnte nicht anders, er musste ihr einfach nachsehen. Er verschlang sie mit den Augen. Verdammt, vielleicht konnte er ihr im Wasser eine Hand auf den Hintern legen.

»Du verdirbst dir noch die Augen«, scherzte Amina.

»Das tut keinem weh«, erwiderte er. »Und es kostet nichts.«

Amina lächelte. Der Typ hatte etwas, das ihr gefiel. Eine Art natürliche Aufrichtigkeit. Man konnte ihm nicht lange böse sein, selbst wenn alles an ihm, alles, was er dachte, unerträglich war. Frauen waren für die Männer entweder Sexualobjekte oder dumme Gänse. So simpel war ihre Welt. Einfach und grausam. Nedim war mit Sicherheit auch so. Aber, gestand sie sich ein, Diamantis musste ihn irgendwie mögen. Warum hätte er sich sonst um ihn gekümmert? Warum hätte er sonst seine Schulden übernommen?

»Sie ist meine Tochter.«

Das rutschte ihr so raus. Die Worte hatten sich nicht zurückhalten lassen. Wegen dieser Aufrichtigkeit, die ein Teil von Nedim war, die sie spürte und die sie rührte. Wie lange war es her, seit sie sich die Zeit genommen hatte, einem Mann mit anderem Interesse zuzuhören als dem, ihm so viel Geld wie möglich abzuluchsen? Sie erzählten alle die gleichen Geschichten. Sie logen. Sie belogen sich selbst. Keiner war zur Wahrheit fähig, sei es auch nur für eine Sekunde. Aber vielleicht lag das an ihrer Arbeit? Konnte man zu einer Animierdame in einem Nachtclub aufrichtig sein?

Nedim sah sie verblüfft an. »Das glaub ich dir nicht«, sagte er.

Was erzählte sie da! Lalla, ihre Tochter? Warum sagte sie das? Ihm? Was zum Teufel ging es ihn an, wessen Tochter Lalla war? In solche Geschichten wollte er nicht hineingezogen werden, die brachten ihn ganz durcheinander. Er konnte Lalla nicht mehr so angaffen, wenn die andere ihre Mutter war. Das war ihm unangenehm.

Er sah Amina wütend an. Und außerdem, wenn man so eine Tochter hatte, riss man sich verdammt noch mal die Beine aus, damit sie nicht auch auf den Strich ging! Na ja, stimmt schon, sie waren keine Nutten. Aber trotzdem! Was war mit einer Ausbildung! Würde er seiner Tochter das antun? Wenn er in Istanbul mit Lalla diese Kneipe aufmachen würde zum Beispiel? Mit Sicherheit nicht.

Amina klopfte Nedim aufs Bein. »He! Ich wollte nur sehen, wie du guckst, Nedim. Kennst du Diamantis schon lange?«, fuhr sie im gleichen Atemzug fort, als sei nichts gewesen.

»Von dieser Reise ... Schade, eigentlich.«

»Wieso?«

»Nun, für mich ist die Seefahrt und das alles vorbei. Ich kehre heim.«

»Und er?«

»Was weiß ich! Diamantis redet nicht viel. Über sich, meine ich.«

»Ist er verheiratet?«

Diamantis kam und kam nicht, und all die Fragen, die sie ihm stellen wollte, drängten sich auf ihrer Zunge, ungeduldig, gierig nach Antworten, strömten sie aus dem Durcheinander der Jahre zusammen, aus dem Schweigen, das ihrer geplatzten Verabredung in der *Bar du Cap* gefolgt war. Wie oft hatte sie sich gefragt, was aus Diamantis geworden war? Wie oft hatte sie sich bei der Vorstellung überrascht, dass sie sich zufällig auf irgendeiner Straße in Marseille begegneten, und sich jedes Mal gefragt, ob sie sich wieder erkennen würden?

»Ich dachte, Sie kannten ihn.«

Wo blieb Lalla bloß? Dieses Gespräch wurde ihm unbehaglich. Diese Frau verunsicherte ihn schon wieder. Sie war ihm überlegen. Er hatte wohl verstanden, dass sie sich nicht mehr allzu sehr über ihn mokierte, aber jetzt, wo sie ernst war, war es noch schlimmer. Er konnte nicht mehr mit ihr blödeln, nicht einmal mit Lalla, das spürte er. Und überhaupt, verdammte Scheiße, Nedim, was war das für eine ätzende Geschichte mit den beiden Frauen, die auf Diamantis warten? Das war alles so undurchsichtig. Und dass er nicht durchblickte, beunruhigte ihn. Er würde vorgeben, pinkeln zu müssen, und sich verdünnisieren. Sie hatten es sowieso nicht auf ihn abgesehen, sondern auf Diamantis. Sollte Diamantis doch sehen, wie er klarkam. Wenn er überhaupt kam. Vielleicht hatte er gar keine Lust, die Mädchen zu treffen. Sie vor allem, diese Amina.

Er stand auf. »Ich muss mal«, entschuldigte er sich.

Amina hielt ihn am Arm zurück. »Nedim«, sagte sie, »du brauchst keine Angst zu haben. Ich will deinem Kumpel nichts Böses. Dir auch nicht. Was zwischen uns passiert ist, letzte Nacht, das ist ... Das war was anderes ... Unser Job, verstehst du, nur unser Job. Und dich hat es eben erwischt, das ist alles.«

»Ich hab keine Angst«, log er.

»Na, dann geh halt pissen.«

Lalla trat aus der Bar. Nedim wäre fast rückwärts umgefallen, als er sie sah. Der weiße Badeanzug, den sie trug, war nicht mehr als ein zweigeteilter Fetzen Stoff. Das Ganze schien knapp zu verbergen, was es oben und unten zu verbergen gab. Er dachte an Aysel. Sie müsste Wunder vollbringen, damit er Lallas Körper je vergessen konnte. Und dennoch vermisste er Aysel schon, während sein Blick noch über Lallas Formen schweifte. Zweifellos auch, weil Lalla ihm in diesem Moment für immer unerreichbar erschien.

Sie reichte Nedim eine schwarze Badehose. »Schau, da müsste dein kleiner Hintern wohl reinpassen.«

Sie lachte, er tat es ihr nach.

Hau ab, dachte Nedim wieder. Aber die Aussicht, mit Lalla baden zu gehen, während all die Typen ihr nachschauten, reizte seinen Stolz. Die Vorstellung, dass sie Lalla für sein Mädchen halten könnten, gefiel ihm. Und wer weiß, wenn er so tat als ob, würde es vielleicht Wirklichkeit werden.

Amina sah ihnen nach. Nedim hatte Lallas Hand genommen, als sie über den Strand gingen. Er ließ sie erst los, als sie ins Wasser sprangen. Das Leben konnte so einfach sein. Ein Mann und eine Frau, die sich kennen lernen. Am Strand oder in einer Bar, wie sie und Diamantis. Sie mögen sich, sie lieben sich. Und das Leben nimmt seinen Lauf.

Amina hatte den Eindruck, dass Nedim Lalla nicht ganz gleichgültig ließ. Er war eigentlich recht süß, fand sie. Solide, im Großen und Ganzen. Sie waren es, die nicht bei Trost waren. So zu schuften, wie sie es taten, immer wieder Typen anmachen, um Geld ins *Habana* fließen zu lassen, in Ricardos Taschen.

Im Wasser verlor sie die beiden aus den Augen. Ricardo. Er hatte ihr Leben organisiert. Als sei sie seine Sklavin. Die Kette war lang, aber sie war da, und am Ende jemand, der sie in der Hand hielt. Ricardos harte, erbarmungslose Hand.

Es war ihr nicht gelungen, von Gisèle fortzulaufen. Einer der Männer, den sie in der Nacht bemerkt hatte, Dominique, blieb ständig im Wohnzimmer.

Am Abend hatte Ricardo vorbeigeschaut. »Dein Freund, der Seemann, hat es sich anders überlegt, er kommt nicht«, eröffnete er ihr.

»Das glaube ich Ihnen nicht.«

»Glaub, was du willst. Aber du wirst ihn so bald nicht wieder sehen.«

»Was haben Sie mit ihm gemacht?«, fragte sie besorgt.

»Nichts Schlimmes. Angst haben wir ihm gemacht, das ist alles. Eine Höllenangst.« Er lachte. »Er hat sich sogar in die Hose geschissen.«

»Dazu haben sie kein Recht.«

Er zuckte mit den Schultern, fischte eine Zigarettenschachtel hervor und bot ihr eine an. »Ich will dir was sagen, Amina«, fuhr er fort, nachdem er ihr Feuer gegeben hatte. »Du musst noch viel lernen. Wir reden später darüber. Aber merk dir eins. Als du in meinen Wagen gerannt bist, war das nicht so schlimm für dich, wie von den Typen wieder erwischt zu werden, du weißt schon, die dich an der Kehle hatten. Mit ihnen lägst du nicht in diesem Bett, sondern drei Fuß unter der Erde. Vergiss nicht, dass du mir dein Leben verdankst.«

Später hatte sie erfahren, wer Ricardo war. Eines der hohen Tiere in der Marseiller Unterwelt. Einer der letzten Überlebenden. Ein gefährlicher Mann also. Er hatte ihr die Wahl gelassen. Entweder sie wurde auf der Stelle seine Geliebte, oder er schickte sie auf die Straße. Rue Curiol, oben an der Canebière. Oder Rue Tapis-Vert oder Rue Thubaneau nahe am Cours Belzunce. Ganz miese Viertel, hatte er gesagt. In den Straßen geht es Schlag auf Schlag.

»Du kannst mich mal«, hatte sie geantwortet.

Er hatte ihr eine Ohrfeige verpasst, mit Nachdruck, aber ohne Hass. Kalt.

»Denk darüber nach.«

Sie hatte schnell nachgedacht. Umso schneller, als Ricardo ihre Bedingung akzeptierte. Nicht mehr auf Gedeih und Verderb einem Wahnsinnsanfall von Schmit ausgeliefert sein! Ihr wurde schon schlecht, wenn sie nur an ihn und sein Messer dachte. Ihn in den Straßen zu wissen, nahm ihr jede Lust, sich dort aufzuhalten.

Eines Morgens brachte Ricardo ihr die Zeitung. Schmits Foto war groß und breit auf der ersten Seite abgebildet. Er hatte gestern Abend auf dem Nachhauseweg zwei Kugeln in den Bauch und eine in den Kopf abbekommen. »Begleichung von alten Rechnungen«, lautete der Zeitungskommentar. Amina wollte den Bericht über ihn nicht lesen. Hauptsache, er war krepiert. Sie hatte schnell gelernt, dass es weder Gerechtigkeit noch Mitleid gibt. Für einen Moment hatte sie daran gedacht, auch den Kopf ihres Vaters zu fordern. Aber sie hatte sich nicht dazu durchringen können. Er war nur eine erbärmliche Null. Zwar hatte er sie ins Unglück gestürzt, aber er war ihr Vater. Sie sorgte nur dafür, dass er ihre Mutter nicht mehr belästigte.

Amina half ihrer Mutter, fern von ihm ein neues Leben zu beginnen. Und nicht mehr als Putzfrau. Sie brachten sie in einem kleinen Einzelhaus in Beaumont unter, in jenem italienischen Viertel, in dem Ricardos Onkel und Cousins lebten. Amina besuchte sie gern auf einen Kaffee oder ein Couscous, wie nur sie ihn zubereiten konnte. Ricardo begleitete sie nie. Er ließ sie mit ihrer Mutter allein. Es war einen Monat vor ihrer Niederkunft. Dass sie schwanger war, verbarg Amina so lange wie möglich vor Ricardo. Bis eine Abtreibung nicht mehr infrage kam. Zum Glück wuchs ihr Bauch nicht so schnell.

»Ist der Balg von dem Seemann?«, fragte er.

»Ja.«

Sie rechnete mit einer Ohrfeige. Aber es kam keine.

»Na gut«, sagte er nach kurzem Schweigen. »Deine Mutter wird ihn aufziehen. Ich werde ihr Geld dafür geben.«

Lalla hatte eine glückliche Kindheit als falsches Waisenkind, zärtlich umsorgt von ihren beiden »Tanten«. Amina lieferte sich ganz Ricardo aus. Unvorbereitet tauchte sie mit ihm in tiefe Gewässer. Sie entdeckte bald, dass das Leben mit ihm in einer Welt spielte, die sich als ebenso gefährlich wie faszinierend erwies. Dass sie Ricardo gehörte, verschaffte ihr Macht und Komfort. Auch Respekt und Sicherheit. Sie ging kein Risiko mehr ein. Ihr Leben hatte keinen Sinn mehr, aber es verlief glücklicher als das von tausend anderen. Ein Vernunftleben, so wie es Vernunftehen gab. Sie gewöhnte sich daran.

Mit der Zeit wurde Ricardo ihrer überdrüssig, ihres Körpers. Leben ohne Liebe wird immer zum Überdruss. Sie wurde älter, er auch. Er hatte andere Mätressen in Marseille, aber auch an der Côte d'Azur. Und nicht wenig Ärger. Gangs gerieten aneinander. Wegen Drogen, Prostitution, Glücksspiel.

Aber auch im Immobiliengeschäft, auf dem freien Markt und somit bis in die Politik hinein.

Ricardo hatte sich für die Mafia und gegen das traditionelle Marseiller Milieu entschieden, das durch interne Querelen geschwächt war. Aber die Mafia war nicht nur eine *famiglia.* Auch sie wurde von internen Rivalitäten zerrüttet. Jean-Louis Fargette, mit dem er sich zusammengetan hatte, war in San Remo niedergeschossen worden. Ricardo begann zu leben, als könnte jeder Tag der letzte sein. Er kehrte zu Amina zurück und spielte wieder seine Rolle als alter Liebhaber. Er brachte sie auf den Hügeln von Roucas-Blanc unter. In einer hübschen, kleinen Villa mit Meerblick. Ein Paradies. Alles, was er von ihr verlangte, war, dass sie sich bereit hielt, wenn er sie begehrte. Mit den Jahren waren sie zu einer seltsamen Gemeinschaft verwachsen. Zwanzig Jahre. Ein Leben.

Vor zwei Jahren hatte Ricardo sie auf Lalla angesprochen. Er hatte sie in Beaumont besucht.

»Wenn du sie anfasst, bring ich dich um.«

»Ich könnte, wenn ich wollte, und wenn du mich anschließend umbringst, ist mir das scheißegal, Gaby. Früher oder später erwischt mich sowieso eine Kugel ... Aber darum geht es nicht. Ich bin über das Alter der kleinen Mädchen hinaus. Ich will, dass du sie mit dir ins *Habana* nimmst. Der Laden läuft nicht gut genug ... Die Mädchen sind alle dumme Hühner. Sie sind mehr an einer schnellen Nummer für hundert Francs Trinkgeld interessiert als daran, wirklich für mich zu arbeiten.«

»Ich möchte, dass sie was lernt. Ricardo, das hattest du versprochen.«

»In der Schule ist sie eine Null. Das weißt du ganz genau. Sie hat kein Interesse. Nicht wie du. Sie hat nur eins im Kopf: ausgehen, sich amüsieren. Eines Tages wird sie einen dieser faulen Nichtsnutze anschleppen, die auf dem Cours Julien herumstolzieren …«

»Sie ist meine Tochter, Ricardo.«

»Davon weiß sie nichts.«

»Ich hatte vor, es ihr zu sagen. Auch, wer ihr Vater ist. Ich hab über all das nachgedacht.«

»Gaby, hör auf … Was gaukelst du mir da vor? Liebe sie, kümmere dich um sie, darauf kommt es an. Der Rest … Du nimmst sie in die Lehre, Gaby, und ihr beide bringt den Laden wieder in Schwung … Das ist für sie genauso von Vorteil wie für dich, oder nicht?«

»Ich weiß nicht.«

»Du willst eine Zukunft für sie. Versorg sie mit möglichst viel Geld. Das ist heute das beste Diplom.«

»Ich muss mit ihr darüber reden. Herausfinden, wie sie darüber denkt.«

Ricardo musterte sie. Nach so vielen Jahren ging ihm wieder die Schönheit dieser Frau auf, ihre Intelligenz, ihr Scharfsinn. Er liebte sie. Aber so etwas sagt man nicht, man denkt es nicht einmal. Wenn er nicht gewesen wäre, was er war, ein Gangster, hätten sie vielleicht zusammen glücklich sein können.

»Sie ist einverstanden«, sagte er ganz beiläufig. »Sie wartet darauf, dass du sie abholst.«

»Mistkerl!«, schrie sie. »Mistkerl!«

Und sie brach in Tränen aus, sie, die seit Diamantis' Fortgang nicht mehr geweint hatte.

Sie bemerkte Lalla und Nedim, die aus dem Wasser stiegen. Erschöpft ließen sie sich in den Sand fallen. Glücklich. Ja, man konnte sie sich als glückliches Paar vorstellen. Amina fühlte, wie ihr Herz vor Kummer überlief, und konnte die Tränen nicht unterdrücken.

Mit dem unvermuteten Auftauchen von Diamantis war das Kartenhaus ihres Lebens zusammengefallen. Sie musste sich jemandem anvertrauen, herauslassen, was sich in ihrem Innern angestaut hatte. Wem konnte sie sich anvertrauen, wenn nicht ihm? Sie glaubte nicht an den Zufall, aber das war ein Zeichen des Schicksals. Die Zeit war gekommen. Die Stunde der Wahrheit. Was nützt denn die Wahrheit, wenn sie denen, die gelitten haben, nicht ein wenig Glück schenken kann?

22 Das Mittelmeer, ein Meer, das uns zum Narren hält

Auf der Corniche fuhren die Autos Schritt, Stoßstange an Stoßstange. Das hatte Diamantis ganz vergessen – aber hatte er es je wirklich gekannt? –, diesen Ansturm der Marseiller an die Strände an Sommerabenden. Einige fuhren nur hin, um ein Gläschen auf einer Terrasse zu genießen, andere, um am Meer zu essen. Familienausflug, Liebesspaziergang, Beisammensein unter Freunden. Aus welchem Winkel der Stadt man auch kam, früher oder später traf man sich unweigerlich im Stau auf der Corniche, die an der Küste entlangführte, oder auf der Avenue du Prado, die im rechten Winkel zu den Stränden hinabstieß.

Einen Ellenbogen im Fenster, versuchte er sich die alte Küstenstraße vorzustellen, auf der nur eine Straßenbahn fuhr, wie Toinous Frau Rossana ihm erzählt hatte. Eine Erinnerung aus glücklicher Kindheit. Sie war nur einmal mit der Straßenbahn gefahren.

»Für meine Eltern war das ihre Hochzeitsreise, einmal mit der Straßenbahn über die Corniche. Das war nicht gerade Venedig, aber ebenso schön. Ich glaube, sie sind in ihrem ganzen Leben nicht mehr so weit gereist!«

Marseille konnte unzählige solcher Geschichten erzählen. Die Stadt war aus Erinnerungen und Anekdoten gestrickt, die einem Erbe gleich vom Vater auf den Sohn übergingen. Marseilles Geschichte lebte in den Menschen, nicht in Steinen. Diamantis stellte sich vor, sich dort für immer niederzulassen. Mit Mariette eng an ihn geschmiegt, die ihrerseits ihre Kindheitserinnerungen vor ihm ausbreitete, bereichert durch jene von Toinou und Rossana.

»Wir waren im Wassersportverein vom Douane-Kanal«, hatte Toinou ihm eines Mittags erzählt, den Mund voll gegrillter Rotbarbe. »Im Sommer fuhren wir mit mehreren Familien hinaus, jede in ihrem kleinen Boot, Richtung Martigues. Wer zuerst kam, hielt für die anderen den Platz frei. Wir haben gefischt, sind nach Muscheln und Seeigeln getaucht ... Es fehlte uns an nichts ...«

Er könnte sein Boot auch hier haben, überlegte Diamantis. Mikis könnte kommen. Sie würden draußen hinter den Frioul-Inseln fischen gehen. Auf Tunfischfang. Das liebten sie beide. Auf Psará stießen sie oft bis zum äußersten, östlichen Teil der Insel vor, einen Ort, den sie »Barschhöhle« getauft hatten. Sie fischten mit der Langleine und benutzten kleine Heringe als Köder. Es gelang ihnen, Exemplare von dreizehn bis vierzehn Kilo hochzuziehen.

»Fischen Sie?«, fragte er den Taxifahrer.

»Hier ist nichts mehr«, antwortete er mürrisch. »Kein Fisch mehr, keine Fischer mehr. Nur noch Autos und Autonarren.« Damit drückte er wütend auf die Hupe, weil der Fiat vor ihm die Zwanzig-Zentimeter-Lücke, die sich vor ihm aufgetan hatte, nicht geschlossen hatte. Er streckte seinen Kopf aus dem Fenster: »He! Mach schon! Ich arbeite hier!«

Diamantis konnte das Gesicht des Fiatfahrers nicht sehen. Er hörte nur die Erwiderung: »Und was macht deine Schwester?«

»Arschloch!«, fluchte der Taxifahrer. Er drückte erneut ausgiebig auf die Hupe. Alle fingen an zu hupen. Zehn Minuten Dampf ablassen. Dann begann wieder jeder in seinem Wagen all jene zu beschimpfen, die wie sie selber nur schnell ans Meer wollten.

Diamantis ließ seinen Blick über die Wasseroberfläche gleiten. Er versuchte alles, um nicht an sein Treffen mit Amina denken zu müssen. Einige Gedanken kamen ihm wieder in den Sinn, die er vor kurzem in seinem Bordbuch notiert hatte. In Bezug auf die Dürftigkeit der Bezeichnungen für das Meer. Nur die Griechen hatten viele Namen für das Meer: *hals,* das Salz, das Meer als Materie; *pellagos,* der Meeresspiegel, das Meer als Szenerie; *pontos,* das Meer als Raum oder Weg; *thalassa,* das Meer als Ereignis; *kolpos,* der Teil des Meeres, den das Ufer umarmt, eine Bucht oder ein Meerbusen ...

Was jetzt im Schnelllauf vor seinen Augen abspulte, war all dies gleichzeitig. Das Meer in all seinen Definitionen, das Mittelmeer in allen Facetten. Immer weiter, als das Auge reicht. Immer weiter in der Geschichte zurück. Immer wirklicher. Noch über die Mythen hinaus. Das Rumelische Meer, das byzantinisch-römische Meer: *al-bahr al-rum.* Der ägyptische Name fiel ihm wieder ein. Und er erinnerte sich, dass dieses Meer für die Araber weder blau noch schwarz, sondern *weiß* war: *al-bahr al-abyad.*

Dieses Meer hält uns zum Narren, dachte er.

»Sie sind da«, unterbrach der Taxifahrer.

Nedim hatte Lalla von all seinen Reisen berichtet. Im Moment schilderte er ein Abenteuer draußen vor Singapur, wenn die Schiffe mit halber Kraft die schmale Stelle zwischen Raffles Lighthouse und Buffalo Rock passieren. Sie waren beide noch im Badekleid. Lalla hatte ebenfalls einen Gin Tonic genommen. Um Nedim Gesellschaft zu leisten.

»Es ist, als würdest du eine Zahlstelle auf der Autobahn ansteuern, verstehst du, aber die Zahlstelle ist in den Händen von Piraten.«

»Piraten?« Lalla brach in Gelächter aus. Piraten gab es doch heute nicht mehr.

»Oh doch, oh doch. Verdammt, Lalla, es gibt sie überall, jede Menge. In Asien, Südamerika. Tausende.«

Lalla lachte schallend. »Hör auf, Nedim, das ist zu viel!«

Lallas Lachen war ansteckend. Aber er wollte ihr trotzdem von den Piraten erzählen. Wie sie in jener Nacht an Bord ihrer Langboote unter das Heck geglitten waren. Sie hatten Ziem, einen Seemann, der im Morgengrauen losgegangen war, um die Lichter zu löschen, nicht zurückkehren sehen. Er und Haïni, ein anderes Besatzungsmitglied, fanden ihn an den Großmast gefesselt.

Die Seeräuber hatten das Schiff geentert.

»Sie waren um die zwanzig. Verdammt, wir haben es mit der Angst zu tun gekriegt und ... Verflucht, Lalla, hör auf zu lachen ...«

»Und haben sie dich auch gefesselt?«

»Einer hat mir sein Beil an die Kehle gehalten ... Ein Beil ...« Er machte die Geste, und Lalla schüttelte sich vor Lachen. Die anderen Gäste sahen zu ihnen hinüber, als hätten sie den Spaß gern geteilt.

»Das ist wahr«, wiederholte Nedim.

Lalla neigte sich zu Nedim und küsste ihn auf die Stirn. »Ich hab dich furchtbar gern. Du bist wirklich einmalig.«

»Störe ich?«, fragte Diamantis.

»Oh! Da bist du ja«, stieß Nedim aus, noch ganz mit seiner Geschichte beschäftigt und keineswegs von Diamantis' Erscheinen überrascht. »Sag du ihr, dass es wahr ist, das mit den Piraten.«

Nedim bemerkte das – inzwischen senfgelbe – Mal nicht, das unter Diamantis' Auge prangte. Dabei war es selbst unter Mariettes großer Sonnenbrille kaum zu übersehen.

Nedim wandte sich an Lalla. »Das ist Diamantis. Er wird es dir bestätigen.«

Diamantis reichte der immer noch lachenden Lalla seine Hand. »Guten Tag.«

»Ich bin Lalla«, sagte sie. »Wir sind uns gestern flüchtig begegnet, im *Habana.*« Sie erwähnte sein Veilchen nicht. Aus Höflichkeit. Diamantis setzte sich ihnen gegenüber.

»Du kommst zu spät, Alter. Gaby konnte nicht bleiben. Oh, zum Teufel! Was hast du da unter dem Auge?«

»Ich bin gestolpert«, scherzte er.

»Red keinen Quatsch!« Nedim drehte sich verschwörerisch zu Lalla: »Bestimmt eine Frauengeschichte.« Dann sah er Diamantis wieder an.

»Erzähl. Du warst mit der Frau im Bett, der Ehemann ist früher gekommen als erwartet. Er war groß, stark und hat dir das Veilchen verpasst!«

»Genau so. Nur ohne die Frau und den Ehemann. Nur die Tracht Prügel auf der Straße auf dem Heimweg letzte Nacht.«

Nedim pfiff durch die Zähne. Aber ihm entging nichts bei dieser Art von Geschichten. »Und wo hast du danach geschlafen?«

Diamantis grinste. »Na, bei der Apothekerin.«

Nedim lachte und zwinkerte ihm dann zu. »Klar, die Apothekerin, was ...«

»Und was ist mit Amina?«, unterbrach Diamantis.

»Amina?«, fragte Nedim.

»Gaby«, erklärte Lalla. »Gaby ist ihr Arbeitsname. Das habe ich dir doch schon erklärt, im *Habana.*«

»Ach ja ... Amina gefällt mir besser«, betonte Nedim. »Das passt besser zu ihr, finde ich. Und es ist hübscher. Gaby ...«

»Amina musste wieder fort«, klärte Lalla Diamantis auf. »Ich werde es Ihnen erklären ... Aber Sie trinken doch ein Gläschen?«

»Das geht auf Lalla«, unterstrich Nedim. »He, sieh an! Ich habe meinen Notgroschen noch nicht angerührt!«

»Gern«, nahm Diamantis an. »Und was dann?«

»Na, dann wird gefeiert!« Nedim legte seine Hand auf die von Lalla. »Wir trennen uns jedenfalls nicht, stimmts? Außerdem hab ich versprochen, ihr das Schiff zu zeigen. Stell dir vor, sie hat noch nie eins gesehen. Wir werden was einkaufen und an Bord essen. Gut einkaufen. Was meinst du?«

»Wir arbeiten heute nicht. Heute ist Ruhetag. Aber Amina, sie ... Das war nicht geplant ... Sie muss mit Ricardo essen. Aber ...«

Sie sah Nedim an. »Wenn wir das Schiff besichtigen ... Sie kommt dazu, sobald sie kann. Das hat sie versprochen.«

»Ja, sie fragt am Tor nach uns. Und du holst sie ab. Du bist doch einverstanden? Während wir warten, trinken wir in Ruhe unseren Aperitif. Wie die Paschas. Ist es nicht schön hier?« Nedim zeigte mit ausholender Geste aufs Meer.

Die Sonne ging vor ihnen über L'Estaque unter und erleuchtete mit ihren letzten Strahlen die Festung des Château d'If. Diamantis musste plötzlich an den Grafen von Monte Christo denken. Aminas Lieblingsroman. Sie hatte ihn mit auf die Insel genommen, um den Kerker zu besichtigen, in dem Dantès vierzehn Jahre seines Lebens verbracht hatte. Sie hatte ihm den Abschnitt vorgelesen, in dem Dantès verhaftet wurde, als er sich anschickte, die schöne Mercédès zu heiraten.

»Das ist der große Roman der Ungerechtigkeit«, hatte sie gesagt. »Hass und Verachtung, Neid und Feigheit.«

Wie hatte er das nur vergessen können? Sie hatte ihm den Roman geschenkt. Als Schiffslektüre. Er hatte ihn verschlungen und auch sehr gemocht. Er konnte sogar behaupten, dass er mit Alexandre Dumas gelernt hatte, Französisch zu lesen. Seite für Seite. All die Bilder des ersten Kapitels tauchten wieder vor seinen Augen auf. Die Einfahrt des Dreimasters *Pharao* in den Hafen von Marseille, aus Smyrna, Triest und Neapel kommend.

»Ich weiß nicht, was Abdul dazu sagen wird«, gab Diamantis zu bedenken.

»Ist das euer Kapitän?«

»Ja. Er ist verrückt, aber nicht bösartig«, nickte Nedim. »Er wird nichts dagegen haben, mit uns zu feiern, verdammt! Schließlich hat er es auch nicht leicht im Leben, oder? Glaubst du nicht?«

Diamantis brummte nur nachdenklich. Aber es war nicht Abdul, der ihm Sorgen machte. Es gab da eine ganze Reihe von Fragen, die er noch nicht geklärt hatte. Hatte Amina seine Nachricht erhalten oder nicht? Wer waren die Typen, die ihn zusammengeschlagen hatten? Steckten sie mit diesem Ricardo unter einer Decke? War Ricardo der Kerl, der gestern Abend im *Mas* gegessen hatte?

»Wer ist Ricardo?«, fragte er Lalla.

»Er ... Er ist der Chef vom *Habana*. Der Typ, für den wir arbeiten.«

Lalla war jetzt in Verlegenheit. Sie wusste nicht mehr, was sie sagen sollte und was besser nicht. Amina hatte ihr keine Anweisungen gegeben. Na ja, dachte sie, sie würde sich auf nichts einlassen, wenn sie von Ricardo sprach. Sie musste ja nicht erzählen, dass Ricardo für alles aufkam und nur mit den Fingern zu schnippen brauchte, damit Amina zu seinen Diensten war. Vielleicht hatte Ricardo das heute Abend vor. Aber nein. Amina hatte gesagt, dass er sie nur zum Essen eingeladen hatte. Wenn er mit ihr schlafen wollte, bestellte er die Mahlzeit bei einem Partyservice und ließ sie zu Amina bringen. Für diese Augenblicke gab es immer Champagner. Das hatte Amina ihr erzählt. Ganz das feine Leben, hatte sie gedacht.

»Das wusste ich ja gar nicht«, sagte Nedim, »dass du Gaby kennst … Ehm, Amina meine ich.«

»Und ich wusste nicht, dass du ihr begegnen würdest. Ich wusste auch nicht, dass sie im *Habana* arbeitet, verstehst du. Das ist Zufall. Bei dir laufen die Fäden zusammen«, sagte er freundlich.

Diamantis hütete sich zu sagen, dass er Amina in ganz Marseille gesucht hatte. Davon erwähnte er nichts. Natürlich auch nicht, dass er wegen ihr zusammengeschlagen worden war.

Lalla beobachtete Diamantis. Das war also der Typ, den Amina vor so langer Zeit kennen gelernt hatte. Sie musste ihn sehr geliebt haben, so aufgewühlt, wie sie war, nachdem sie ihn gestern gesehen hatte. Lalla verstand, dass sie ihn wieder sehen wollte. Sie spürte schon nach wenigen Worten, dass er in Ordnung war. »Er ist mein Freund«, hatte Nedim gesagt. Ganz stolz hatte er das gesagt. Sie versuchte, sich Diamantis jung vorzustellen. Amina und ihn, ganz jung die beiden. In ihrer Fantasie passten sie gut zusammen, fand sie.

»Was ist Ricardo für einer?« Diamantis' Blick traf auf Lallas. Sanft, aber entschlossen.

»Ricardo …« Der Mann, den sie beschrieb, passte aufs Bild von dem Mann, den er im *Mas* von hinten gesehen hatte. Ihre Beschreibung seines Gesichts entsprach seiner Vorstellung von ihm. Lalla beschrieb ihn gut. Gerade gehässig genug, um zu zeigen, wie sehr sie diesen Mann verabscheute. Der Mann, dachte Diamantis, der ihn zweimal zusammenschlagen ließ. Zusammenschlagen und erniedrigen. Der die Liebe zwischen Amina und ihm zerstört hatte.

»Kennst du Ricardo?«, unterbrach Nedim.

»Ist er ihr Mann?«, fragte Diamantis.

»Ihr Mann?«

Lalla lachte leise. »Nein, nein ... Sie haben vor langer Zeit zusammengelebt. Aber Ricardo ist nicht von der treuen Sorte, verstehen Sie. Nun, jetzt ist es anders, er ...«

Liebe Güte, was soll ich nur sagen?, dachte sie. Warum stellt er mir all diese Fragen? Warum wartet er nicht, bis Amina ihm alles erzählt? Was wusste sie denn, was Amina wollte, das Diamantis erfahren sollte oder nicht.

»Er hat sich um mich gekümmert, als ich klein war. Er und Amina. Und Aminas Mutter auch, sie ist es, die mich aufgezogen hat.«

»Hattest du keine Eltern?«, fragte Nedim.

Lalla kam sich immer verlorener vor. Warum das alles aufrollen? Sie spürte Diamantis' Blick noch immer auf ihr. Das war kein Gaffen. Er sah sie an, als wollte er in ihrem Herzen lesen.

»Nein. Amina hat gesagt ...«

Diamantis fühlte Lallas Unbehagen wachsen. »Wir sind wirklich indiskret. Es tut mir Leid, Lalla. Solche Fragen stellt man nicht.«

Nedim sah Diamantis an. Er hatte Recht. Er wandte sich an Lalla, tätschelte ihre Hand.

»Tschuldige uns.« Er hätte sie am liebsten in den Arm genommen, sie getröstet, ihr eine Familie erfunden, ihr seine geliehen. Er wollte sie lieben, nicht besteigen, nein, sie lieben, zärtlich, vorsichtig, ja, mit sehr viel Zärtlichkeit, er würde ihr nicht gleich den Schwanz hineinstecken, nein, er würde sie streicheln, mit Küssen bedecken, danach ja, danach würde er kommen, wenn er spürte, wie ihr Begehren mit seinem verschmolz und seines mit ihrem, zu einem ... Zum Teufel, Nedim, dachte er, du bist ja verliebt!

Nedim und Lalla sahen sich im selben Augenblick an und lächelten. Diamantis überraschte ihre Komplizenschaft und bemerkte auch, dass Lallas Bein an Nedims klebte.

»Wissen Sie ...«, fing Diamantis wieder an.

»He, du kannst ruhig *du* zu ihr sagen«, unterbrach Nedim. »Du hast doch gesehen, wie sie ist? Sie könnte deine Tochter sein!«

Diamantis gefror das Blut in den Adern. In seinem Kopf begann es sich zu drehen. Ihm wurde schlecht. Ein Schwindelanfall. Lalla. Nein, das war doch nicht möglich, nicht möglich, nicht möglich. Lalla, seine Tochter ...

»He! Gehts dir nicht gut?«, fragte Nedim. Seine Stimme schien von weit herzukommen, sehr weit.

»Das kommt von den Schlägen«, stammelte er. »Der Magen ... Das geht vorüber ...«

»He! Diamantis.«

Nedim war weit fort, zu weit.

»Ne-dim ...«

Diamantis' Kopf kippte zur Seite, von rechts nach links.

Ihm wurde schwarz vor den Augen. Er war unendlich weit weg.

23 Man kann dem Ärger nicht entrinnen, wenn er einen antreibt

Kakerlaken, Kakerlaken. Abdul Aziz war die *Aldebaran* abgeschritten, die Augen auf den Boden geheftet, aufmerksam nach dem kleinsten schwarzen Panzer spähend, der es wagte, über den Laufsteg zu huschen. Er hatte die Messe, die Küche und schließlich seine Kabine peinlich genau untersucht, aber vergebens. Da waren keine Kakerlaken. Wo zum Teufel hatte Diamantis sie gesehen? In seinen Alpträumen zweifellos. Kakerlaken, so ein Spinner! Er würde sie ausrotten. Gnadenlos. Er war bereit, wenn nötig die Nacht dafür zu opfern. Diese widerlichen Viecher machten ihm keine Angst. Er war mit ihnen aufgewachsen. Sie gehörten zu seiner Welt.

Er ging in die Messe zurück und schenkte sich ein großes Glas Whisky ein. Bevor er auf die *Aldebaran* zurückgekehrt war, hatte er eine neue Flasche gekauft. Was wirklich Gutes, einen Oban. Einen Pure Malt. Nicht dieses Gesöff, das Diamantis angeschleppt hatte, höchstens genießbar mit Perrier oder Cola. Er hatte sich gesagt, dass ein guter Whisky förderlich für sein Gespräch mit Diamantis sein würde. Ein paar Gläschen lockern die Zunge, wenn man nicht darauf achtet. Aber der Idiot hatte sich geweigert, mit ihm zu reden. Er nahm einen großen Schluck, dann inspizierte er mit dem Glas in der Hand erneut die Küche, entdeckte aber keine Kakerlaken. Er leerte sein Glas, stellte es ab, schnappte sich die Flasche und trat wieder auf den Gang hinaus.

Bei ihm zu Hause war der Hinterraum des Ladens von Kakerlaken bevölkert gewesen. Seine Mutter versuchte ein Mittel nach dem anderen, ohne Erfolg. Sie wirkten einen Monat oder zwei, sie fanden ganze Kolonnen von toten Kakerlaken, die

Füße in der Luft. Dann tauchten sie in gleicher Zahl wieder auf. Er war gegen sie in den Krieg gezogen. Mit sieben oder acht Jahren. Der Kreuzzug gegen die schwarzen Ritter! Damit konnte er Stunden verbringen. Er hatte eine Falle gebaut. Wenn er zwei oder drei gefangen hatte, kreiste er sie mit vier alten Ziegelsteinen ein, beträufelte sie mit ein paar Tropfen Feuerzeugbenzin und warf ein Streichholz darauf. Das musste schnell gehen. Ihr Panzer knackte wie totes Holz, und er schaute zu, wie sie sich wanden und krümmten.

Die Kakerlaken hatten ihm die saftigste Tracht Prügel seines Lebens eingebracht. Damit konnte er alles in Brand setzen, hatte seine Mutter gewettert. Und dass es außerdem brutal war, so was zu machen. Kakerlaken durfte man töten, aber normal. Mit Mitteln. Sie hatte Angst vor Kakerlaken, deshalb. Die meisten Menschen haben Angst vor ihnen. Vor Kakerlaken, Schaben, Mäusen, Ratten. Und vor Spinnen, Ameisen, Schlangen, Skorpionen, Salamandern und sogar Eidechsen. Er nicht.

Er nahm einen tiefen Schluck Whisky direkt aus der Flasche, dann ging er ins Ruderhaus. Dreck breitete sich an Wänden und Fenstern aus. Wie die Kakerlaken, wie der Rost. Das menschliche Genie war nichts als Eitelkeit. Dem Menschen fehlt es an Entschlossenheit, Fleiß, Durchhaltevermögen. Er legt die Hände in den Schoß, nur einen einzigen Tag, und am nächsten haben die Kakerlaken und der Rost sich weiter ausgebreitet. Es gibt keinen Sieg. Kakerlaken, Rost, Ratten. Sie zerfressen das Leben. Das Leben und die Liebe. Verlierer.

Er kippte noch einen Schluck Whisky. »Backbord 20!«, grölte er und starrte geradeaus.

Stimmen stiegen bis zu ihm empor.

»Mittschiffs.«

»Mittschiffs.«

»Halbe Kraft.«

Sie fuhren in den Panamakanal ein. Sein erstes Kommando. Die *Eridan.* Kurs Süd, dann Kurs Ost, um schließlich den Pazifik zu erreichen. Von einer Schleuse zur nächsten, von einer Bake zur anderen. Bevor er das Schiff übernommen hatte, hatte er den Kanal studiert wie ein Schüler. Die Namen der Schleusen. Gatun Lake. Pedro Miguel. Miraflores. Länge, Breite, Tiefe. Er hatte sich mit allen Risiken befasst. Alles gelesen, was darüber geschrieben worden war. Und jetzt war er dort, vor dem Panamakanal.

Stolz hatte er sich vor der Einfahrt eingefunden, in einem Konvoi von siebzig Schiffen. Man hatte ihn gewarnt: »Das ist keine Ecke für Anfänger. Das ist keine Ecke für Tollpatsche. Unmöglich, dort mit einer unerfahrenen Mannschaft durchzukommen ... Man kann sich auch nicht auf den Ersten Offizier verlassen, um die Maschinen zu drosseln und wieder hochzufahren, das Wasser in den Heizkesseln zu überprüfen, den Druck der Instrumente; all das ist eine Frage der Erfahrung ...«

Er trug seine Uniform mit den Epauletten, um zu demonstrieren, dass er niemand anderem die Leitung des Manövers überlassen würde. Aber als er im Ruderhaus ankam, hatten die Lotsen die Kontrolle bereits übernommen.

Abdul hatte den Befehl von seiner Reederei eine Stunde zuvor erhalten. Die Lotsen aufnehmen, die vor Ort gesandt wurden, und ihnen die Leitung der Durchfahrt überlassen.

»Das kann ich selbst«, hatte er zurückgefunkt.

Niemand bezweifelte das. Aber die Lotsen waren in den Vereinigten Staaten extra für die Fahrt durch den Kanal ausgebildet worden. »Die Schwierigkeiten dort übersteigen jede Vorstellungskraft«, hatte man ihm noch mit auf den Weg gegeben. »Man kann dem Ärger nicht entrinnen, wenn er einen antreibt.«

»Backbord, 20«, rief der Lotse.

»Backbord, 20«, wiederholte der Rudergänger.

»Voll nach Backbord.«

»Voll nach Backbord.«

Der Maat am Ruder hatte den Befehl wiederholt, und er, erniedrigt und als müsste er wenigstens ein bisschen mitmachen, wiederholte ihn ebenfalls, starr und gedämpft hinter dem Lotsen. Sie passierten Gatun Lake bei Vollmond. Die *Eridan* machte ihren Weg durch ein Labyrinth unzähliger Inseln. Die grünen Sterne mit dem steten Licht markierten die Linie der Baken in der Fahrrinne. Die Bojen mit dem blinkenden grünen Licht die Untiefen.

»In Wirklichkeit ist hier überhaupt kein Kanal mehr«, sagte der Lotse. »Nur noch Dreck.«

»Wieso das?«, fragte er.

»Dreck und Unrat. Sie schmeißen alles rein. Kanister, Müll. Der Kanal erstickt darin. Der Dschungel siegt.«

Abdul stürzte zwei tiefe Schluck Whisky hinunter.

Er hätte die *Eridan* führen können. Durchkommen können. Seine Autorität beweisen. Sich beweisen. Kapitän ohne Kommando. Unerfahrene Seeleute. Schiffe ohne Reeder. Der Dschungel siegt. Kakerlaken, Ratten, Rost.

»Alle Mann nach Steuerbord!«, grölte er.

Diese Stimme, die nicht die seine war.

»Alle Mann nach Steuerbord.«

»Langsam zurück.«

Er trank weiter. Dann hörte er Stimmen. Nicht die der Lotsen. Vertraute Stimmen. Diamantis. Nedim. Und eine Frauenstimme. Eine Frau an Bord! Bei Gott, das hatte er nie zugelassen, eine Frau an Bord.

Einer war es gelungen, sich auf das Schiff zu stehlen. Einer Mulattin. Wo war das noch gewesen? In Callao. Sie musste die

Hafenarbeiter bestochen haben. Oder sie war mit dem Hafenmeister ins Bett gegangen. Nein, das war nicht in Callao. Er setzte sich auf eine Stufe vor dem Eingang zum Ruderhaus. Ihr Blick hätte einem Toten eine Erektion verschaffen können. Buenaventura. Ja, da wars. In Buenaventura, der Perle des Pazifiks.

Er lachte. Nedim hatte Buenaventura verpasst. Die *Bamboo Bar.* Umwerfende Frauen. Die Seeleute mit den Taschen voller Präservative, die ungeduldig darauf warteten, in die engen Gassen auszuschwirren. Bis zur *Bamboo Bar.* Eine Traumfrau. Sie trug nichts als einen pistazienfarbenen Badeanzug. Schlank und ziemlich groß. Aufreizender als eine Sondernummer von *Penthouse.* Sie flanierte lässig auf dem Deck.

»Ich bin gekommen, um Sie zu befriedigen«, sagte sie in schlechtem Englisch.

Sie warf ihm ein tödliches Lächeln zu und ließ ihre Augen zwischen seine Beine wandern. Sein Glied straffte sich, er konnte die Erektion nicht verhindern. Die Mannschaft versammelte sich um ihn herum. Die Neuigkeit hatte sich wie ein Lauffeuer verbreitet. Die Männer umkreisten ihn und die Frau. Niemand sagte ein Wort. Mit strammem Schwanz in Bereitschaftsstellung. Jeder Einzelne bereit, in die Dame einzudringen, die ihre Dienste für die gesamte Dauer des Aufenthalts zur Verfügung stellte. Gegen ein paar Dollar natürlich. Cash, das verstand sich von selbst.

Er ließ die Polizei rufen.

Keine Frau an Bord während des Aufenthalts im Hafen. So lautete die Vorschrift.

Am nächsten Abend war sie in der *Bamboo Bar.* Sie hatte einen Seidenshort über ihren Badeanzug gezogen, fluoreszierend orange. So ging sie von Hand zu Hand, von Glas zu Glas. Kassierte zehn Dollar hier, zehn Dollar da für eine Hand auf ihrem Hintern, ihrer Brust, einen flüchtigen Kuss. Aalglatt. Er fragte sich, wer die meisten Dollar aufbringen würde, um mit ihr abzuziehen.

Plötzlich tauchte sie aus einer Rauchwolke auf. Sie stand vor ihm, ein Glas in der Hand. Die Musik war ohrenbetäubend. Sie posierte eine Hand auf der Hüfte, warf sich in die Brust, prostete ihm zu und trank.

»Schade«, sagte sie und kehrte ihm den Rücken.

Er hielt sie am Handgelenk zurück. »Was ist schade?«

Sie sah ihm tief in die Augen, wie gestern auf dem Schiff. Er ließ ihr Handgelenk nicht los. Hielt ihrem Blick stand.

»Hundert Dollar«, schlug er vor.

Immer noch am Handgelenk zog er sie aus der Bar, ohne sich um die Blicke und Kommentare seiner Mannschaft zu kümmern.

Hundert Dollar. Für hundert Dollar hatte er mit einem steifen, kalten Körper geschlafen. Sie hatte nicht einmal Lust vorgetäuscht wie jede andere Nutte, nicht eine zärtliche Geste, kein zärtliches Wort, keine Spur von Lächeln für ihn übrig gehabt. Sie hatte ihren Badeanzug und ihre Shorts wieder angezogen und ihn mit einem bösen Blick gestraft.

»Schade«, hatte sie wiederholt.

Er hatte sie nicht vergessen können. Hélène war ihr Name.

»Abdul!« Diamantis' Stimme auf dem Deck. Abdul setzte die Flasche an und schüttete sich den Whisky die Kehle hinunter. Dann stellte er die Flasche neben der Tür zum Ruderhaus ab. Da sah er sie. Zwei fette Kakerlaken. Dicke. Sie rührten sich nicht. Sie schienen seine Nähe zu spüren. Er packte die Flasche am Hals, hob sie langsam hoch und hielt sie parallel zum Boden dicht über die Kakerlaken. Dann schlug er mit dem Flaschenende zu. Die Panzer krachten.

»Gesindel«, murmelte er.

Er ließ die Flasche über ihnen und erhob sich, auf eine Hand gestützt. Die *Aldebaran* stampfte gefährlich. Er lehnte sich einen Moment gegen die Tür und holte tief Luft. Plötzlich war ihm sehr heiß.

»Abdul!«

Unsicheren Schrittes ging er in Richtung von Diamantis' Stimme.

»Hier bin ich«, sagte Abdul. Er erkannte seine eigene Stimme nicht wieder. Sie klang teigig, seine Zunge war schwer.

Diamantis kam ihm auf der Gangway entgegen. Abdul hatte sich dort aufgestützt, den Blick aufs Meer gerichtet und ein Zigarillo angezündet.

»Ah! Da bist du.«

»Am Ende liebt man sein Schiff immer. Glaubst du nicht?« Er sprach langsam, artikulierte jedes Wort.

»Auch der letzte, verrostete, alte Pott wird irgendwann zu einem begehrten Objekt. Sogar diese *Aldebaran*. Oder nicht?«

»Hast du getrunken?«

»Ist eine Frau an Bord, Diamantis?«

»Mja«, gab der verlegen zu, auch wenn Abduls Meinung ihn in diesem Moment wenig interessierte.

»Keine Frau an Bord. Das ist verboten. So steht es in den Vorschriften. Du hast die Dienstvorschrift missachtet.«

»Abdul ...«

»Wer hat sie aufgegabelt, du oder er? Denn es ist wohl eine Nutte, denke ich.«

»Wir beide. Wir haben sie nicht zum Vögeln mitgebracht. Das ist eine lange Geschichte. Wir müssen darüber reden.«

Abdul lachte aus vollem Hals. Ein lautes, kehliges Lachen. Er war besoffen. »Ah! Jetzt willst du reden. Du willst reden, aber wenn es dir passt, Diamantis. Ich wollte vor kurzem mit dir reden. Aber du hattest es eilig. Wieder zu dieser Nutte zu kommen, vielleicht.«

»Sie ist keine Nutte …« Das konnte er nicht durchgehen lassen. Sie war keine Nutte. Immerhin konnte sie seine Tochter sein. Das wollte ihm nicht aus dem Kopf. Und selbst wenn das nicht stimmte, hatte er nicht das Recht, Lalla vulgär und herablassend zu behandeln. »Abdul, hör zu …«

»Ich will nichts von dir hören. Ich hab dir nichts zu sagen.« Er richtete sich auf. Das Schiff schlingerte immer noch. Der Schweiß rann in dicken Tropfen. Die feuchte Luft vermengte sich in ihm mit den Dämpfen des Alkohols.

»Wo ist dieses Mädchen jetzt?«

»Bei Nedim. In der Messe. Wir haben zu essen und zu trinken mitgebracht. Eine kleine Feier. Wir wollen ihr das Schiff zeigen. Sie ist noch nie auf einem Schiff gewesen.«

Diamantis erkannte sich selbst nicht wieder. Er redete wie Nedim. Die gleichen Worte. Eine kleine Feier. Was für Trottel sie doch abgaben, Nedim und er. Er hätte das nie zulassen dürfen, tolerieren, mitmachen. Das war gegen die Vorschrift. Vor allem war es gegen Abduls Prinzipien. Dabei kannte er ihn doch! Mist auch!

»Eine kleine Feier, sagst du?« Er legte Diamantis eine Hand auf die Schulter. Mehr zur Stütze als aus Zuneigung.

»Eine kleine Feier. Warum auch nicht? Ein festgemachtes, bewegungsloses Schiff ist dermaßen trist. Warum also nicht, nur eine kleine Feier …«

»Danach geht sie wieder«, betonte Diamantis.

»Ja, natürlich.« Er hielt Diamantis noch immer bei der Schulter und neigte sich zu ihm. »Ich habe sie gesehen«, murmelte er. »Die Kakerlaken.« Und er lachte laut los.

Abduls alkoholgetränkter Atem schlug Diamantis entgegen. Verdammter Mist, dachte Diamantis. Er ist wirklich voll.

Es war das erste Mal, dass er ihn so sah. Das tat ihm weh. Ihre Freundschaft, das spürte er, würde mit diesem Rausch zu Bruch gehen. Aber nicht nur ihre Freundschaft. Alles. Alles ging auf der *Aldebaran* zu Ende. Das musste er ihm sagen.

»Abdul, ich werde dir sagen, warum ich verschwinde.«

Abdul lachte immer noch, weiterhin an Diamantis' Schulter festgeklammert. »Ich weiß, ich weiß. Aus dem gleichen Grund, aus dem ich bleibe. Wir haben alles verloren, das schon lange nichts mehr wert war!« Er lachte und lachte.

»Das ist die Wahrheit, mein Freund.«

Dann wurde er ernst und sah Diamantis an. »Siehst du«, sagte er und zeigte aufs Meer. »Wir sind unser ganzes Leben zur See gefahren, und? Wir haben nichts gefunden. Weder auf dieser Seite des Horizonts. Noch auf der anderen. Nichts. Keine Antwort. Keine Lösung?«

»Es gibt nichts zu finden, das ist die Wahrheit, Abdul. Nichts zu suchen. Nichts zu finden. Und nichts zu beweisen.«

Diamantis wollte jetzt auch trinken. Er wollte trinken. Ja, trinken und feiern. Mit einer Frau schlafen. Er dachte wieder an Mariettes rundes Gesicht. An ihr Lächeln. An ihren wohlgerundeten Körper. An den Frieden, der über ihrer Wohnung lag. Dieses sanfte Leben ... Das Leben. Vielleicht das wahre Leben.

»Das sind alles Hirngespinste, Abdul. Spinnereien. Was soll das heißen – eine Lösung? Na? Es gibt für nichts eine Lösung. Niemals.«

»Genau. Darauf stoßen wir an, komm.« Er ließ Diamantis' Schulter los. Es ging jetzt besser. Das spürte er. Er sah ihn erneut an, nicht ohne Mitleid diesmal. Ein Mann, der Angst vor Kakerlaken hat, dachte er.

»Wie heißt das Mädchen?«

»Lalla.«

»Lalla. Arabisch, nicht?«

»Marokkanisch.«

Abdul ließ Diamantis stehen und ging in seine Kabine. Eine Feier also? Er würde es ihnen zeigen. Er holte seine Sommeruniform hervor und begann sich anzuziehen. In seinem Geiste sah Lalla Hélène immer ähnlicher. Nur er konnte beurteilen, ob sie ihr wirklich glich. Aber er sagte es nicht. Er wusste nur, als er ihr die Hand schüttelte, dass sie denselben Blick hatte.

24 Jeder trägt ein Stück Unglück in sich

»Wenn ...« Abdul räusperte sich und las weiter vor: »Wenn Sie die Hand auf die Reling legen ...«

»Was ist das, die Reling?«, fragte Lalla.

»Das Schanzkleid eines Schiffes«, antwortete Diamantis. Sie sah Nedim an.

»Wie ein Geländer, wenn du willst. Damit du nicht über Bord fällst.«

»Ach so.«

»Kann ich weitermachen?«, fragte Abdul. »Gut. Wenn Sie die Hand auf die Reling legen und so etwas wie einen lebenden Kontakt empfinden, der auf ihre leichte Berührung reagiert, wenn Sie das wirklich fühlen, dann haben Sie die besten Voraussetzungen, um ein echter Seemann zu werden.« Er schaute vom Buch auf, sah Lalla an und fuhr fort: »Wenn Sie das Talent dazu haben, ein gesundes Urteilsvermögen, einen Blick für Distanzen, ein eher ruhiges, ausgeglichenes Naturell ...«

Er klappte das Buch zu. Das *Handbuch für Marineoffiziere* von Kapitän H. A. v. Pflugk. Ein Werk, von dem er sich nie trennte. Er hatte es vor gut fünfzehn Jahren bei einem Londoner Buchhändler ausgegraben. Gewiss, solche Ausführungen wirkten veraltet, aber sie gefielen ihm. Sie waren richtig.

»Genau das war es«, sagte er. »Ich habe das empfunden, als ich zum ersten Mal in meinem Leben ein Schiff betreten habe. Die *Espérance*. Du kennst die Geschichte schon, nicht wahr, Diamantis?«

Sie hatten all ihre Einkäufe auf dem Tisch ausgebreitet. Aus verschiedenen Feinkost- und Lebensmittelgeschäften in der Rue d'Aubagne, der kosmopolitischsten Straße von Marseille. Kabeljaubällchen, Salat aus rotem Paprika, Fleischklopse, Krapfen mit Lammhirn, Chakchouka, Brik-Teigtaschen mit Fisch, Bohnensalat, gehackte Auberginen in Olivenöl, Käse in Blätterteig, Taboulets, Gurken in Yogurt, Omelett mit Paprika und Tomaten, gefüllte Weinblätter, Tintenfische in Sauce nach thessalonischer Art, Moussaka. Und natürlich grüne und schwarze Oliven, Mandeln, Cashewkerne, geröstete Pistazien und Kichererbsencreme. Nicht zu vergessen mehrere Flaschen Wein. Weißen Cassis, Rosé aus Bandol und ein paar Flaschen italienischen Roten, Lacrima Christi, von dem Diamantis schwärmte.

An dieser Tafel fühlten sie sich zwar nicht wie zu Hause, aber wie eine Familie. Aus ein und demselben Land. Dem Mittelmeer. Sie vergaßen für einen Moment, wer sie waren, warum sie hier waren, auf diesem Schiff, in einer Sommernacht in Marseille, durch diesen Zufall, der Exilanten, obgleich ständig kreuz und quer in Bewegung, schließlich an einem Ort zusammenführt, an dem Glück und Unglück ineinander fließen. Hier war das Ende der Welt. Auf der *Aldebaran*.

Zu Beginn der Mahlzeit hatte Diamantis die Unterhaltung bestritten. Nedim hatte ihn auf den Geschmack gebracht.

»Stell dir vor«, hatte Nedim Lalla lachend erzählt, »ich bin Türke, und er ist Grieche. Wir können uns nicht ausstehen. Mich mit einem Griechen an einen Tisch setzen! Niemals. Unsere gefüllten Weinblätter sind übrigens besser!«

»Diese hier, mein Freund, ob dus glaubst oder nicht, sind libanesisch«, unterbrach Abdul. »Das schmeckt man.«

»Das stimmt sogar«, witzelte Diamantis.

Diamantis hatte von dem gesprochen, was ihm am meisten am Herzen lag. Das Mittelmeer. Dieses Meer war Orient und Okzident. Und es war eins. Einmalig.

»Einmalig, versteht ihr? Orient, Okzident … das ist alles Humbug. Unser Land, unsere Wurzeln, unsere Kultur, all das ist dort, auf diesem Meer, in ihm drin. Versteht ihr mich?« Er schaute der Reihe nach Nedim, Lalla und Abdul an.

Sie nickten, aber Diamantis sah ihnen an, dass ihnen das alles unverständlich blieb. Ihm übrigens auch. Es war eine Empfindung, aber er konnte sie nicht recht in Worte fassen. Es war auch das erste Mal, dass er es überhaupt versuchte. Bislang hatte er diese Dinge für sich behalten. Sie geisterten durch seinen Kopf. Manchmal versuchte er, einen dieser Gedanken im Flug zu erhaschen und mehr schlecht als recht in einem seiner Hefte festzuhalten.

Er nahm einen tiefen Schluck Weißwein. Um seine Gedanken zu klären. Dafür war Wein unschlagbar. Das Aroma breitete sich in seinem Geist aus und verlieh den abstrakten Worten Form. Um ehrlich zu sein, er war in einem euphorischen Stadium nahe der Volltrunkenheit. Aber da war er nicht der Einzige.

Auch Abdul schwamm merklich in den Nebeln des Alkohols. Wenn sein Glas leer war, füllte er es wieder, ohne den anderen nachzuschenken. Er trank mit Hingabe. Mit der gleichen Entschlossenheit, mit der er ein Schiff führte. Kalt und starr in Kopf und Körper. Er hielt sich gerade auf seinem Stuhl und konzentrierte sich darauf, jede seiner Gesten unter Kontrolle zu halten. Er hatte etwas von einem Automaten.

Nedim hatte auch nicht schlecht gebechert, aber weniger als Diamantis und deutlich weniger als Abdul. Er hatte sofort begriffen, dass Abdul schon besoffen war, als er zu ihnen in die Messe kam. Man sah es an der Uniform! Lallas Gegenwart hielt Nedim davon ab, die Grenze zu überschreiten, sich Diamantis und Abdul in ihrer Trunkenheit anzuschließen. Er wollte am Ende der Nacht nicht sturzbetrunken sein. Er hatte sich oft genug einen angetrunken. An vielerlei Orten. Und es endete immer gleich. Entweder in einer Schlägerei. Oder im Bett mit einer Nutte. Ohne Erinnerung daran, mit wem oder warum er sich geschlagen hatte. Ohne Erinnerung daran, wie das Mädchen war oder wie viel sie ihm abgenommen hatte. Wenn er früher oder später zu sich kam, stand er an eine Wand gelehnt und kotzte sich die Eingeweide aus dem Leib. Und dieses Schauspiel wollte er Lalla nicht bieten.

Seine Hand rutschte unter den Tisch und berührte zaghaft Lallas Bein. Sie legte ihre Hand auf seine. Ihre Finger verhakten sich. Sie drehte sich zu ihm, lächelte ihn an, dann zog sie ihre Hand von der seinen zurück und er die seine von ihrem Bein.

Von den vieren war Lalla zweifellos die Nüchternste. Sie verstand nicht recht, was vorging, seit Amina sie auf die Suche nach Diamantis geschickt hatte. Aber sie versuchte auch gar nicht erst, es zu verstehen. Sie ließ sich von den Ereignissen treiben. Diamantis und Abdul faszinierten sie. Zugegeben, sie soffen sich langsam einen an, aber sie waren ganz anders als die Männer, die sie bisher kennen gelernt hatte. Sie standen mitten in den Wirren des Lebens. Mit einer Kraft, Unbefangenheit und Aufrichtigkeit, die ihr neu waren. Sie waren anders als Ricardo und seine Leute. Anders als die Kunden, mit denen sie jeden Abend zu tun hatte. Sie verstand nichts von Männern, dachte sie, als Nedim begann, ihr Bein zu streicheln.

Und er?, fragte sie sich. Sie wusste es nicht mehr. Das heißt, doch, sie leugnete nicht, dass es in dem Moment gefunkt hatte, als er sie zum Tanzen in die Arme geschlossen hatte. Richtig gefunkt. Das war mehr als nur die Erregung, die durch den Salsa aufkommt. Konnte man sich beim ersten Blick zu einem Typ hingezogen fühlen, beim ersten Kontakt seiner Hand auf der ihren? Wenn Amina nicht gewesen wäre, hätte sie sich im *Habana* von Nedim entführen lassen. In irgendein Hotel. Es hatte nicht viel gefehlt, und sie hätte Ja gesagt, als Nedim ihr den Vorschlag gemacht hatte. Nur um zu spüren, wie er ihren Körper davontrug. Die wenigen Male, die sie mit einem Mann geschlafen hatte – und die konnte sie an den Fingern abzählen –, waren enttäuschend gewesen. Die Männer nahmen nur, nie gaben sie ihr etwas. Danach fühlte sie sich seltsam leer. Wie ausgeblutet.

Amina hatte Nedim zum Gockel abgestempelt, der sich rupfen lässt. Sie hatte ihn übertrieben zum Bestellen gedrängt. Wie aus Bosheit. Vielleicht, weil er gut tanzte. Oder weil er und sie selbst gut zusammenpassten? Wie eine alte Eifersucht. Oder eine schlecht verheilte Wunde. Diese Gedanken gingen Lalla durch den Kopf, als sie später in ihrem Bett lag und an Nedim dachte. Sie hatte sich wiederholt gefragt, warum Amina so gehandelt hatte. Nedim war nicht besser und nicht schlechter als jeder andere. Einfacher gestrickt, zweifellos. Auf den ersten Blick hatten sie beide erkannt, wie viel Geld sie ihm abluchsen konnten. »Den solltest du dir vornehmen, den Typ da«, hatte Amina gesagt und auf Nedim gezeigt, der allein tanzte. »Anscheinend echt ein verlorener Seemann.«

Lalla wandte ihre Aufmerksamkeit wieder Diamantis zu. Sie verstand nicht recht, worauf er hinauswollte. Dennoch spürte sie, dass es im Grunde richtig war, was er sagte.

»Sagen wir, das Mittelmeer ist unser Körper. So weit, so gut. Also, wir haben zwei Augen, um richtig zu sehen, zwei Ohren, um recht zu hören, zwei Nasenlöcher, um besser riechen zu können, zwei Lippen zum Sprechen …«

»Zwei Arme, zwei Beine …«, spottete Abdul.

»Genau.«

»Aber nur ein Glied ...«, warf Nedim ein.

»Bravo«, konterte Diamantis. »Wenn wir jemanden brauchen sollten, der sich damit auskennt, bist du der richtige Mann.«

»Warte, warte«, Nedim wurde ganz ernst. »Ich wollte nicht ... Nur anmerken, dass wir nur ein Glied haben, nicht zwei, und ...« Er suchte nach Worten. Er verstand Diamantis' Ausführungen. Sie gefielen ihm sogar. All das hatte Hand und Fuß.

»Und dieser Körper, was ist er? Mann oder Frau? Man sagt doch: das Meer ...«

»Das Mittelmeer ist androgyn.«

»Androgyn?«, fragte Lalla. Sie war nicht wirklich sicher, was das war, aber sie wollte es wissen auf die Gefahr hin, sich lächerlich zu machen.

»Jemand, der beide Geschlechter in sich birgt«, bestätigte Abdul.

Er sagte das hart und kalt. Dieses Mädchen war genau so, wie sie aussah. Zum Vernaschen süß, und wie, aber nichts dahinter. Eine dumme Gans. Er trank in einem Zug aus und schenkte sich nach. Er war schon auf Rotwein umgestiegen, während die anderen noch beim Rosé verweilten.

Das Mädchen war vom gleichen Schlag wie Hélène. Sie hatten ihr Hirn im Arsch. Und damit konnten sie sich erlauben, einen zu erniedrigen. Nedim war nur ein armer Trottel und begriff nichts. Je länger Abdul Lalla anschaute, desto mehr verschwamm ihr Bild mit Hélène. Er konnte sie sogar sagen hören: »Schade«, in dem erbärmlichen Englisch eines erbärmlichen Mädchens.

Lalla wurde von Abduls Blick überrascht. Ein harter Blick.

Dieser Mann mochte sie nicht. In seinen Augen glänzte eine Art Hass, Hass auf sie. So hatte sie noch keiner angesehen. Unwillkürlich schalteten all ihre Sinne auf Alarm.

»In den slawischen Sprachen und in Latein ist das Mittelmeer sächlich. Im Italienischen maskulin. Im Französischen feminin. Im Spanischen je nachdem maskulin und feminin. Das Arabische hat zwei maskuline Namen dafür. Und das Griechische versieht es in seinen zahlreichen Bezeichnungen mit allen Geschlechtern.«

»Warum eigentlich?«, fragte Lalla.

»Ich weiß nicht. Aber eins glaube ich: dass das Mittelmeer ein Körper ist, der in uns wohnt. Und dass unsere linke Hand nicht ignorieren kann, was die rechte tut.«

Er hielt plötzlich inne. Nachdenklich. Durch den Alkohol verlor er den Faden seiner Gedanken. Warum bloß erzählte er das alles? Was wollte er erklären, beweisen?

»Ich weiß nicht mehr, was ich sagen wollte.«

»Du hast von der Odyssee gesprochen. Homers Odyssee«, half Nedim nach.

»Von Odysseus«, präzisierte Abdul.

»Ja … Die Odyssee wird immer noch von Taverne zu Taverne weitererzählt, von einer Bar zur nächsten Bar … Und Odysseus lebt immer noch unter uns. Seine ewige Jugend lebt in den Geschichten, die wir uns jetzt, ich meine, heutzutage, erzählen. Wenn wir am Mittelmeer eine Zukunft haben, dann liegt sie in der Richtung.«

Er brach erneut ab. Das war noch nicht ganz, was er sagen wollte. Es war etwas Präziseres.

»Das Mittelmeer … das sind Wege. Seewege und Landwege, miteinander verbunden. Straßen, mit anderen Worten Städte. Große und kleine. Sie halten sich alle bei der Hand. Kairo und Marseille, Genua und Beirut, Istanbul und Tanger, Tunis und Neapel, Barcelona und Alexandria, Palermo und …«

Endlich fand er den Gedanken, der ihn quälte, und die Worte, ihn auszudrücken.

»In Wahrheit braucht man einen persönlichen Grund, um auf dem Mittelmeer zur See zu fahren.«

Das war es. Er hatte es gefunden. Einen persönlichen Grund.

Abdul musterte ihn von oben bis unten. Diamantis redete wie im Fieberwahn. Der fantasierte das Blaue vom Himmel herunter, nur damit man ihm zuhörte. Er wollte fesseln. Im Mittelpunkt stehen. Seit Beginn der Mahlzeit hatte er das Gespräch an sich gerissen. Er, Abdul, war in die Rolle des Statisten gedrängt. Nicht alles, was Diamantis sagte, war verkehrt. Aber er war schließlich der Kapitän, verdammt noch mal. Er hatte auch noch ein Wörtchen mitzureden.

»Ich …«, setzte er an.

Die Worte wollten nicht kommen.

»Ich … Für mich, ja, für mich, ist das Mittelmeer … Für mich ist das Meer nur in der Ferne schön. Hinter Gibraltar. Der Ozean …«

»Und was ist Ihr persönlicher Grund?«, fragte Lalla Diamantis.

»Zu mir selbst zu finden, denke ich.« Er dachte an einen Ausspruch seines Vaters. »Die zerrissene Seele des Menschen sucht einen Ort, wo die Gegensätze eins sind. Man geht verloren, wenn man nicht weiß, wer man ist.«

»Der Ozean«, fiel Abdul ihm lautstark ins Wort. Er wusste selber nicht, was er eigentlich erzählen wollte. Nur, dass er die Unterhaltung wieder an sich reißen wollte. Verdammt noch mal! Was waren das hier für Zustände? Die reinste Anarchie! Er war hier der Kapitän. Man schuldete ihm Aufmerksamkeit.

Erzählen, was das Meer wirklich war. Was Abenteuer war. Nicht diese erbärmliche Geschichte von diesem Odysseus, der in dem Netz gefangen war, welches das Mittelmeer, diese giftige Spinne, um die Männer webt. Die giftige Spinne war Penelope. Sie hatte ihn am Haken, diesen Jammerlappen. An dem sie ihn zurück nach Hause zog, sobald es ihr passte. Ob in Circes Armen oder Calypsos Bett – Odysseus war an Penelope gebunden. An sein alltägliches Einerlei. Ans häusliche Leben. Der Ozean befreite von den Spinnenfrauen. Von Penelope und Céphée.

Der Ozean, das Abenteuer.

»Das Meer ist nur in der Ferne schön«, wiederholte er theatralisch.

Es gab noch mehr Frachter. Er hatte sein Leben noch vor sich. Niemals würde er irgendeiner Frau erlauben, ihm seine Zukunft zu diktieren, oder irgendeiner Nutte, »schade« zu sagen. Und diese Lalla täte besser daran, ihren hübschen Mund zu halten.

Sie musterte ihn. Worunter wohl dieser Mann so litt? Sie sah ihn mitfühlend an wegen dieses Übels, das er in sich trug und das sie nicht kannte. Aber sie wusste, dass jeder sein Stück Unglück mit sich herumschleppt. Sie vier wie alle anderen auch.

Aber das war es nicht, was Lalla im Leben Angst machte, es war die Unfähigkeit, das Unglück zu bezwingen. Ihre Unfähigkeit war, dass es ihr nicht gelang, den Worten Mutter und Vater ein Gesicht zu verleihen. Schwindel packte sie, wenn ihre Gedanken in diese Richtung schweiften. Was fehlte Abdul? Was hatte er verloren, dass er so tief in Traurigkeit versank? Sie wünschte sich, dass er freundlich mit ihr reden würde, mit einem Lächeln, wenigstens einem kleinen Lächeln. Seit er dazugekommen war, in seine Uniform verkleidet wie eine Marionette, hatte er sie kein einziges Mal angelächelt.

Niemanden hatte Abdul angelächelt.

Was hatte Lalla ihn so anzustarren? Er ertrug ihren Blick nicht. Als wollte sie sich in seine Gedanken, sein Herz einschleichen. Wenn er nicht aufpasste, das wusste er, würde sie die Oberhand gewinnen, ihr Blick würde dann wirklich dem von Hélène gleichen. Und er würde vor Begierde platzen. Er würde erigieren, ohne etwas dagegen tun zu können. Er wäre nicht mehr als ein Hund, einzig von der Lust besessen, sich zu paaren. Er hasste Hunde. Und Hündinnen. Er dachte an Céphée, mit der er sich gern gepaart hätte. Ein letztes Mal. Wo sie in diesem Moment wohl war? Mit wem? Gerade dabei, sich besteigen zu lassen wie eine Hündin, die sie ja auch war.

Er kippte einen großen Schluck Wein hinunter und stürzte sich in die kalten Nebel des Ozeans. Als er weitererzählte, tat er es mehr für sich als für die anderen. Nur um sich einzureden, dass dort sein Lebensinhalt lag, weit von allen Küsten entfernt. Der kalte Augenblick des Morgengrauens, wenn man dem starken Seegang des Pazifiks gegenübertreten muss mit seinen gewaltigen Höhen und Tiefen. Wenn das Schiff knarrt wie ein Dreimaster in einer Flaute am Äquator. In dem Moment, in dem jeder Seemann gern überall wäre, nur nicht hier.

»Wer hat schon mal einen Regenbogen bei Mondschein gesehen?«, fragte er. Sein Blick ignorierte Lalla, streifte knapp Nedim und blieb an Diamantis haften mit der Überlegenheit des Kapitäns gegenüber seinem Ersten Offizier.

»Nein, noch nie«, gestand Diamantis.

»Das habe ich mir gedacht. Auf dem Mittelmeer sieht man so etwas nicht.«

»Und, ist es schön?«, fragte Lalla.

»Ja, das kannst du dir nicht vorstellen.«

Treffer, dachte er. Und er sagte sich, dass er es geschafft hatte, er hatte die Kontrolle über das Schiff wieder. Er war wieder der Kapitän der *Aldebaran.* Der einzige Herr an Bord.

25 Brütende Hitze erstickt jeden Laut, alles keimt, stirbt, modert und fault …

Die Hitze hatte sie dazu gebracht, sich zu bewegen. In der Messe bekam man keine Luft mehr. Der Zigarettenqualm klebte auf ihrer feuchten Haut. Ihre Augen begannen zu brennen. Lalla hatte vorgeschlagen, das Schiff zu besichtigen.

»Genau! Deshalb ist sie doch gekommen«, hatte Nedim ermuntert.

Abdul hatte sie mit Geschichten erschlagen. Er konnte erzählen, das ließ sich nicht leugnen. Man spürte ihn vibrieren wie seine Schiffe in den Wogen des Ozeans. Aber er war noch nicht richtig fertig mit seinen Jahren auf dem Meer. Er schlug vor, auf Deck weiterzumachen.

Sie stiegen mehr schlecht als recht hinab. Besonders Abdul. All seine Bewegungen waren durch den Alkohol verlangsamt. Er schwankte leicht. Dennoch hielt er sich aufrecht mit straffen Schultern und erhobenem Haupt, wie sein Vater es ihm beigebracht hatte.

Die Luft stand, und obwohl die Temperatur an die dreißig Grad war, tat ihnen die frische Luft gut. Nur Diamantis war zurückgeblieben. Er wollte schnell einen Becher Nescafé trinken. Der Alkohol machte ihn nervös. Er spürte die Angst in sich. Es war zwanzig nach Mitternacht, und Amina war immer noch nicht gekommen. Er ahnte, dass sie nicht kommen würde. Dass sie überhaupt nicht mehr kommen würde. Dass sie verhindert war. Aufgehalten. Als er seinen Becher Nescafé ausgetrunken hatte, war er wieder nüchtern.

Und traurig.

Er hielt die Warterei nicht mehr aus. Die ganze Zeit hatte

er es vermieden, an Amina zu denken. Die Mahlzeit hatte geholfen. Aber jetzt hatte er das Gefühl, er müsse sie finden. Vor ihr stehen. Er ging zu den anderen aufs Deck hinunter.

Wenn Abdul einmal mit seinen Reiseberichten begonnen hatte, konnte er nicht mehr aufhören. Er konnte selbst Wahr und Falsch nicht mehr unterscheiden. Aber das machte nichts mehr aus. Seine Geschichten waren zu Mustern für die Wirklichkeit geworden. Von einer Anekdote zur nächsten suchte er seine persönliche Wahrheit.

Sie hatten sich direkt aufs Deck gesetzt. Lalla auf das Tauwerk, über das Nedim sein Hemd gebreitet hatte, damit sie sich nicht schmutzig machte. Er hatte sich an sie gelehnt, sein Kopf ruhte auf ihrem Bein. Mit einer flüchtigen, fast schüchternen Bewegung hatte Lalla Nedims nackte Schulter gestreichelt. Sie hatte sein Zucken gespürt. Abdul saß ihnen gegenüber, auf einer alten Kiste. Er thronte etwas höher. Neben ihm stand eine Flasche Rotwein.

»Kein Hauch bewegte die Luft, ein wenig wie heute Abend, und es war ebenso heiß. Um uns herrschte tiefstes Schweigen. Wer glaubt, dass die Sümpfe und Urwälder Afrikas voll von lärmendem Leben sind, täuscht sich. Die brütende Hitze erstickt jeden Laut, alles keimt, stirbt, modert und fault …«

Abdul hatte den Ozean für die stickige, feuchte, stinkende und gelbliche Gegend um den Niger-Fluss verlassen. Er hatte die *Ciudad de Manizales* hineinmanövriert, die seit sechs Monaten unter seinem Befehl an der Küste Westafrikas entlangfuhr. Er schenkte sich nach, dann Lalla und Nedim. Sie stießen an. Abduls Blick blieb an Lallas hängen. Sie schien von seinen Berichten gefesselt, wie Céphée es sein konnte, abends auf ihrer Terrasse in Dakar.

Abdul vergaß Nedim völlig und konzentrierte sich auf Lalla. Er erzählte für sie. Um sie zu verführen. Dann würde sie zu ihm kommen, wie Céphée, und die Bitterkeit der Monate auf See lindern. Er stellte sich vor, wie Lallas Körper sich an seinen schmiegte, sich mit ihm vereinte. Er dachte an ihre Pobacken an seinem Bauch, er würde sie spreizen, um besser in sie eindringen zu können. Sie würde das lieben. Wie Céphée. Genüsslich ließ er es zu, dass sein Penis sich regte.

»Der Anker sank langsam in das träge, schlammige Wasser, und der Bug zeigte in Richtung der Strömung …«

»Gib mir Aminas Telefonnummer«, flüsterte Diamantis zu Lalla. »Ich rufe sie an.« Er war unmerklich neben sie gerutscht.

»Was ist?«, fragte Nedim.

»Nichts, nichts. Außer dass Amina immer noch nicht hier ist. Das macht mir ein wenig Sorgen.«

Lalla sah Diamantis an und merkte plötzlich, dass es schon sehr spät sein musste. Während sie Abduls Geschichten lauschte, hatte sie Amina ganz vergessen. Sie fühlte sich wohl hier, mit diesen Männern. Mit Nedim, der auf sie aufpasste, seinen heißen Kopf auf ihren Beinen. Sie kehrte zurück in die Realität und war beunruhigt.

»Mein Gott!« Sie schaute auf die Uhr. »Was ist nur passiert?«

»Mach dir keine Sorgen. Vielleicht hat sie es nicht gefunden, oder der Wachposten hatte keine Lust, uns Bescheid zu sagen.« Diamantis wollte nicht, dass sie sich aufregte. Gab es überhaupt einen Grund zur Besorgnis? Amina verbrachte den Abend gewiss mit Ricardo. Vielleicht verlangte er, dass sie bei ihm blieb? Oder sie war müde und hatte beschlossen, ihr Treffen auf später zu verschieben. Was auch immer. Aber Amina hatte ihn unbedingt treffen wollen. Das hatte Lalla ihm erzählt.

»Ich gehe zum Tor und rufe sie an. Einverstanden?«

Sie nickte. »Ich komm mit.«

»Nein, bleib.«

»Nimm ihr Auto«, mischte Nedim sich ein. »Du wirst doch um diese Zeit nicht mit dem Fahrrad fahren, verdammt.«

»Er hat Recht«, sagte sie. »Schlüssel und Papiere sind in meiner Tasche.«

Abdul beobachtete sie missmutig über sein Glas hinweg.

»Entschuldige mich, Abdul«, sagte Diamantis und ging.

Diamantis hielt hinter dem Kontrollposten. Er weckte den Wachmann.

»Hau ab!«, murrte der.

»Ich muss telefonieren.«

Er nahm beim fünften Klingeln ab.

»Ja.« Ricardos Stimme klang müde, schleppend.

»Hier ist Diamantis.«

»Ich dachte mir, dass Sie anrufen würden.«

»Geben Sie mir Amina.«

»Hören Sie«, sagte Ricardo nach kurzem Schweigen. »Ich glaube, es wäre das Beste, Sie würden herkommen. Wir müssen miteinander reden, Sie und ich.«

»Ich will mit ihr reden.«

»Kommen Sie, das ist besser.« Wieder klang die Stimme erschöpft.

Ricardo gab ihm die Adresse und legte auf, ohne ihn noch einmal zu Wort kommen zu lassen.

Langsam fuhr Diamantis am verlassenen Hafen entlang, nahm den Tunnel, der unter dem Alten Hafen durchgeht, kam an der stillgelegten Werft neben dem alten Kloster Saint-Victor wieder raus und fuhr Richtung Corniche.

Im Handschuhfach fand er einen Stadtplan von Marseille. Oberhalb des Strands, hatte Ricardo ihn angewiesen. Die Traverse Nicolas. Er machte sie auf der Karte ausfindig. Mitten in einem Wirrwarr von kleinen Gassen. Mit dem Auto würde er sich darin verfahren. Er parkte am Chemin de l'Oriol und stieg die Montée de Roubion hinauf. Eine Treppenflucht, und er stand vor der Traverse Nicolas. Hier und da bellten Hunde und durchbrachen die Stille des Viertels.

Aminas Haus war eine kleine Villa im Schutz eines Gartens. Die Einzige in der ganzen Straße, deren Fenster erleuchtet waren. Er stieß das Tor auf und durchquerte den Garten. Die Luft duftete nach Pinien. Die Eingangstür stand offen. Er trat ein, ohne sich Gedanken darüber zu machen.

Diamantis entdeckte Ricardo auf einem Stuhl im Wohnzimmer. Er trug ein kurzärmeliges, weißes Hemd. Der Kragen war geöffnet über einer gelockerten blauen Krawatte mit weißen Punkten. Er trank Whisky. Er bewegte den Kopf in Diamantis' Richtung, blieb jedoch sitzen. Er wirkte älter, als Diamantis ihn sich vorgestellt hatte. Offenbar war er völlig fertig.

»Kommen Sie rein.«

»Wo ist sie? Wo ist Amina?«

»Ich muss mit Ihnen reden«, sagte er. »Setzen Sie sich.«

»Ich stehe lieber.«

Plötzlich wurde Diamantis klar, dass Ricardos Männer sich auf ihn stürzen konnten, ihn mit Schlägen traktieren, ihm einen Revolverlauf in den Mund stecken, ihn töten konnten. Er erstarrte am ganzen Körper. Alle seine Sinne waren aufs Äußerste gespannt. Er sah sich um.

»Sie brauchen nichts zu befürchten«, sagte Ricardo. »Setzen Sie sich.«

»Ihnen traue ich alles zu.«

»Ja ... All das ...«, sagte er wegwerfend und deutete mit ausladender Geste in den Raum vor ihm.

»Das Schlimmste«, fuhr Ricardo fort, »kommt immer anders, als man denkt.«

Diamantis trat der Schweiß auf die Schläfen. Dieser Mann jagte ihm eiskalte Schauer über den Rücken. »Wo ist sie?«, fragte er erneut.

»Da oben.«

Diamantis kehrte Ricardo den Rücken und wandte sich nach oben.

»Kommen Sie zurück!«, befahl Ricardo.

Diamantis drehte sich um. Ricardo war aufgestanden und hielt eine Pistole mit ungewöhnlich langem Lauf auf ihn gerichtet. Ein Schalldämpfer, erkannte Diamantis.

»Schenken Sie sich etwas ein und setzen Sie sich.«

»Ich habe keinen Durst.«

»Wie Sie wollen.« Er zeigte mit dem Pistolenlauf auf einen Sessel. Eines von diesen weichen Dingern, die Diamantis hasste. Widerwillig ließ er sich darin nieder.

Ricardo setzte sich ihm gegenüber auf den Stuhl. »Ich werde Ihnen berichten«, begann er.

Und er berichtete bis ins kleinste Detail. Aminas Leben. Seins. Und Lallas.

»Sie ist Ihre Tochter. Wussten Sie das?«

Diamantis zuckte nicht mit der Wimper. Er war wie vor den Kopf geschlagen. Seit Nedims Bemerkung auf der Terrasse der Bar hatte er immer wieder mit dieser Vermutung gespielt, um sie jedes Mal wieder zu verwerfen. Er hatte wieder und wieder nachgerechnet, Lalla nach ihrem Alter gefragt. Er hatte zugegeben, dass es sein konnte. Aber er wollte es einfach nicht wahrhaben.

»Nein«, stammelte er, »nein. Kann ich mir doch etwas einschenken?«

»Wie Sie wollen«, wiederholte Ricardo.

Diamantis goss sich großzügig ein. Er mochte den Whiskygeruch nicht. Aber er brauchte eine Stärkung. Er hatte zurückkehren wollen, seine Vergangenheit in Ordnung bringen. Jetzt war er angelangt. Aber es war zunächst nicht die Vergangenheit, die ihm übel aufstieß, sondern die Gegenwart. Lalla, seine Tochter. Dieses Mädchen, das er unter anderen Umständen – warum nicht – hätte verführen und vernaschen können. Wie Nedim es zweifellos vorhatte.

Er sah sie beide wieder vor sich, auf dem Deck der *Aldebaran* aneinander gelehnt. Gleichzeitig sah er Abduls Blicke auf Lalla und bekam eine Gänsehaut. Er musste dorthin zurück, und zwar schnell.

Er setzte sich nicht wieder.

»Sie weiß natürlich nichts davon«, mutmaßte Diamantis.

»Amina wollte es Ihnen heute Abend sagen. Und es Lalla ebenfalls gestehen. Sie wollte mit allem Schluss machen, mit dem *Habana,* mit diesem Leben. Fortgehen wollte sie, mit Lalla natürlich. Auch mich verlassen ...«

Diamantis hörte Ricardo nicht mehr zu. Er hörte überhaupt nichts mehr. Er war erstarrt, als Ricardo von Amina in der Vergangenheit gesprochen hatte, und unter der Schweißschicht auf seinem Körper wurde ihm kalt. Er wollte nach oben laufen. Amina sehen. Sein Magen hatte sich zusammengezogen. Und das hatte nichts mit dem Whisky zu tun.

»Sie können das nicht verstehen. Ich habe sie gebraucht. Meine Uhr ist abgelaufen. Ich habe sie jetzt gebraucht. Jetzt. Aber sie wollte nichts davon hören. Sie sind siegessicher und mit Ihren Schuldgefühlen im *Mas* aufgetaucht ... Woher wussten Sie, dass sie im *Habana* arbeitete?«

Diamantis antwortete nicht. Das hatte alles keinen Sinn mehr.

»Ich habe sie geliebt, Diamantis.«

Sie schauten sich an. Vor Ricardos Blick verschwamm alles. Die Tränen kamen. Er warf seine Waffe auf den Sessel.

»Ich habe sie getötet. Sie ist dort oben.«

Amina lag auf dem Boden. Das Blut um sie herum war bereits schwarz geworden. Sie starrte Diamantis aus leeren Augen an. Er machte einen Schritt und kniete neben ihr nieder. Er streckte die Hand nach ihrem Gesicht aus, hielt aber mitten in der Bewegung inne. Amina lächelte ihn an. Das war vor zwanzig Jahren. Sie war nackt, und Diamantis, über ihr, ließ seine Hand über ihren Körper schweben. Er zeichnete ihre Konturen nach, ohne sie zu berühren. Amina murmelte ihm entgegen: »Berühre mich, bitte. Leg deine Hand dorthin …« Er brachte seine Hand näher, streifte ihre Brüste eine nach der anderen, ihren Bauch, ihre Schamhaare. Der Duft ihres feuchten, glänzenden Geschlechts stieg ihm in die Nase. In dem Moment, als er seine Hände auf die gespreizten Beine legte, näherte er sich ihr mit den Lippen.

»Verzeih mir, Amina.«

Er erhob sich und ging wieder hinunter zu Ricardo, der sich einen Whisky nachgeschenkt hatte. Er war zerstört. Er sah Diamantis auf sich zukommen, ohne ihn wirklich zu erkennen. Sein Blick schien sich für immer nach innen gekehrt zu haben. Diamantis griff nach dem Glas, das er auf den Couchtisch gestellt hatte. Er trank es auf einen Zug aus, schenkte sich reichlich nach und kippte die Hälfte des Glases hinunter.

Die Pistole lag noch immer dort, auf dem Sessel. Diamantis nahm sie. Es war ein seltsames Gefühl, eine Waffe in der

Hand zu halten. Er verstand nicht, wie Männer das lieben konnten. Damit zu leben. Sie gegen andere Männer einzusetzen. Nein, das hatte er nie verstehen können.

Langsam richtete er die Pistole auf Ricardo. Als könnte sie in seiner Hand explodieren.

Ricardo sah zu ihm auf, lächelte, leerte sein Glas, stellte es ab und steckte sich eine Zigarette an. Er sog den Rauch kräftig ein und blies ihn durch Nase und Mund wieder aus.

»Ich konnte es nicht«, murmelte er.

»Was?«, blaffte Diamantis.

»Mir eine Kugel in den Kopf jagen. Hinterher ...«

»Aber bei ihr, ja! Das konntest du. Du bist ein Feigling.«

Ricardo zog erneut an seiner Kippe, bedächtiger diesmal. »Die Sicherung«, sagte er, »ich habe ihn entsichert.« Er flehte Diamantis mit den Augen an.

Diamantis drückte auf den Abzug.

Es machte nicht mehr Lärm als ein Tischtennisball auf einem Schläger.

Ricardos Körper bäumte sich kaum auf.

Diamantis drückte weiter auf den Abzug. Bis zur letzten Kugel.

Ricardo sackte rückwärts in sich zusammen.

Diamantis machte die Augen auf. Er zog ein Papiertaschentuch hervor, wischte mechanisch die Pistole ab, wie er es im Fernsehen gesehen hatte, und warf sie auf den Sessel. Er hob Ricardos Kippe auf, die auf den Fliesen verqualmte, und drückte sie im Aschenbecher aus. Dann nahm er das Glas und leerte den Whisky. Er hatte die Vision, an einem Abgrund zu stehen und zuzusehen, wie sich unten, ganz unten, sein Leben auflöste. Aber das war es nicht. Er fühlte sich nur sehr leer und abgestumpft. Er wischte das Glas ab, das er in der Hand hielt, und stellte es zurück.

Dann ging er in den Marseiller Sommer hinaus. Mit leerem Kopf und kaltem Herzen. Er hatte nur noch eine letzte Sache zu erledigen. Was Amina beschlossen hatte. Mit Lalla sprechen.

Mit seiner Tochter.

26 Und wie jetzt den Schlusspunkt setzen? Das ist hier die Frage

Abdul entschuldigte sich bei Lalla für den Zustand des Schiffes. »Normalerweise …«, hatte er angesetzt. Aber er brachte seinen Satz nicht zu Ende. Lalla und Nedim folgten ihm. Am Eingang zum Hauptdeck stand auf einem großen Holzschild zu lesen: »Sorg für dein Schiff, und dein Schiff sorgt für dich.«

»Normalerweise halten wir es so, verstehen Sie. Wir ehren unser Schiff.«

Mit einer Sturmlampe versehen, der letzten, die noch funktionierte, führte Abdul den Besuch über das Deck. Nedims Laune hatte sich verschlechtert. Er hatte genug von Abdul und seinen Geschichten, von diesem hochnäsigen Unterton, mit dem er dauernd seine Überlegenheit ihm gegenüber unterstrich. Zugegeben, an Bord der *Aldebaran* war er nur ein einfacher Seemann, aber an Land gab es, verflucht noch mal, keinen Kapitän und keinen Seemann mehr. Dort waren sie alle gleich arme Schweine. Und die vom Rost zerfressene *Aldebaran* war nicht mehr als ein elendes Wrack. Abdul sollte seinen eigenen Arsch rumkommandieren!

»Alles klar?«, erkundigte er sich bei Lalla.

»Ja, großartig«, gab sie lächelnd zurück. Sie schmiegte sich sanft an ihn. Er tätschelte ihre Schulter und fuhr ihr dann mit der Hand über den Rücken.

Sein Bedürfnis, sie in die Arme zu schließen, wurde immer stärker. Er dachte daran, wie leicht sie gewesen war, als sie miteinander getanzt hatten. An das Glücksgefühl, als ihre Körper miteinander verschmolzen. Er träumte davon, von ihren nackten Körpern, die sich im Rhythmus des Salsa wiegten, sich suchten, erregten, vereinten. Zwischen seinen Beinen spürte er ein Prickeln. Er begehrte Lalla, verdammt, nur das interessierte ihn. Sie und noch mal sie. Diese verfluchte Rostlaube wollte er vergessen.

»Diamantis soll endlich mit Amina zurückkommen, dann könnten wir verschwinden.«

»Sie kommen schon noch«, beschwichtigte Lalla. »Wir haben doch Zeit, oder nicht?« Sie lächelte wieder und strich ihm mit den Fingerspitzen über die Wange. »Hast du es so eilig?«

Sein Schwanz richtete sich hoffnungsvoll auf. Eilig nicht, nein, aber mit Ausnahme der drei Nutten, die er in den ersten Monaten gehabt hatte, seitdem, naja ... Die einsamen Vergnügen, auch wenn durch Bilder von Aysel begleitet, werden mit der Zeit langweilig.

In dem Moment drehte Abdul sich zu ihnen um. Was er sah, gefiel ihm gar nicht. Dieses Mädchen hatte wirklich nichts im Kopf, wenn sie sich so an diesen jämmerlichen Nedim hängte. Lallas und Abduls Blicke trafen sich. Lalla küsste Nedim auf die Wange.

Eine echte Schlampe, dachte Abdul. Das macht sie nur, um mich zu erregen. Mich zu provozieren. Genau, sie benutzt Nedim, um mich zu provozieren. Dich krieg ich schon noch, du kleines Biest, dachte er. Und er ging weiter zum Schiffsbug.

»Kommt ihr?«, fragte er und schwenkte die Lampe.

Nedim hätte Lalla am liebsten hier und jetzt genommen. Auf die Schnelle. Nur um sein Verlangen zu stillen. Sein Glied drohte zu explodieren. Danach hätten sie sich Zeit gelassen. Aber das war es nicht, was er wollte. Für die Liebe mit Lalla wollte er ein richtiges Bett mit sauberen, kühlen, weichen Laken.

»Komm«, murmelte sie. Sie legte ihre Hand auf seinen Hintern und schob ihn weiter. Er hörte, wie sie ihm ins Ohr flüsterte: »He, Nedim ...«

»Was?«

»Du hast wirklich einen hübschen kleinen Hintern.« Sie prustete laut los. Dasselbe fröhliche, ansteckende Lachen wie heute Nachmittag am Strand. Er lachte mit, glücklich. Und dieses Lachen befreite sie von dem heftigen Begehren, das ihre Körper gefangen hielt.

»Was ist denn so lustig?«, fragte Abdul. Er hielt seine Lampe in ihre Richtung.

»Nichts«, sagte Nedim lachend. »Nichts. Es ist Lalla, das ist alles.«

Lalla. Das Glück.

Nedim hatte alle nahe liegenden Fragen verdrängt. Das war eine seiner Stärken: nicht an morgen denken. In seiner Vorstellung sah er nur Lallas sanften Blick. Über ihn gebeugt würde sie lustvoll flüstern: »Bitte, Nedim, noch mal ...« Ihr Körper würde sich ihm wie ein Bogen entgegenspannen. »Einmal noch, nur einmal ...« Er stellte sich die Geräusche vor, die durch das offene Fenster drangen. Nun war dieses Treiben von einem Sinn erfüllt. Dem Sinn des Lebens. Sein Leben mit Lalla.

Nedim sah sich nicht mehr auf dem Weg in die Türkei, in sein Dorf, zu Aysel, zu diesem Elend, das für den Rest seines Lebens dort unten auf ihn wartete. Bescheuerte Gelegenheitsjobs. Hier ein paar Scheine, da ein paar Scheine. Aysels Gejammer am Abend, weil es nicht reichte, um die Kinder großzuziehen. Zwei, drei oder gar vier, die er gezeugt hätte, einfach so, zum Zeitvertreib, um nicht reden zu müssen, um die Müdigkeit und die täglichen Sorgen zu vertreiben.

Aysel, sein Dorf, seine Mutter, seine Freunde, all das schien ihm jetzt unendlich fern. Er wurde die Vorstellung nicht los, in Marseille zu leben. Eine Stadt, in der es von Griechen und Armeniern nur so wimmelte, das wusste er. Aber was solls, ein

Türke konnte dort ebenso gut ein Plätzchen finden wie ein Chinese, oder etwa nicht? Er würde Diamantis um Rat fragen. Der machte den Eindruck, als würde er diese Stadt gut kennen und lieben. Vielleicht konnte er dann sogar wieder zur See fahren. Auf Roll-on-Roll-off-Frachtern oder Trampschiffen. Nur auf dem Mittelmeer fahren. Wie Diamantis gesagt hatte.

»Ja, verdammt, auch ich hab einen persönlichen Grund gefunden, auf diesem Meer zu fahren. Die Liebe. Lallas Liebe. Ja, Diamantis wird mir helfen müssen. Amina klar zu machen, dass jetzt alles etwas anders ist. Nun gut, zu Anfang wird Lalla vielleicht weiter mit Amina anschaffen müssen. Das *Habana,* die Zuhälter, all das. Aber nicht dass sie mir Lalla kaputtmachen.« He, er liebte dieses Mädchen, verdammt noch mal! Also musste er sie beschützen …

Jetzt standen sie alle drei am Heck. Marseille glitzerte in der Ferne. Abdul hob seinen Arm und zeigte auf die Sterne.

»Mars, Sirius, Venus …« Cepheus ließ er aus.

»Ich mag die Sterne«, sagte Lalla.

»Ich auch. Ich habe gelernt, den Himmel zu lesen. Das kann fast keiner mehr, selbst unter Seeleuten. Man vertraut in der Seefahrt auf Radargeräte, elektronische Kompasse, Computer …«

Abdul hatte die Sternenkunde aus reiner Eitelkeit erlernt. Sie verlieh seiner Autorität einen besonderen Glanz. Ein Kapitän, der in der Lage war, sich nach den Sternen zu richten. Zugegeben, das war nur Formsache, aber wie er gern sagte: Es hielt die Tradition der Seefahrt am Leben. Und er setzte sich auf diese Art als wahrer Navigator von den anderen ab.

Abduls Hand wanderte von den Sternen an Lallas Rücken hinab bis hin zur Taille. Dort blieb sie liegen. Lalla erstarrte und rückte etwas zur Seite. Oder wollte zur Seite rücken. Abduls Griff wurde hart und drückte sie beinahe an sich.

Lalla warf Nedim einen Blick zu. Er hatte sich gerade eine Zigarette angesteckt und an die Reling gelehnt, in seinen Träumen vom Leben in Marseille verloren. Ja, doch, er konnte sich gut vorstellen, dort zu leben. Lalla drehte sich Abdul zu. Er lächelte sie an, wobei er leicht auf ihre Hüften drückte. Seine Hand rutschte weiter über ihre Pobacken, rund und wohlgeformt unter dem Rock. Diese Nutte trug nicht mal einen Schlüpfer, stellte er fest.

»Lassen Sie mich los«, sagte sie. Sehr laut. Und entschlossen.

Nedim schwang herum. Was ging da vor, zum Teufel! Er sah Abduls Hand auf Lallas Hintern.

»He!«

Abdul hatte seine Hand nicht fortgezogen.

»Lassen Sie mich los«, wiederholte Lalla und sah Abdul gerade in die Augen.

»Lass sie los!«, rief Nedim.

»Mach kein Theater, Nedim.« Entschlossen legte Abdul seinen Arm um Lallas Taille und zog sie an sich. Seine Hand ruhte auf ihrem Bauch. Er spürte, wie sich Lallas sämtliche Muskeln unter seinen Fingern anspannten.

Nedim machte einen Schritt.

»Mach kein Theater, hab ich gesagt, Nedim. Wir werden uns doch nicht wegen einer Nutte in die Haare kriegen.«

»Sie ist keine Nutte!«

»Ich nehme sie einmal ordentlich ran, und dann gehört sie dir, einverstanden?« Er lachte. Ein vulgäres Lachen. »Sie ist nur eine Nutte, Nedim. Geht das über deinen Verstand?«

Lalla wehrte sich, aber Abdul ließ nicht locker. Ein Schraubstock.

»Lassen Sie mich bitte los!« Jetzt flehte sie. »Halt die Klappe! Darauf bist du doch nur aus. Sag das diesem Bauerntrottel.«

»Ich schlag dir die Fresse ein«, drohte Nedim.

Abdul lachte noch lauter. »Aber nein, Nedim, das wirst du nicht. Ich glaub, ich werd sie sogar vor deinen Augen ficken.«

Mit überraschender Behändigkeit ließ seine rechte Hand Lallas Taille los, während er sie mit der linken am Hals packte. Er drückte zu.

»Siehst du ... Wenn ich noch ein wenig drücke ...«

Lalla bekam keine Luft mehr.

»Wenn du ihr wehtust ...«

»Wenn ich noch ein wenig drücke, wird sie Ja sagen ... Nicht wahr, Lalla? Willst du?«

Er drückte. Die Adern an ihrem Hals schlugen zum Zerbersten. Nedim sah sich um, suchte einen Gegenstand – ein Rohr, ein Stück Holz, ein Kabel, mit dem er Abdul eins überziehen könnte. Körperlich hatte er keine Chance gegen ihn, das war ihm klar. Abdul hielt sich fit. Lockerungsübungen, Liegestütze, Bauchmuskeltraining ... Jeden Morgen. Nedim hatte ihn auf Deck beobachtet.

Abdul griff erneut mit der rechten Hand nach Lallas Hintern. Er verspürte dieselbe heftige Begierde wie damals, als Hélène ihn auf dem Deck vor versammelter Mannschaft mit den Augen verschlungen hatte. Dann suchten seine Finger ihren Rockverschluss. Sie wehrte sich immer noch. Schlampe, Satansbraten!

Lalla nahm ihre ganze Kraft zusammen, hob den linken Ellenbogen und versetzte Abdul einen Hieb in den Bauch. Sie hatte das Gefühl, auf Stein zu stoßen. Nichts als Muskel. Mehr aus Überraschung als durch den Schlag ließ Abdul los.

Lalla machte einen Satz zur Seite, und Nedim stürzte sich auf Abdul.

Lalla schrie, aber schwach. Jetzt, wo sie sich von Abdul befreit hatte, war sie vor Angst wie gelähmt. »Nedim.«

Fliehen, sie wollte von diesem Schiff fliehen. Nach Hause. Mit Nedim. Warum kam Amina nicht? Und wo war Diamantis? Ihr Auto, verdammt, er hatte ihr Auto genommen! Sie könnte bis zum Tor laufen, um Hilfe rufen ... Aber wie kam man hier raus?

»Nedim!«

Sie wälzten sich auf dem Boden. Abdul gewann schnell die Oberhand. Seine heiße Weinfahne schlug Nedim ins Gesicht. Er stieß Abdul zurück. Vergeblich. Er schwitzte. Er würde es nicht schaffen. Abduls Unterarm blockierte ihn an der Kehle.

»Ich schlag dir den Schädel ein, du Dummkopf!«, keuchte Abdul.

»Du bist wahnsinnig ... Hör auf ...«, stammelte Nedim atemlos. »Hör auf ...«

Er sah sich wieder auf der Yüksek Kaldirim. Er war mit seinen Freunden zu den Nutten gegangen. Zur Feier ihrer sechzehn Jahre. Dann hatte er sie in der dichten Menge aus den Augen verloren. Brechreiz krempelte ihm den Bauch um. Für zehn Pfund hatte er mit einer Frau mit mageren Beinen, vorstehenden Rippen und flachen Brüsten geschlafen. Grauenhaft. Scham und Ekel. Ein junger Typ, ein kleiner Ganove aus dem Junkie-Viertel Tophane hatte ihn überfallen und versucht, ihm das bisschen wegzunehmen, das er bei sich trug. Sie hatten sich auf dem Boden gewälzt, mitten zwischen den dreckigen, schlammigen ausgelatschten Schuhen von hunderten von Typen, die auf der Suche nach der am wenigsten heruntergekommenen Nutte der Straße waren. Sie schlugen sich, und niemand mischte sich ein. Er war nie ein großer Kämpfer gewesen. Das mochte er nicht. Er hatte Angst davor ...

Er bekam wirklich keine Luft mehr.

»Also, du Angeber, du lässt sie mir.«

Nedim versuchte immer noch, Abdul mit den Armen zurückzustoßen. Verdammt, er sollte auch Liegestütze machen. Zum Teufel auch, er war jung, und dieser durchgeknallte Alte verpasste ihm eine volle Packung. Er spannte seine Muskeln und stieß Abdul mit aller Kraft von sich. Es klappte. Abdul rollte auf die Seite. Mit einem Satz war Nedim auf den Füßen. Abdul kam schnell wieder hoch. Sie standen sich mit geballten Fäusten gegenüber.

Nedim zur Verteidigung gerüstet. Abdul bereit zum Angriff.

Diamantis weckte erneut den Wachmann, damit der ihm die Schranke öffnete.

»Du meine Güte, ihr habt vielleicht Hummeln unterm Hintern heute Abend.«

Diamantis antwortete nicht. Er war fix und fertig. Während der Fahrt hatte er an nichts gedacht. Weder an die tote Amina. Noch an Ricardo, den er getötet hatte. Er verspürte weder Kummer noch Reue. Er hatte einen Kerl umgebracht. Einen Mistkerl. Er hatte ein Stück Scheiße beseitigt. Das allein beherrschte seine Gedanken, während er fuhr. Automatisch: erster Gang, zweiter Gang. Rote Ampel, bremsen. Grüne Ampel, wieder die Kupplung, anfahren. Auf die Geschwindigkeitsbegrenzung achten. Nicht in die Hände der Flics geraten. Blinken. Rechts. Dritter Gang. Links, Quai du Lazaret. Der Hafen. Geradeaus. Er hatte einen Mann umgebracht. Verdammte Scheiße. Er hatte getötet. Tor 2. Tor 2A.

Tor 3A.

Lalla. Lalla und Nedim. Und Abduls kompromittierende, anstößige Blicke. Jede Minute der Mahlzeit fiel ihm wieder ein. Abduls Blicke auf Lallas Körper. Er hätte sie nicht allein lassen dürfen. Allein mit Abdul. Er hätte seine Tochter nicht dort lassen dürfen. Lalla.

Er hörte ihren Schrei. Ein schriller Schrei, der ihm eiskalt runterlief. Er hastete über die Gangway. »Lalla! Lalla!«

Ihr Schreien kam vom Deck. Bug oder Heck?

Wieder hörte er sie. Das war kein Schrei mehr. Ein herzzerreißendes Schluchzen. Heck, beschloss er. Er rannte los, vermied das Gerümpel, das überall herumlag. Winde, Kabel, Tauwerk. Mit der Fußspitze trat er voll gegen einen Eimer Farbe.

Lalla hockte zusammengekrümmt in einer Ecke unter der Reling. Schluchzend stieß sie kurze Schreie aus. Abdul stand aufrecht mit hängenden Armen vor ihr. Zwischen ihnen Nedim. Nedim, aufgespießt an einem Teufelsding, das Diamantis nicht ausmachen konnte. Er sah nur das Ende eines eisernen Gegenstands, der aus seinem Rücken ragte. Er kam näher. Das Eisen hatte Nedims Brustkorb durchbohrt, auf der Höhe des Herzens, und kam zwischen den Schulterblättern wieder raus. Sein Mund stand offen. Als wollte er eine letzte Äußerung, ein letztes Wort, hervorbringen.

»Er ist tot«, hörte er Abdul sagen.

Weder Frage noch Behauptung. Tot. Punkt. Diamantis beugte sich über die Reling und kotzte. Ein kräftiger, heftiger Strahl. Er wischte sich den Mund mit dem Handrücken ab.

»Ich hab ihn umgebracht.«

Diamantis ging auf Lalla zu und legte einen Arm um sie. Sie sah ihn verstört an. »Nedim ...«, schluchzte sie.

»Komm. Gehen wir.« Er half ihr aufzustehen. Sie stützte sich auf ihn. »Und du, geh in deine Kabine!«, befahl er Abdul. »Ich komme wieder.«

»Dieses Scheißdeck müsste sauber gemacht werden. Ich habe es immer gesagt …«

Diamantis hörte nicht zu.

Abdul schaute in den Himmel. Einige leichte Wolken verbargen die Sterne. Wie sollte er jetzt einen Schlusspunkt setzen? Céphée und Cepheus waren unsichtbar geworden.

27 Das Gewesene bestimmt das Sein

Der Wachmann war abgelöst worden. Ein anderer, jüngerer nahm seinen Platz ein. Diamantis drückte zweimal kurz auf die Hupe. Die Schranke ging hoch. Der Wächter kam nicht heraus und sah Lalla nicht, die auf dem Rücksitz ausgestreckt lag.

Diamantis fuhr um den Wachposten herum und parkte an einer vor Blicken geschützten Stelle hinter einem Lagerschuppen. »Warte hier auf mich«, sagte er zu Lalla und stieg aus dem Wagen.

»Wo ist Amina?«, fragte sie.

»Ich geh telefonieren«, antwortete er.

Eine verschlafene Stimme meldete sich. Eine weiche, warme Stimme. Aus einer anderen Welt.

»Ja«, sagte Mariette.

Er sprach so leise wie möglich. Damit der Wachmann ihn nicht hören konnte. »Hier ist Diamantis. Komm schnell. Kannst du?«

Der Wachmann stellte das Radio an. Musik erfüllte den Raum. Ein Lied von Léo Ferré.

Unter deinem Pulli bist du ganz nackt
Die ganze Straße ist verrückt
Hübsches Kind …

»Mariette … Ich bitte dich.«

»Wo bist du?«

»Wo wir uns getrennt haben.«

Er hätte Mariette nie verlassen dürfen. Nichts wäre passiert. All diese Toten. All diese Dramen … Er war für alles verantwortlich. Sein Starrsinn … Mariette, Hilfe.

Tränen rannen ihm über die Wangen. Er drehte sich um. Damit der Wachmann ihn nicht sehen konnte.

»Mariette. Komm.«

»Bin schon unterwegs.«

Sie brauchte knapp zehn Minuten. Er hatte wortlos zwei Zigaretten mit Lalla geraucht. Lalla hatte ihn nur erneut gefragt, wo Amina war. Ein einziges Mal.

»Später«, hatte er gesagt. »Später, einverstanden?«

Mariette parkte ihren Wagen neben ihnen. Sie trug eine weite weiße Hose und ein hellblaues T-Shirt. Sie sah nicht aus wie gerade aus dem Bett geholt. Ihr Lächeln war immer noch genauso schön. Genauso gut. Diamantis nahm sie in die Arme. Er heulte.

»Was ist passiert?«

»Ich habe ...« Nein, er konnte nicht von all dem anfangen. Nicht jetzt. »Es ist zu viel, Mariette. Auf dem Schiff liegt ein Toter. Nedim. Ein Seemann. Ich ...«

»Wer ist das?«, fragte Mariette.

Lalla stand hinter Diamantis, mit vor der Brust verschränkten Armen und gesenktem Kopf.

Diamantis machte sich von Mariette los und legte seinen Arm um Lallas Schultern. »Das ist meine Tochter«, sagte er. »Nimm sie mit. Pass auf sie auf.« Er schluchzte jetzt hemmungslos.

Lalla sah ihn verständnislos an. Sie hörte, begriff aber nicht. Nichts. Worte. »Meine Tochter.«

»Meine Tochter«, wiederholte sie.

Nein, sie verstand nicht. Seine Tochter.

»Komm«, sagte Mariette. »Wir fahren zu mir.«

»Zu dir?« Sie konnte nur jedes Wort wiederholen. Sonst nichts. Ihr Kopf drohte zu platzen. Durchgeknallt. Sie verlor den Verstand.

»Du wirst dich ausruhen, schlafen.«

»Schlafen. Und Amina?«

Mariette schaute Diamantis an. Er versuchte nicht, seine Tränen zurückzuhalten oder sie abzuwischen.

»Später, Lalla.«

»Ja, später.«

Mariette schlug die Tür auf Lallas Seite zu und setzte sich ans Steuer.

»Ich komme später nach.«

»Später«, echote Lalla.

Mariette strich über Diamantis' nasse Wange, zog seinen Kopf zu sich und küsste ihn auf den Mund. »Ich passe auf sie auf«, versprach sie. »Und ich denke an dich.«

Sie fuhr los.

Diamantis atmete tief durch und ging dann Richtung Kontrollposten. Der Wachmann sah auf. »Ah! Sie sind es. Stimmt was nicht?«

Diamantis schüttelte den Kopf, nahm den Telefonhörer ab und rief die Polizei an.

Abdul hockte mit hängenden Schultern auf seiner Koje, die Hände im Schoß gefaltet. Seine Offiziersuniform sah fürchterlich aus, war stellenweise zerrissen. Sein Anblick war erbärmlich. Als Diamantis eintrat, hob er den Kopf.

»Wir werden es als Unfall darstellen. Einverstanden, Abdul? Ein Unfall.«

»Hast du die Polizei angerufen?«, fragte er mit ausdrucksloser Stimme.

»Ja.«

»Gut. Das ist gut.« Er war wieder völlig nüchtern. Aber in seinen Augen leuchtete noch ein seltsamer Glanz. Er schien Diamantis nicht wahrzunehmen. Als schaute er durch ihn durch. Nur in der Tiefe seines Blicks hielt sich ein merkwürdiges Glimmen.

Er ist verrückt, er ist verrückt geworden, dachte Diamantis. »Hörst du mir zu, Abdul? Wir werden sagen, dass es ein Unfall war. Hast du verstanden? Ein Unfall.«

»Ich habe ihn umgebracht«, sagte Abdul ohne die leiseste Gefühlsregung.

»Ein Unfall.«

»Er hatte was dagegen, dass ich mit der Schlampe schlafe. Wollte sie ganz für sich. Nur für sich allein. Warum, frag ich dich?«

»Ich glaube, sie hatte sich in ihn verguckt.«

»Glaubst du?«

»Ich bin mir sicher, Abdul.«

»Aber sie war nur eine Nutte. Wie Hélène und die andere. Wie hieß sie noch, die andere?«

»Die andere? Welche andere?«

»Die, mit der ich heute Nachmittag geschlafen habe. Ich weiß nicht mehr ... Es spielt keine Rolle.«

»Lalla ist ...« Er wagte nicht, es auszusprechen: »Meine Tochter.« Wozu sollte das jetzt auch noch gut sein? Er müsste erklären, ausholen. Dazu blieb ihm keine Zeit. Und ändern würde es sowieso nichts mehr. »Sie ist ein feines Mädchen. Das Leben hat es nicht gut mit ihr gemeint. Kannst du das verstehen?«

»Hast du sie mitgenommen?«

»Ja. Ich will sie da raushalten, Abdul.«

Er sah Abdul an. »Ich will nicht, dass sie da hineingezogen wird. Verstehst du? Sag schon, verstehst du das?«

Abdul nickte.

»So ist es schon genug. Nicht, dass sie noch mehr leidet. Die Polizei, die Verhöre.«

»Ja, da hast du Recht. Aber ich hab ihn umgebracht, Diamantis. Ich hab ihn umgebracht.« Seine Stimme klang wieder fast normal. Sie bekam wieder Farbe. Die Gefühle kehrten in ihn zurück. Schmerz. Reue.

Diamantis öffnete den Wandschrank und griff nach einer Leinenhose und einem Hemd. »Zieh dich um!«

»Ich sehe lächerlich aus, was?«

»Zieh dich um, verdammt!«

»Ich habe ihn umgebracht.« Abdul stand auf. »Was für eine Dummheit. Mein Gott, was für eine Dummheit.«

In der Ferne hörten sie die Polizeisirenen. Auch einen Unfallwagen. Sie kamen näher.

Abdul legte seinen Arm auf den von Diamantis. Er hatte die sauberen Sachen angezogen und war sich mit den Fingern durch die Haare gefahren. Er hatte seine Haltung wieder gefunden. Mit gestrafften Schultern und erhobenem Haupt.

»Das ist kein Unfall, Diamantis. Ich könnte das niemals behaupten. Es entspricht nicht der Wahrheit. Ich hab auf ihn eingedroschen, verstehst du. Mehrmals. In den Bauch, dann auf Kinn und Nase. Immer wieder. Er hat geweint, Diamantis. Nedim hat geweint. Er hat mich angefleht aufzuhören. Das Mädchen auch. Sie hat versucht, mich von ihm abzubringen. Hat mich von ihm weggezerrt. Ich habe ihr eine gelangt, verstehst du, einen kräftigen Schlag mit dem Handrücken, und sie weggeschleudert …«

Er holte Luft.

»Verstehst du, dieses Mädchen war nicht mehr der Grund. Ich wollte gar nicht mehr mit ihr schlafen. Es ging um ihn. Um Nedim. Ich konnte ihn nicht mehr ertragen. Ich konnte seinen Optimismus nicht mehr ertragen. Er war die ganze Zeit glücklich. Er fand immer einen Grund, glücklich zu sein. Selbst im tiefsten Elend. Irgendwo in seinem Kopf fand er immer eine Nische zum Lachen. Dieser Typ strotzte nur so vor Hoffnung. Vor Leben.«

»Abdul ...«

»Hör mir zu. Verflucht, ich hätte so gern mit dir geredet. Hör zu ... Als ich angefangen habe, ihn zu schlagen, habe ich verstanden, dass ich gegen das Leben kämpfte, gegen das Glück, gegen all diese Dinge. Nicht gegen ihn, nein. Gegen das, was ich nicht war, nie gewesen bin ... Nie sein werde, Diamantis. Womit zum Teufel haben seine Eltern den Kerl getauft, dass er so viel Lebensfreude hatte? Kannst du mir das sagen?«

Diamantis war unfähig zu antworten. Sein Hirn war wie ausgeschaltet.

»Verdammt, Diamantis, gib mir eine Antwort.« Abdul krallte sich jetzt an Diamantis' Hemd fest. Er schüttelte ihn.

Diamantis löste Abduls Finger von seinem Hemd. Einen nach dem anderen. Er sah ihm fest in die Augen. »Darauf gibt es keine Antwort, Abdul. Entweder man glaubt an das Glück, oder nicht. Das ist alles. Warum du nie daran geglaubt hast, weiß ich nicht.«

Einen Moment herrschte Schweigen.

»Glaubst du, dass Céphée mich deswegen fallen lassen hat? Weil ich nicht daran geglaubt habe?«

»Keine Ahnung.«

»Du hast keine Ahnung ...« Abdul langte nach einem Fetzen Papier auf seinem Schreibtisch. »Das ist Céphées Telefonnummer. Ihre Adresse. Lass dir was einfallen, um es ihr beizubringen. Ihr zu erklären, wenn du kannst. Und frage sie, Diamantis. Ich muss das wissen.«

»Was soll ich sie fragen?«

»Ob es deswegen ist. Wegen dem Glück. Dass ich nicht daran geglaubt habe.«

»Mach ich«, sagte er.

Aber Diamantis wusste nicht, ob er sein Versprechen halten würde. Er wusste nicht, ob er Abdul jemals wieder sehen würde. Er wusste nichts mehr. Doch, dass auch er einen Tod auf dem Gewissen hatte. Und ein Mädchen, das ihn brauchte. »Ich habe immer nur Unheil um mich herum angerichtet, verstehst du. Ich habe nie verstanden, mit den anderen ... Nicht mal zu Hause, meine Familie ... Diamantis, selbst mein Vater ...« Abdul begann in Selbstmitleid zu verfallen.

Diamantis betrachtete ihn, hin und her gerissen zwischen Mitleid und Verachtung, und ging den Flics entgegen, ohne das Ende des Satzes abzuwarten. Die Wagen standen mit heulenden Sirenen vor der *Aldebaran*.

Der Morgen graute, als sie Abdul in Handschellen abführten. Diamantis sah ihn von hinten, als er die Gangway hinunterging, zwei Flics vor, zwei hinter ihm.

Unten hob Abdul den Kopf Richtung Reling, als suchte er Diamantis, aber er wollte bloß nochmals in den Himmel schauen. Cepheus, Céphée.

Die Polizisten verhörten Abdul, anschließend Diamantis. Die, mit denen er zu tun hatte, erwähnten Lallas Namen nicht ein einziges Mal. Diamantis nahm an, dass Abdul Wort gehalten hatte. Er hielt sich an seine Version. Sie hatten eine kleine Feier veranstaltet, reichlich getrunken. Dann war er gegangen, eine Runde durch die Stadt zu drehen. Den Wagen erwähnte er nicht. Sie fragten ihn nicht, wie er in die Stadt gelangt war.

Den Flics war es sowieso schnuppe. Sie hatten den Toten

und seinen Mörder. Und sowieso genug zu tun. Sie legten Diamantis seine Aussage zur Unterschrift vor, von Hand aufgesetzt. Am nächsten Tag um sechzehn Uhr musste er auf dem Polizeihauptquartier vorstellig werden. Das Schiff würde versiegelt werden. Er musste es sofort verlassen.

Diamantis packte achtlos seine Sachen zusammen, vergaß aber nicht seine Seekarte und sein Notizheft. Er blätterte es durch. Ein Satz sprang ihm in die Augen. »Das Gewesene bestimmt das Sein.« Er steckte das Heft weg.

»Scheußliche Sache«, sagte der junge Flic, der ihn auf dem Deck erwartete. »Scheußliche Sache.«

Diamantis antwortete nicht.

»Eine seltsame Nacht«, fuhr er fort. Dem Flic war nach Reden zu Mute. »Da ist auch noch ein Gauner, ein Typ von der Mafia, den es erwischt hat. Bei sich zu Hause, so ein Idiot.«

Diamantis bemühte sich, teilnahmslos zu wirken.

»Ein bekannter Kerl?«

»Scheint so. Ricardo ... ich weiß nicht, wie weiter. Ich fange erst an, kann ja nicht alles wissen.«

Diamantis selbst hatte bei der Polizei angerufen. An der Place de la République hatte er vor einer Telefonzelle gehalten. Er war gerade am Polizeihauptquartier vorbeigefahren. Da hatte er sich gesagt, dass er Amina und Ricardo nicht einfach so liegen lassen konnte. Die ganze Nacht. Und dass die Leichen ein schrecklicher Anblick sein würden für eine Zugehfrau, eine Nachbarin oder wen auch immer. Scheiße! Zwei Leichen im Haus.

»Der Typ und seine Geliebte. Scheint, dass es wieder losgeht, das Begleichen von Rechnungen. Fahren wir los?«

Diamantis ließ seinen Blick über das Deck schweifen. Die Sonne ging auf. Ein blassrosa Hof um die Hügel der Stadt. Wie ein seltsamer Heiligenschein. Wenn das Glück existierte, hatte es dort seinen Ursprung. In dem Augenblick, in dem ein neuer Tag beginnt.

Die Morgendämmerung verjagt die Ungeheuer, dachte er.

Epilog Mittag in Marseille, und das Leben geht weiter

Céphée kam um fünf vor elf am Flughafen an. Während all der Monate hatte sie gründlich nachgedacht. Sie hatte Abduls Briefe aufmerksam gelesen. Besonders den letzten. Er hatte sie bewegt. Abdul war ein verlorener Mann auf seinem unbeweglichen Schiff. Wenn er kein Seemann mehr sein konnte, war er verloren. Und die Welt machte ihm Angst wie einem Kind, das nachts aufwacht.

So viel hatte Céphée schließlich verstanden. Das änderte nichts an ihrem Leben. An ihrem Warten, ihren eigenen Ängsten. Wie sollten sie ihre Wünsche miteinander in Einklang bringen, ohne die Freuden des anderen zu beschneiden? Darauf hatte sie keine Antwort gefunden. Sie hatte auch keine Schlussfolgerungen gezogen. Nur, dass sie Abdul immer geliebt hatte und ihn zweifellos immer lieben würde.

Sie mussten miteinander reden, sich aussprechen. Ja, das war das Entscheidende. Und zwar schnell. Natürlich war es immer sie, die die Initiative ergriff, die Gespräche und Erklärungen herausforderte. So war es nun mal. Was war daran schändlich? Nichts. Und was spielte es letztendlich schon für eine Rolle, da ihr Leben auf dem Spiel stand. Nicht ihre Liebe, ihr Leben.

Sie hatte das Flugzeug genommen. Weil sie sich gesagt hatte, dass Nachdenken sie nicht mehr weiter bringen würde. Nachdenken ohne ihn.

Am Vorabend hatte sie dem Wahrsager Diouf einen Besuch abgestattet. »Man soll seine Suche nie aufgeben«, hatte er ihr mit auf den Weg gegeben. »Aber was wirklich zählt, ist die Einstellung, mit der man sie unternimmt.«

Sie hatte die ganze Nacht über diese Worte nachgedacht. Gleich nach dem Aufwachen hatte sie die Fluggesellschaft angerufen.

Ihr Vater Mamoudi hatte sie zum Flughafen begleitet. Er hatte ihr beigepflichtet. Es war richtig, dass sie runterfuhr. Abdul war sein Freund. »Ein guter Gatte, ein guter Ehemann …«

»Und ein guter Liebhaber«, hatte Céphée lachend hinzugefügt. Ja, sie liebte Abdul.

Ein Taxi brachte Céphée direkt zum Haupttor des Freihafens. Das Taxi hatte die Küstenschnellstraße genommen. Sie fuhren hoch auf einem Viadukt am Hafen entlang. Mit den Blicken suchte sie ein Schiff, das aussah wie die *Aldebaran,* konnte aber keins entdecken. Dann betrachtete sie die Stadt, die auf sie zukam. Sie war wie geblendet. Warum war sie nie hierher gekommen? Warum erst heute? Allmählich freute sie sich auf ihren Aufenthalt in Marseille. Abdul, er, der so gut erzählen konnte, würde es verstehen, sie ihr zu offenbaren.

Sie erkundigte sich bei den Hafenbehörden, wo die *Aldebaran* lag. Man schickte sie von Büro zu Büro. Schließlich stellte sich ihr ein junger Angestellter vor. Er führte sie in ein kleines Zimmer, bat sie, Platz zu nehmen, bot ihr eine Tasse Kaffee an – die sie ablehnte – und berichtete dann über die Ereignisse der letzten Nacht, über die Verhaftung des Kapitäns Abdul Aziz, infolge einer Schlägerei zum Mörder eines Besatzungsmitglieds geworden, eines jungen Türken, dessen Namen er vergessen hatte. Der Funker.

Mit »tiefstem Bedauern, wirklich« schickte er Céphée zur Polizei.

Auf dem Revier erfuhr sie, dass ihr Mann früh am Morgen ins Gefängnis von Baumettes überführt worden war und sie keine Chance hatte, heute noch mit ihm zu sprechen. Abdul hatte gestanden. Man gab ihr Name, Adresse und Telefonnummer des Pflichtverteidigers ihres Mannes und erklärte ihr, dass sie sich selbstverständlich einen anderen Anwalt suchen konnte. Im Büro der Anwaltskammer im Justizpalast war eine Liste einzusehen.

Céphée fragte diesen Polizeibeamten, ob der Erste Offizier des Schiffes, ein gewisser Diamantis, noch in Marseille war. Ja, er war noch da. Er durfte die Stadt noch nicht verlassen. Der Polizist gab ihr die Adresse, die Diamantis ihnen genannt hatte.

Benommen ging sie hinaus. Dort blieb sie lange unschlüssig in der Sonne stehen. Sie steckte sich eine Zigarette an und ging nachdenklich ein paar Schritte in der Rue de l'Évêché. Das Ganze kam ihr so unwirklich vor. Ein Albtraum, aus dem sie bald erwachen würde. Sie verbrannte sich die Finger an der Zigarette. Da begriff sie, dass sie nicht schlief. Dass Abdul einen Menschen umgebracht hatte, dass er im Gefängnis saß und dass sie allein war, hier in Marseille.

Sie landete auf einer pulsierenden Hauptverkehrsader, dem Boulevard des Dames. Sie war erhitzt und durstig, wagte aber nicht, in eine Bar zu gehen oder sich auch nur auf eine Terrasse zu setzen. Es kam ihr so vor, als würde sie von allen Seiten angestarrt. Von Männern mit unanständigen Blicken. Eine bleischwere Müdigkeit überkam sie. Es gab nichts mehr zu überlegen oder zu besprechen. Das Leben hatte für sie entschieden. Abdul hatte seine längste Reise angetreten. Diesmal ohne sie um ihre Meinung zu fragen, ohne sie auch nur zu warnen.

Die Zeit würde lang werden ohne ihn. Sie wusste nicht, was sie mit den Tagen, Monaten, Jahren anfangen sollte, die folgen würden. Jetzt schwamm sie in Ungewissheit.

Céphée winkte ein Taxi heran und bat den Fahrer, sie zur Place des Moulins zu fahren. Der Taxifahrer schimpfte, weil das eine kurze Strecke war. Sie hätte zu Fuß hingehen können. Sie entschuldigte sich, sie kannte Marseille nicht, war eben erst angekommen.

Der Chauffeur fuhr sie trotzdem. Aber er nahm die entgegengesetzte Richtung. Er chauffierte sie durchs alte Viertel. Eine weite Fahrt. Über die Place de Lenche, die Rue Caisserie, die Rue Méry, die Rue de la République und die Rue François-Moisson. Bis fast zu der Stelle, wo er Céphée eine Viertelstunde zuvor aufgenommen hatte. Sie hatte das Gefühl, im Kreis gefahren zu sein, sagte aber nichts.

Sie hoffte nur, dass Diamantis da sein würde. Sie hatte das Bedürfnis, mit jemandem zu sprechen, der ihr freundschaftlich zuhören würde. Sie brauchte jetzt jemanden. Ihr Herz würde sonst zerspringen. Abduls Briefen nach zu urteilen, war Diamantis sein Freund. Er hatte von diesem geheimnisvollen, zurückhaltenden Mann geschrieben. Sie brauchte einen Freund jetzt mehr als alles andere.

Die Fahrt kostete sie siebzig Francs. Sie zahlte wortlos, gab keinen Centime Trinkgeld und knallte die Tür hinter sich zu.

»He, geh nach Hause, dreckige Schlampe!«, rief der Taxifahrer ihr nach.

Sie hörte ihn nicht.

Sie klingelte an der Tür.

Mariettes Küche duftete nach Basilikum. Die Fensterläden waren gegen die sengende Mittagssonne zugezogen. Ein diffuses Licht floss herein. Hier schien die Welt stillzustehen. Das Leben ging weiter.

Diamantis, Lalla und Mariette tranken ihren x-ten Kaffee, während sie eine Zigarette nach der anderen rauchten. Sie hatten wenig und schlecht geschlafen. Diamantis hatte ihnen alles erzählt. Ohne die kleinste Kleinigkeit auszulassen. Endlich fühlte er sich leichter. Er wartete auf ihre Reaktion, aber sie zeigten keine.

Lalla ließ ihren Kopf auf Diamantis' Schulter sinken und schloss die Augen. Er drückte sie an sich. Mariette ging mehr Zigaretten aus dem Schlafzimmer holen. Diamantis sah ihr nach. Er hatte Mariette nicht gesucht. Sie war zu ihm gekommen, wie ein Schiff zu einem verlorenen Seemann. Er wollte sich gern mit ihr einschiffen, diese Reise machen.

Es klingelte an der Tür.

»Ich geh schon«, sagte Diamantis. Er küsste Lalla auf die Stirn und ging öffnen.

Er erkannte Céphée sofort. Sie sah genau so aus, wie Abdul sie beschrieben hatte. Mit Ausnahme der Tränen. Sie rannen ihr über die Wangen.

»Ich bin Diamantis«, sagte er. »Kommen Sie rein. Wir haben gerade Kaffee gekocht.«

Und er nahm sie mit der Achtung und Zärtlichkeit bei den Schultern, die verletzten Frauen gebührt.

Es ist üblich zu sagen: Ein Roman ist eine Fiktion. Die vorliegende Geschichte weicht nicht von dieser Regel ab. Sie entspringt vollkommen der Fantasie des Autors, und die Charaktere sind ebenfalls frei erfunden. Bleibt natürlich die Realität. Diese Dramen, die die Seeleute in verschiedenen Häfen Frankreichs immer öfter erleben. Zwischen Marseille und Rouen werden auch heute noch viele Frachter an die Kette gelegt. Die zumeist ausländischen Besatzungen leben unter extrem schlechten Bedingungen an Bord, trotz der Solidarität, die sie nie ganz im Stich lässt. Mir war wichtig, ihren Mut und ihre Geduld zu würdigen.

Was Marseille betrifft, meine Stadt, so lag mir daran, auf sie ein Licht zu werfen und die aktuellsten Fragen zur Zukunft des Mittelmeers in dieser Geschichte anklingen zu lassen. Meine Einsichten beruhen weitgehend auf Anregungen aus Schriften von Fernand Braudel, *Das Mittelmeer und die mediterrane Welt in der Epoche Philipps II.* (3 Bde., Frankfurt a. M. 1994), und vor allem aus Predrag Matvejevićs beeindruckendem Werk *Der Mediterran: Raum und Zeit* (Zürich 1993), das, so denke ich, auch jene inspirieren sollte, in deren Händen die Zukunft dieser Region liegt.

Jean-Claude Izzo, 20. Februar 1997.

Jean-Claude Izzo

Jean-Claude Izzo wurde 1945 in Marseille als Sohn eines italienischen Barmanns und einer spanischen Schneiderin geboren. Nach der Ausbildung zum Metallarbeiter ging er zur Armee, wo er nach einem Hungerstreik schließlich mit einem Strafbataillon nach Djibouti geschickt wurde.

Zurück in Frankreich wurde er Mitglied der Kommunistischen Partei, arbeitete in der Friedensbewegung, wurde Journalist und später Chefredakteur der Zeitung *La Marseillaise.* Als 1978 die Einheitsfront der linken Parteien zerbrach, gab er alle Ämter auf und ging zurück in die Fabrik. Erst Jahre später begann er wieder mit dem Journalismus und wurde Chefredakteur der Zeitschrift *Viva.*

Schon früh veröffentlichte er vereinzelte Gedichtbände. Aber erst 1995, im Alter von fünfzig Jahren, trat er durch den Kriminalroman *Total Cheops* auf einen Schlag ins literarische Rampenlicht. Seine Marseille-Trilogie wurden zum Bestseller, in kurzen Abständen folgten weitere Romane.

Am 26. Januar 2000 starb Jean-Claude Izzo in Marseille an Lungenkrebs.

Die Übersetzer

Katarina Grän, geboren 1960 in Hamburg. Studium der Romanistik und Slawistik. Längere Reisen in den USA und in der Sowjetunion, lebt als Journalistin, Krimiautorin und Übersetzerin in Hannover.

Ronald Voullié, geboren 1952 in Bremen. Studium der Germanistik, Soziologie und Romanistik. Übersetzt neben »postmodernen« Philosophen wie Baudrillard, Deleuze, Lyotard in den letzten Jahren auch Kriminalromane, lebt in Hannover.

Jean-Claude Izzo   Die Marseille-Trilogie

»Izzo ist der Chronist einer verschwindenden Stadt am Mittelmeer. Gegen die Zerstörung Marseilles durch die Mafia und die Global Players aus dem Norden setzt er seine verzweifelte Liebe für das südliche Leben: Wärme, Zärtlichkeit, Wein. Ein Märchen aus uralten Zeiten ist das gewiss, aber zauberhaft zu lesen.«
Tobias Gohlis, Die Zeit

Total Cheops
»Total Cheops« rappen die Kids vom Marseiller Hafen, wenn es mal wieder drunter und drüber geht. Daran ist Fabio Montale nicht ganz unschuldig, der Polizist mit dem Hang zum guten Essen und einem großen Herz für all die verschiedenen Bewohner der Hafenstadt: für die Italiener, die Spanier, die Nordafrikaner und die Franzosen auch. Ob einer Polizist wird oder Gangster, das ist reiner biografischer Zufall. Freund bleibt Freund.

Chourmo
Fabio Montale will nicht mehr länger Polizist sein. Und die Polizei hält ihn nach den vorangegangenen Skandalen auch nicht mehr für unverzichtbar. Aber seine Cousine Gélou, die aussieht wie Claudia Cardinale, ist verzweifelt: Ihr Sohn Guitou ist mit seiner arabischen Freundin verschwunden. Fabio soll ihn finden.

Solea
Fabio Montale kommt wider Willen einer befreundeten Journalistin zu Hilfe, die über die südfranzösische Mafia recherchiert hat und jetzt von Killern verfolgt wird. In einem atemberaubenden Finale geht er den Weg, der ihm schon so lange vorgezeichnet ist.

Rund ums Mittelmeer

Alicia Giménez-Bartlett **Boten der Finsternis**
»Originell, sehr melancholisch und voll Weisheit, was die Unvollkommenheit des Menschen angeht. Petra Delicado und Fermín Gazón passen zusammen wie Feuer und Wasser.« *Der Standard*

Driss Chraïbi **Die Zivilisation, Mutter!**
Der Weg dieser marokkanischen Mutter führt aus einer archaischen Welt mitten in die Turbulenzen dieses Jahrhunderts. Stolz, sprühend und selbstbewusst erobert sie sich die Welt.

Assia Djebar **Fantasia**
Ein Roman wie ein Film, eine Autobiografie wie ein Geschichtsbuch. Berichte von der Eroberung Algeriens im 19. Jahrhundert vermischen sich mit Erinnerungen in der verschlossenen Welt der Frauen in Algier.

Yasmina Khadra **Morituri**
Kommisar Llob aus Algier, humorvoll, sarkastisch und absolut integer, zögert nicht, die Drahtzieher einer Serie von Morden an Intellektuellen in den höchsten Kreisen zu suchen.

Miral al-Tahawi **Das Zelt**
Durch seine unbändigen Fantasien, mittels Geschichten und Liedern schafft sich ein Mädchen seine eigene Freiheit. Doch die Grenzen zwischen Fantasie und Wirklichkeit beginnen gefährlich zu verschwimmen.

Sahar Khalifa **Das Erbe**
Nach einem halben Leben in Brooklyn kehrt die Palästinenserin Sainab Hamdan in das Land ihres Vaters zurück. Sie gerät in ein Land in Aufruhr, die Menschen sind aufgewühlt.

Yaşar Kemal **Die Ameiseninsel**
Musa der Nordwind landet mit seinem Ruderboot an der Küste einer paradiesischen, menschenleeren Insel. Doch unter der friedlichen Oberfläche lauern Tragödien: Die griechischen Bewohner wurden nach dem Ersten Weltkrieg in einer gigantischen Umsiedlungsaktion vertrieben.